Katis
마검이야기

카티스

8

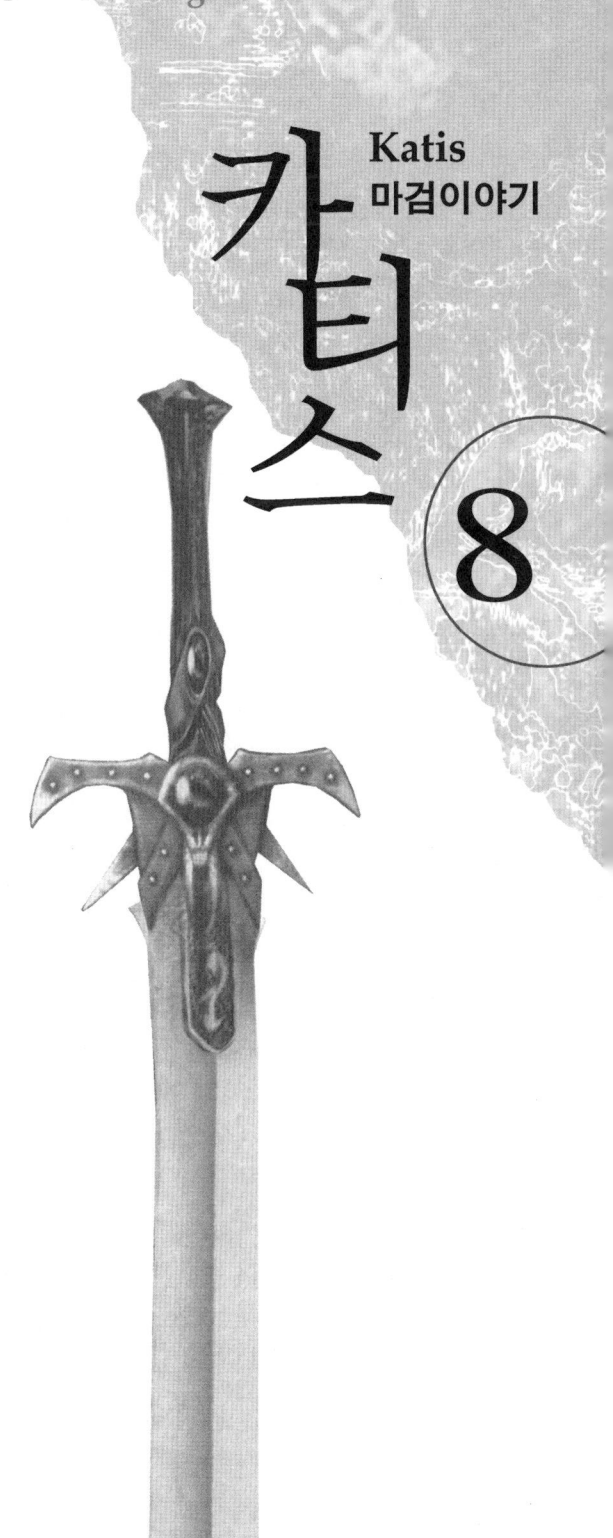

카티스 8

방지연 판타지 장편 소설

초판 1쇄 찍은 날 § 2001년 7월 10일
초판 1쇄 펴낸 날 § 2001년 7월 20일

지은이 § 방지연
펴낸이 § 서경석
펴낸곳 § 도서출판 청어람
편집 § 문혜영 · 허경란 · 박영주 · 김희정 · 권민정
마케팅 § 정필 · 강양원 · 김규진

등록번호 § 제1081-1-89호
등록일자 § 1999. 5. 31
어람번호 § 제1-0122호

주소 § 경기도 부천시 원미구 심곡1동 350-1 남성B/D 3F ㈜420-011
전화 § 032-656-4452 팩스 § 032-656-4453
e-mail § eoram99@chollian.net

값 7,500원

ISBN 89-5505-061-5 (SET) / ISBN 89-5505-120-4 04810

Katis
마검이야기

카티스

8

마검의 창시자
(創始者)

방지연 판타지 장편 소설

도서출판
청어람

Katis
마검이야기

카티스

목차

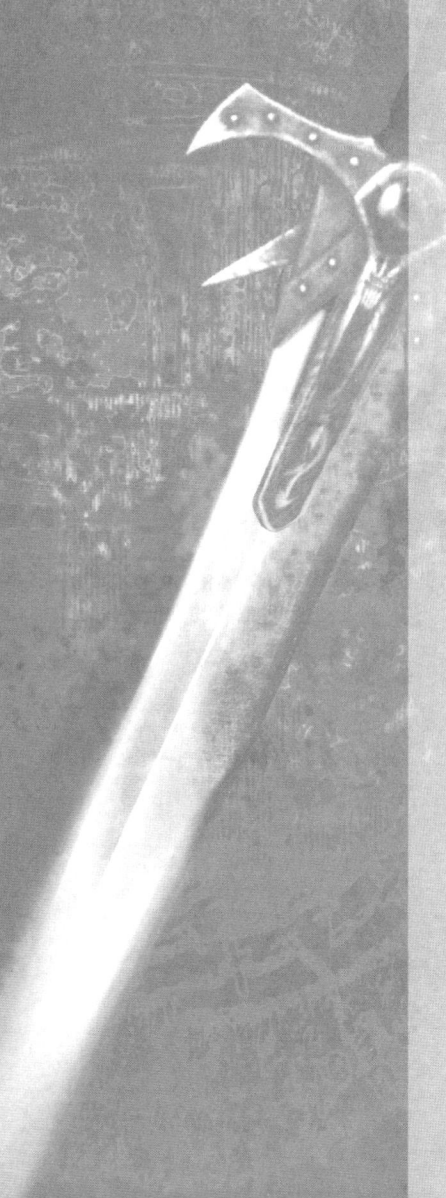

공갈 검과 수다쟁이 검 XII : 결의 (決意)

철그렁—

나를 얽매고 있는 쇠사슬의 탁음이 들려왔다.

팔과 다리를 족쇄처럼 얽매고 있는 사슬.

이것들이 내 몸에서 떨어져 나갔을 때

비로소 나는 후회하지 않았다고, 유디엔님과의 약속을 지켰다고,

또 에셀휜의 죽음을 헛되이 하지 않았다고 말할 수 있을 것이다.

Katis

카티스

　시리스라는 여자를 따라가게 된 것은 그의 의지에 의한 것이 아니었다. 그는 자신이 그녀를 따라간 것에 대해서 후회하고 있었다. 그러나 그것은 그녀를 따라가는 것 자체에 대한 후회는 아닌 것 같았다. 미드가르드를 만난 후부터 그가 필요 이상으로 짜증을 내고 있는 것으로 보아 아직도 미드가르드에 대한 실망이 가슴에 남아 있었나 보다.

　카티스와 나는 리프라는 인간과 시리스를 따라서 철저하게 위장되어 있는 그들의 본거지로 들어왔고, 우리는 그곳에서 잠시간의 휴식을 취하고 있었다. 지금 그가 있는 곳은 침대가 있는 작은 방이었다. 아무래도 자신의 어머니인 앙그라보다에게 당한 상처 때문에 그는 아픔을 느끼고 있는 것 같다.

　"당신, 이제 좀 괜찮은 거야?"

　나는 나의 검신을 어루만지고 있는 그자를 보며 말했다. 아직 충격이 가시지 않은 얼굴이었다. 목에 난 상처는 이미 새살이 돋아나 그 흔적조차 찾아볼 수 없는 상태였지만, 그 고통만은 남아 있는 듯 괴로워 보였다. 깔끔한 옷으로 갈아입은 후 그는 침대 구석에 앉아 알타크나산 담배를 물고 있었다. 계속해서 담배를 피우는 걸 보니 초조한 모양이다.

"흥, 내 일에 상관 마."

"쪼잔해."

뒤도 돌아보지 않으며 어두운 방 안에 앉아서 담뱃불만 밝히고 있는 그자에게 내가 나지막이 말했다. 벌써 몇 년이나 잠으로 보낸 후인 지금도 미드가르드에게 배신당한 울분을 삭이면서 마음에 담아두고 있는 듯했다. 어두운 방 안에 문틈으로 빛이 새어 들어오는 것을 눈치 채고 고개를 들어보니 등불을 들고 시리스가 들어오고 있었다. 그녀는 여전히 단정한 드레스를 입고 항상 정해져 있는 우아한 미소를 얼굴에 띠고 있는 채였다.

"어때요, 몸은 괜찮아요?"

"네가 상관할 필요 없잖아."

그녀는 혼자 오지 않았다. 그녀의 뒤에 서 있는 것은 그녀와 똑같은 금발 머리카락의 리프, 그녀의 동생이었다. 일전에 불을 뿜는 이상한 물체를 들고 앙그라보다와 카나의 앞에 섰던 그 열혈 남자. 아마 저자도 시리스와 똑같은 엘 족일 것이다. 그리고 그의 뒤로 부하로 보이는 많은 사람들이 그를 에워싸고 있었다.

"저 어린애처럼 속 좁은 남자가 누나가 말한 그자란 말야?"

그는 작은 목소리로 시리스에게만 들리도록 귀엣말을 했다.

"이 새끼야, 네 뚫린 눈으로 보기엔 내가 꼬마냐? 네놈이야말로 머리에 피도 마르지 않은 꼬마인 주제에!"

카티스는 정말 쓸데없이 귀가 좋았다. 그가 발끈하며 일어선 것을 보니 뭔가 스트레스를 풀 만한 것이 필요했던 모양이다. 그는 사검의 본체를 잡아 손목을 가볍게 돌리면서 날을 리프의 눈앞에 대면시켰다.

"이 무례한 녀석!"

만일 시리스가 호전적인 둘 사이를 가로막지 않았다면 싸움이 일어났을 것이다.

"누님, 정말로 저자가… 그 카티스인 겁니까?"

리프의 질문에 그녀는 말없이 낮게 웃을 뿐이었다. 리프는 시리스의 그 미소가 무엇을 의미하는지 눈치 채고 눈썹을 찡그렸다.

"누님!"

그는 더 이상 못 참겠다는 듯 자신의 누나를 돌아보고는 질책하듯이 외쳤다.

"누님, 저런 남자를 찾으러 다녔었단 말입니까?"

"난 닭을 잡으러 간 것뿐이야, 리프."

"거짓말하지 마!"

그러나 리프는 시리스를 더 이상 추궁할 수 없었다. 그녀는 웃고 있었지만 사람을 압도하는 힘을 가지고 있었다. 그 둘의 이야기가 이어지는 사이에 시리스와 리프의 주위에 있던 사람들은 카티스를 마치 신기한 동물 보듯이 흘끗흘끗 곁눈질로 구경하고 있었다. 게다가 수군거리기까지 했다.

"저자, 마검을 들고 있어!"

"아직 마검이 남아 있었단 말인가?"

그들이 수군거리는 소리에 시리스가 대답해 주었다.

"그가 가지고 있는 검은 마검인 사검 이질리스예요."

"이제 마검은 남아 있지 않은 줄 알았는데……."

카티스는 자신을 흘끗흘끗 바라보는 무례한 사람들이 마음에 들지 않았는지, 나의 검신을 지팡이 삼아 침대에서 일어섰다.

"정말 몸은 괜찮은 건가요?"

시리스의 말에 카티스는 그녀의 얼굴도 보지 않으며 담배를 입에서 떼어냈다.

"귀찮게 자꾸 물어보지 마. 괜찮다고 했잖아."

그는 극도로 짜증을 내고 있었다. 자신은 부인하고 있었지만 역시 미드가르드 때문이었다. 미드가르드가 자신을 무시했던 것이 아직도 가슴에 남아 있는지, 그는 벌써 몇 개째의 담배를 태우며 속을 삭이고 있었다.

그 분위기가 좀 험악해서 그를 흘끔 쳐다보던 사람들은 두려움을 느끼며 하나둘씩 자신의 위치로 돌아가기 시작했다. 리프는 그런 카티스가 별로 마음에 들지 않아서 고개를 절레절레 흔들다가 불길이 닿지 않을 정도로 어두운 구석에 앉아서 검에 기대어 눈을 감고 있는 은발의 남자를 발견하곤 어깨를 으쓱했다.

"누님, 그런데 저쪽의 하얀 남자는 또 뭡니까? 저 둘을 나열해놓고 보니 정말 대조적이군요."

"그렇게 말하니 정말 그렇구나."

리프의 말투에도 시리스, 그녀의 의연한 태도는 변하지 않았다. 태연하게 그녀는 자신의 동생의 말을 귀에 담고 있었다.

"하지만 왠지 둘 다 위험한 것 같은데요."

"후후, 하지만 저 사람은 정말 괜찮은 남자라고 생각지 않아?"

그녀는 밸더를 검지손가락으로 가리켰다가 다시 그 손가락을 자신의 입술에 가져다 댔다.

"무슨 소리세요. 누님은 아직……!"

"어린애처럼 굴지 말아라, 리프."

"누님, 하지만 전……."

그는 자신없는 표정으로 시리스를 바라보았다. 그가 왜 그런 표정을 지었는지 나는 알 수 없었다. 그때 카티스가 몸을 일으켰다. 시리스와 리프 사이를 뚫고 밖으로 나갈 생각인 것 같았다. 그런데 잠들어 있는 줄 알았던 밸더가 리프와 시리스가 말릴 새도 없이 검을 들고 그를 향해 가로로 크게 휘둘렀다.

나는 깜짝 놀라 그들에게서 떨어지기 위해 뒤로 물러섰다. 밸더의 검이 특별히 마검이라든가 정령 검이라든가 그런 것은 아니었지만 야릇한 힘이 깃들어 있는 것 같았다. 마검과 비교할 수는 없지만 어느 정도 강한 힘이었다. 그러나 그 이유를 알 수 없었기 때문에 나는 피해를 입지 않을 곳을 골라서 뒤로 물러서 있는 상태였다.

"이게 무슨 짓이야!"

카티스는 푸른 눈을 빛내며 자신에게 달려든 밸더를 보면서 입술을 깨물었다. 카티스는 부인할지도 모르지만 밸더는 감정이 없는 인형처럼 강했다. 마치 무언가 부족한 듯한 자기 자신을 느끼고 있는 것인지, 그는 항상 허무의 표정을 짓고 있는 채였다.

"어울리지 않아."

카티스는 입술을 거의 움직이지 않고 이야기하는 밸더의 말에 버럭 신경질이 나는 듯 사검을 들고 그런 그에게 달려들 기세를 취했다. 카티스는 마치 무엇이든 부숴 버리고 싶은 표정으로 그를 노려보았다. 살기가 번뜩였지만 정작 밸더의 얼굴에선 아무것도 느껴지지 않는다.

"그런 얼굴은 어울리지 않아."

"이 자식, 내가 어떤 표정을 짓던 네놈이 무슨 상관이냐!?"

두 번째로 휘두른 밸더의 검이 카티스의 왼쪽 어깨를 강타했으나 그가 그것을 가까스로 막아냈다.

"……"

그러나 밸더는 말없이 군더더기없는 세 번째 공격을 단행했다. 카티스는 밸더의 공격을 가까스로 막았지만 무지막지한 힘을 내면서도 밸더 본인에게는 그것이 최선을 다한 것이 아닌 듯 거의 힘을 들이지 않는 얼굴을 하고 있었다. 지금 밸더와 대련한다는 것은 감정에 치우쳐 있는 카티스에게는 무리일 것 같았다.

"좋아, 그 숨통을 끊어놔 주지."

"…바라던 바다."

입술에서 담배를 떨어뜨려 발로 비벼 껐다. 그는 전의에 불타고 있었다. 미드가르드의 일에 골머리를 썩고 있는 것보다는 싸우고 있을 때의 자신이 차라리 낫다는 것을 그 자신도 알고 있었다.

"둘 다 미친 거 아냐?!"

그들을 보면서 리프가 질린 얼굴로 시리스를 바라보았다.

"그걸 이제야 알았어?"

시리스는 태연스럽게 대답했다.

"누님, 이러다가 여기 다 부서져 버리겠어요. 저 상태로 가다가 이곳이 발각되기라도 하면 어쩌죠?!"

"괜찮을 거야. 적당히 하게 할 테니까."

"누님은 너무 태평해요."

골머리를 썩히면서 리프가 오른손으로 이마를 짚었다. 그래도 리프는 의젓한 태도를 보이는 시리스가 싫지는 않았던 모양이다.

"그런데 리프, 오늘 저녁은 닭 요리가 어떨까?"

"누님, 지금은 그런 걸 생각할 때가 아니라고 생각하는데요."

리프와 시리스의 대화 역시 밸더와 카티스만큼이나 맞지 않았다. 한 가지 다른 것은 카티스와 밸더는 충돌했지만 리프는 그런 시리스의 말을 무시하는 방향으로 나갔다는 점이다.

리프가 화제를 돌리기 위해서 입을 열려고 했을 때 누군가의 그림자가 그의 뒤에서 비치고 있었다. 중키라곤 생각할 수 없는 몸집이 그들 사이를 비집고 들어오고 있었다.

리프가 고개를 돌려서 그쪽으로 시선을 돌리자, 그 남자는 시리스와 리프 사이로 얼굴을 들이밀었다. 남자는 소년도, 청년도 아니었다. 그는 다름 아닌 왕성한 성장력을 보이는 헝그리 하이브였다. 단단하게 단련된 근육 위로 몸에 착 달라붙는 반바지를 입은 갈색 머리카락의 그는 그들에게 넉살 좋게 인사했다.

"안녕하세요?"

"아, 너는 그때 그 꼬마군."

꼬마라고 하기엔 어딘가 어울리지 않았지만 너무 넉살 좋은 헝그리 녀석을 보고 리프는 약간 놀란 얼굴이었다. 내가 흘려듣던 바에 의하면 헝그리는 카티스가 있던 그 자리에서 몸을 숨기다가 매복해 있던 리프의 군대—라고 할 수 있을까—와 부딪혀서 용케도 그들의 보호를 받게 되었다고 들었다. 그는 발그레하게 상기된 얼굴로 자신의 소개를 하기 시작했다.

"전 헝그리라고 합니다. 로얄 히어로예요. 실은 패망한 왕가의 왕손인데 작은 마을에 숨겨져 길러졌어요. 지금은 스승님 밑에서 용사로서의 훈련을 받고 있습니다."

"…그, 그래?"

로얄 히어로가 아닌 악당이 아닐까라는 생각이 리프의 얼굴에 떠오르고 있었다. 무슨 생각을 하는지 알기 힘든 시리스에 반해 시리스의 동생, 리프는 자신의 생각을 감추는 데 익숙치 않았다.

"하지만 스승님의 일이라면 걱정 마세요. 스승님은 제가 부탁하는 말이라면 모두 듣습니다. 아마 제가 그만두라고 한다면 금방 싸움을 그만둘 겁니다."

헝그리는 그렇게 말하며 카티스의 앞으로 나섰다. 리프와 시리스가 불안한 눈으로 그런 그를 바라보았다. 그러나 헝그리가 어떻게 되었을지는 말하지 않아도 뻔할 것이다. 그는 금방 카티스의 발에 채여 구석에 머리를 처박히고 말았다. 내가 만약 저런 꼴을 당하게 되면 절대 카티스 같은 사람은 따르지 않을 텐데.

시리스와 리프는 발에 채여 나동그라진 헝그리를 보면서 한숨을 쉬었다.

역시 헝그리에게 맡겨서 해결될 일이 아니었다. 나도 그다지 그 사람들의 싸움을 방해하고 싶지 않았다. 그런데 그때, 시리스가 무슨 생각을 한 것인지 차여 나동그라진 헝그리 옆으로 걸어가 카티스와 밸더의 앞을 가로막았다. 그녀의 두서없는 행동에 리프는 눈썹을 찡그렸다. 카티스와 밸더 사이엔 무거운 긴장이 흐르고 있었다.

둘 사이의 긴장이 팽배해져 있는 가운데 시리스는 입을 열었다.

"카티스, 그리고 밸더, 꼭 싸워야겠다면 굳이 지금이 아니라도 상관없을 거예요."

카티스는 시리스를 차마 베어버릴 생각도 못한 채 밸더를 눈앞에 두고 이만 갈고 있었다. 밸더는 말은 없었지만 카티스에 앞서서 특별히 먼저 공격해 올 생각은 하지 않았다.

"무슨 소리야, 지금 죽여 버리는 것이 나아."

"이제 그만 해두세요!"

시리스는 푸른 눈동자 안에 밸더와 카티스의 모습을 담은 채 그들의 행동을 저지시켰다. 그런 그녀의 행동도 실력의 하나라고 나는 생각했다.

"그래요, 스승님! 시리스 누님의 말을 들어야지요!"

엎어져 있던 헝그리가 카티스에게 소리쳤지만 카티스의 발길질에 곧 조용해질 수밖에 없었다.

"이 재수없는 꼬맹이 녀석 같으니!"

물론 헝그리는 스승님이 자신에게 시련을 주고 있다고 생각할 테지만. 잠시 조용해진 후 시리스는 카티스의 앞에서 그 사람의 이름을 입에 올렸다.

"사카디은의 일이에요, 카티스. 그래도 당신은 모른 척할 건가요?"

"사카디은… 이라고?"

카티스, 그의 표정이 바뀌었다. 원래 감정 변하는 대로 살아왔던 그는 표정을 감추는 데 서툴렀다. 나는 금세 그가 당황하고 있다는 것을 알 수 있었다.

"난, 그런 일 따윈 모른다."

밸더는 고개를 저었다. 물론 밸더가 모르는 것은 당연한 일일 것이다. 카티스의 과거와 얽혀 있는 사람이고 또……

"사카디은이라면… 아르스리르의 친구였던… 그?"

내가 모처럼 입을 열어 그녀에게 물었다. 나의 조용한 질문에 시리스는 고개를 끄덕였다.

"알고 있나요, 이질리스?"

"아르스리르의 일이라면… 알고 있어."

"아르스리르?"

카티스가 사카디온이 아니라 그의 이름을 입에 올렸다. 묘한 분위기가 방 안에 맴돌았다. 밸더만은 여전히 황망한 표정이었다.

"그의 친구, 사카디온 알타크."

그녀의 말을 들으니 물씬 옛 기억이 떠올랐다. 아르스리르에 대한 일을 거의 잊었다고 생각했는데, 그것은 생각보다 쉽지 않았다.

이상하게도 주위가 더 조용해진 것 같았다.

"시리스, 네가 나에게 하고 싶은 말이 뭐지?"

"난 사카디온의 동생의 딸이에요. 다시 말하면 그는 나의 삼촌이죠."

시리스는 조용하게 말했다. 카티스 역시 그녀의 말을 들으면서 고개를 끄덕이며 수긍했다.

"우리들이 하고 있는 일은 그가 원하던 일, 그가 꿈꾸어 왔던 일이에요."

카티스도 나도 시리스가 무슨 말을 하고 있는지 알 수 없었다. 나의 아버지와 같았던 남자, 예지 능력이 있었던 아르스리르. 그는 알고 있었을 것이다. 지금보다도 더 까마득한 미래까지도 모두 보았을 것이다.

"바르하시온과 로키, 그리고 다른 라그나들이 꾸미고 있는 그 일들에 대해서 저희는 눈감고 있을 수만은 없어요."

시리스의 말이 뚜렷하게 접수되지는 않았지만, 그것이 무엇을 뜻하는진 어렴풋이 알 수 있었다.

"로키와 바르하시온이 무슨 생각을 가지고 알타크나에 정착했는지, 그것까지는 저도 잘 몰라요. 하지만 우리들이 바라는 것은 사카디은이 바라던 것과 같은 것이라고 이야기할 수 있답니다."

단지 비밀스러운 여성이라고만 생각했었는데, 시리스가 그러한 위치에서 알타크나에 대항하고 있을 줄은 미처 생각지 못했다.

일전 내가 태어나기 전에 이 세계는 아시르 인이나 라그나들이 지배자로서 인간을 다스렸다고 들었다. 개중 소수의 인간만이 작은 영지의 영주로서 활약했고, 그들이 다스리는 곳 가운데 가장 발전한 곳이 이 알타크나였다는 것을 나는 기억하고 있었다.

"사카디은이 원한 것이 무엇이었는지 알아요, 카티스?"

"난 그런 거 몰라."

카티스는 붉은 눈을 무섭게 부릅뜬 채, 그녀의 말을 극단적으로 부정했다.

"밸더, 당신은 인간이 어떤 존재라고 생각하고 있죠?"

"약한 존재다. 나에게 죽음도 선사할 수 없는 그런 약한 존재."

그녀는 다시 카티스를 돌아보았다.

"역시 그렇게 보이겠군요. 카티스, 당신은?"

"왜 그걸 나에게 물어보는 거야?"

"당신도 밸더와 똑같은 생각을 가지고 있나요?"

"약한 존재지. 너무 약해. 야비하고 비굴하기까지 하지."

카티스는 아주 당연하다는 듯이 어깨를 으쓱대며 쿡쿡 웃음소리를 냈다.

"그리고……?"

시리스는 푸른 눈을 진지하게 그의 얼굴에 마주하면서 물었다. 시리스의 얼굴엔 그녀가 항상 띠고 있던 웃음이 사라져 있었다.

"……"

"또 다른 걸 느끼나요?"

카티스는 잠시 머뭇거렸다가 한숨을 쉬듯이 내뱉었다.

"단지 그것뿐이다."

그제야 시리스는 이해한다는 듯이 고개를 끄덕였다. 그녀는 침착한 모습으로 면직 커버가 씌워져 있는 침대에 걸터앉았다. 그런 그녀를 응시하고 있는 것은 비단 밸더와 카티스, 그리고 나뿐이 아니라 헝그리와 리프 역시 마찬가지였다.

"그래요, 인간은 약해요. 하지만 언제까지 아시르 인이나 라그나에게 휘둘려 살 수만은 없잖아요."

"하지만 이제 모든 나라는 인간이 지배하지 않나요? 이 알타크나도 그렇잖아요."

헝그리라는 그 근육 덩어리가 모처럼 쓸모있는 이야기를 했다.

"물론 이젠 모두 인간의 나라예요. 하지만 이전엔 모두 인간의 나라가 아니었죠. 라그나나 아시르 인들이 다스리고 있었어요."

"이른바 세대 교체라는 것이로군요."

헝그리가 헛기침까지 해대며 유식한 척을 하면서 자신의 말에 감탄한 듯이 고개를 끄덕였다.

"그래. 그렇기 때문에 우리들은 더욱더 갈망하고 있는 거야. 라그나도, 아시르 인도, 마검도 없는, 아니, 그들에게 휘둘리지 않는 알타크나를 만들겠다고 생각하고 있어."

하지만 카티스는 손을 위아래로 휘저으며 그녀의 말을 행동으로 부인했다. 그의 눈에는 경멸의 빛이 비추었다.

"그런 것 따윈 모순이야. 라그나도, 마검도 없었다면 알타크나가 이렇게 크게 번성하진 않았을 거야. 그리고 이 따위는 사카디은, 그 녀석과는 아무런 관계 없어."

"……."

그런 카티스의 말에 시리스는 더 이상 아무런 말도 하지 않았다. 그의 말도 사실이었기 때문이다. 카티스는 그런 이야기를 더 이상 듣고 싶지 않았던지 그대로 나가려 했다.

"이것이 뭔지 알아요?"

그녀는 구석에 세워두었던 긴 막대기를 들었다. 그것은 리프라는 인간이 사용했던 불을 뿜어내는 막대기였다. 시리스의 목소리에 카티스는 그것을 흘끗 바라보았다.

"이건 '건Gun'이라고 해요. 이건 바르하시온의 연구 자료에서 얻어낸 무기죠. 리프가 개조한 거예요. 리프는 그런 데 소질이 있으니까. 아직 완벽하진 않지만 언젠가 더 발전할 새로운 무기 형태예요."

그녀는 그 막대기의 구멍이 뚫린 쪽을 들어서 카티스에게 향했다.

"마검의 시대는 곧 사라질 거예요. 바르하시온이 이그드라실을 완성했어요. 당신이 가지고 있는 사검 이질리스를 가지고 그에게 대항하는 것은 무리죠."

카티스는 그녀의 말을 듣고 있었지만 대꾸도 하지 않았다.

"만일 당신에게 미래에 대한 계획이 전혀 없다면 무스펠하임을 찾아가세요. 당신은 존재한다는 것 자체만으로도 위험하다는 것을 잊지 말아요."

그러나 그는 그녀의 제안을 거절했다. 카티스에게는 그런 전설 속의 마검 따위를 찾아갈 생각은 없었다.

"'마검은 무스펠하임의 불꽃에서부터 시작되었으니, 아마 또 다른 시작의 길도 무스펠하임이 열어줄 것이다'. 이 말은 사카디은이 당신에게 남긴 말이에요."

그녀의 말을 듣고 카티스는 잠깐 귀를 솔깃하다가 겉옷을 입고—이것도 자신의 옷은 아닌 듯했다—리프를 밀치며 문을 나섰다.

"난 이따위 곳에 있을 이유가 없어. 게다가 난 무기 따위에 의지할 생각이 전혀 없다구. 라그나 라그나드 가넬, 그들이 속해 있는 곳이 바로 내가 속한 곳이다!"

"당신은 인간이 아니면서 가장 인간에 가까워요. 그런데도 갈 건가요? 아무런 목적도 없이?"

그가 인간에 가까운 존재라는 것을 시리스는 다시 상기시켜 주었다.

"목적 따윈 가질 필요 없어."

"무의미해요. 당신에게 덤비는 밸더도 목적을 가지고 있잖아요."

카티스는 잠깐 눈살을 찌푸렸다. 아마도 밸더와 자신을 비교했기 때문이었다. 밸더가 가진 목적은 자신의 죽음이었고, 난 그다지 그 목적이 바람직한 것이라고는 생각하지 않았다. 그러나 시리스의 말에도 일리는 있었다.

"당신에게 빛의 오스키를 따르라고 하는 건 아니에요. 단지 당신이 혼자 힘으로 서길 바라는 거예요."

"네가 날 걱정해 줄 이유는 없어."

"아뇨. 당신은 사카디온, 나의 삼촌이 소중하게 생각하던 사람이니까 저에게도 소중한 존재예요."

"난 몰라."

그러나 카티스는 시리스의 눈길을 거부했다. 그는 그 길로 그곳을 나가 버렸다.

"카티스."

시리스는 그의 이름을 조용하게 불렀다. 물론 그는 멈추지 않고 나가 버렸다. 밸더는 그렇게 망연자실한 표정으로 일어서 버린 시리스를 허무한 눈으로 바라보았다.

"누님, 저대로 보낼 거예요? 하지만 저자가 가버린다면……."

리프는 입술을 깨물었다.

카티스, 그가 어떤 열쇠를 쥐고 있는 것일까? 알타크나의 로키, 바르하시온, 카나는 왜 그를 원하고 있는 것일까? 그러한 의문들을 가지고 나 역시 그를 따라 밖으로 나섰다.

"아냐, 보내는 게 아냐. 원래 잡으려고 하지 않았어."

"누님?"

시리스, 그녀의 얼굴에 웃음이 사라지지 않았다는 것을 나는 방을 나서면서 깨달을 수 있었다.

밖으로 나와 보니 커다란 달이 떠 있었다. 달이 가장 크고 둥근 오늘 같은 날에는 상념에 싸이게 되는 것 같았다. 나는 홀로 터벅터벅 걸으면서 담배 연기를 쏟아내는 남자를 올려다보며 물었다.

"괜찮아?"

"뭘 묻는 거야?"

"……."

그는 마치 원래 아무렇지도 않았던 사람처럼 시침 뚝 떼고 능청스럽게 답했다. 카티스는 자신의 행동에 대해서조차 잘 모르는 녀석이었다. 그가 인간을 우습게 알면서도 인간에게 빠져들었기 때문에 초래된 당연한 결과인 것인지도 모른다.

"네 녀석이 그런 것을 물어보니 이상하네. 근데 왜 요새는 유디엔 타령은 안 하는 거냐?"

"이젠 얽매이는 일은 그만두기로 했어."

나는 퉁명스레 그의 말에 답했다. 여전히 유디엔에 대해서 기억하고 있고 죽어가는 에셀휜을 잊을 수 없었지만, 그래도 이미 죽은 그들을 괴롭히고 싶진 않았다.

"……?"

카티스, 그가 의외라는 듯이 나를 바라보았다.

"어리석은 일이라는 것은 원래부터 알고 있었어. 그걸 일깨워 준 것은 당신이었잖아."

그렇기 때문에 더 가슴이 아파왔다. 어리석은 일이지만 그 감정은 마음 한구석을 차지하고 있었다.

"관심없어. 난 그 딴 거."

그가 길가에 있던 돌멩이를 발로 걷어차고 있었다. 나는 그가 앞으로 무엇을 하고 싶은지 궁금해졌다. 원래 마음 내키는 대로 살던 그에게 목표를 묻는다는 것 자체가 무의미하다는 것을 나는 이미 잘 알고 있었지만 말이다.

"당신은 이제 무엇을 어떻게 하고 싶어?"

"날 모른 척한 그 녀석, 그 대가를 치르게 해주겠어. 그리고 그 마법사도 날 농락한 거잖아. 젠장할! 나만 멍청한 놈 되어버렸다고!"

그는 미드가르드에 대한 생각이 떠올리며 허탈하게 웃었다.

"아직도 그 때문에 마음 상해 있나 보군?"

그는 아니라고 부인하겠지만 그것은 들을 수 없는 뻔한 대답을 요구하는 질문이었다. 내가 그에게 말을 많이 한 것은 리아드와 관련된 일이 끝난 이후로 처음 있는 일이었지만 이상하게도 편안한 느낌이 들었기 때문이다. 자신의 생각을 말로 표현한다는 것은 까다로웠지만 의외로 잘할 수 있어서 놀랐다.

"내가 그 일들을 잊어버린다는 것은 무리지만 더 이상 얽매이지 않기로 마음먹었어."

"난 과거 따위엔 얽매이지 않아."

그는 확신이 서려 있는 얼굴로 나를 돌아보았다. 그러나 내 눈으로 본 그는 그렇게 보이지 않았다. 그는 거짓말을 하고 있다. 그는 그 자신의 생각과는 달리 과거에 얽매인 남자였다. 지금까지의 그는 규약에 얽매이지 않고 방탕한 생활을 보내왔지만 그의 마음은 어떠한가. 나 역시 유디엔을 잊지 못하고 에셀휜의 죽음을 기억하고 있듯이 그도 마찬가지다. 그도 역시 사카디온의 망상을 떨쳐 버리지 못했고, 과거에 죽은 여성의 허상을 쫓고 있는 것이다.

그런 사람들의 영혼이 마치 유령처럼 그의 혼에 각인되어 버린 것인지도 모르겠다. 아무리 잊어버리려고 해도 이미 뼈 속까지 스며들어서 잊을 수 없었을 것이다. 라그나와 인간, 그리고 아시르인, 심지어는 마검들. 그들 사이의 감정은 미묘한 차이가 있을지는 몰라도 아주 큰 차이는 없었던 것인지도 모른다.

"그래서 어떻게 할 건데?"

"내 일에 상관하지 마."

그는 갈 길을 잃어버린 상태였다. 때문에 혼란을 느끼고 있었다. 카티스는 자신의 것이 될 수 없었던 마검 미드가르드에게 자기도 모르는 사이에 의지를 하고 있었던 것 같다. 자신의 의지든 아니든, 감정이라는 것은 서서히 변해가고 너무나 자연스럽게 바뀌어 자신조차도 그것을 눈치 채지 못하기 마련이다.

아마도 내 어머니의 주인이었던 아르스리르는 그러한 사실들을 미리 보았을 것이다. 미래를 예견할 수 있었던 아르스리르. 카티나의 모습이 그와 겹쳐졌기 때문에 나는 그와 카티나를 동일한 인물로 인정할 수 없었던 것 같다.

이상하게도 성격으로 보나 외모로 보나 그다지 닮지 않았음에도 카티나에게서 어렴풋이 아르스리르가 느껴졌고, 그럴 때마다 나는 아마 그를 인정하고 있었던 것일지도 모르겠다. 그에게 흐르고 있는 반쪽의 피는 아르스리르의 것이었으니까.

혈연이라는 것은 무엇으로도 끊을 수 없는 것이고, 그것은 카나라는 그 여자도 마찬가지겠지. 역시 그 여자의 피도 저자에게 흐르고 있는 것이다.

얼마 지나지 않아서 그는 피곤한지 조금이라도 눈을 붙이기 위해 바람을 피할 수 있는 큰 나무의 그루터기 아래 앉았다. 게다가 그는 오늘 하루 종일 아무것도 먹지 못했다. 자기 손으로 뭘 만들지 못하는 것은 아니지만 그동안 챙겨주었던 것은 미드가르드가 아니었던가.

"젠장할, 배가 고파지잖아. 미드……."

그는 자신의 입 밖으로 튀어나온 말 때문에 짜증난다는 듯 쿵— 나무를 주먹으로 쳤다.

"그는 이제 없어."

난 뿌루퉁하게 말했다. 내 대답을 듣자 카티스는 오히려 더 짜증난다는 듯이 나무 아래 팔베개를 베며 누워버렸다. 그렇겠지. 함께 있는 시간이 길면 길수록 상처는 더욱 깊어가는 법이다. 모르는 사이에 자연스럽게 가슴속의 허전한 구석을 채우고 있던 것이 빠져나가 버리면 더 더욱 허전함을 느끼게 되는 법이니까.

"잠이나 자야겠군."

그는 눈을 감았다. 카나에게 당한 상처는 아물어서 겉보기에는 멀쩡했지만, 그녀가 먹인 독 때문에 아직까지는 근육에 피로가 남아 있을 것이다. 그래서 그는 잠들어 버렸다.

그가 평범한 인생을 걷지 않았던 것처럼 앞으로 나아갈 길 역시 평탄하지 않을 것이다. 앞으로 어떤 일이 그를 기다리고 있을지 알 수 없지만 나는 그를 따르기로 마음먹었다. 절대 그를 유디엔처럼 주인으로 섬기고자 할 마음은 없었지만, 그렇다고 카티스를 내버려 두고 싶은 마음은 없었다.

만일 아르스리르가 나의 미래를 보았다면, 또 지혜의 샘 미카미르가 나의 미래를 보았다면 이런 나를 보면서 고개를 절레절레 흔들며 슬픈 표정을 지었을지도 모른다. 하지만 나는 후회하지 않는다.

나는 다짐했다. 유디엔이 끝까지 후회하지 않았던 것처럼, 에셸휜이 죽어가면서 절대로 후회하지 않는다고 했었던 것처럼 나 역시 후회하지 않았다고 떳떳이 말할 수 있도록 살아가겠고.

나는 바람이 부는 곳을 정면으로 응시했다.

철그렁—

고개를 듦과 동시에 나를 얽매고 있는 쇠사슬의 탁음이 들려왔다. 팔과 다리를 족쇄처럼 얽매고 있는 사슬. 이것들이 내 몸에서 떨어져 나갔을 때 비로소 나는 후회하지 않았다고, 유디엔님과의 약속을 지켰다고, 또 에셸휜의 죽음을 헛되이 하지 않았다고 말할 수 있을 것이다.

그런 생각을 하면서 잠시 동안 나는 꿈속에 빠져 있는 것처럼 달빛에 취해서 그것을 바라보았다. 가느다란 어린아이의 목소리가 내 귀를 간질이는 것 같았다. 환청인가? 아니, 아니었다.

그것은 확실히 나의 뒤에 서 있는 사람에게서 들리는 목소리였다.

"이… 질리스?"

난 나를 부르는 목소리를 듣고 고개를 돌려 달을 등지고 서 있는 어린아이를 발견했다. 순간 에셀휜이 아닌가 하는 착각에 빠졌지만 백금발과 빛이 비쳐 창백한 얼굴의 소녀를 보고 에셀휜이 아니라는 것을 눈치 챘다.

백금색의 머리카락을 휘날리며 아마색에 가까운 그 눈동자에 푸른 바람이 비쳐졌다.

그는 유에디에, 아니, 이미르였다.

Chapter 32

덫

머리가 지끈지끈 울려왔다.

어둠 속에서 나는 계속 쫓기고 있었다. 언제부터 그렇게 쫓기고 있었는지는 기억이 잘 나지 않았다. 하지만 난 멍청하게도 반격할 생각조차 하지 못한 채 쫓기고 있었다. 기억의 끊임없는 굴레를 정신없이 달리고 있었다.

온갖 괴성과 비명을 지르면서 한을 품은 괴물들이 다가오고 있었다. 평소와 같이 자신만만한 태도로 그것을 베어버렸으면 좋았겠지만 이상하게 지금의 나는 그런 행동을 취하지 못하고 있었다. 게다가 몸도 점점 작아져 왜소해지고 결국엔 어린아이가 되어버렸다.

아무리 달려도, 아니, 달리면 달릴수록 나락 속으로 빠져 들어가고 있는 것 같은 느낌이 들었다. 그러나 목소리조차 목구멍을 타고 흘러나오지 않았다. 한없이 나락으로 빨려드는 것 같은 기분이 든다. 난 빨려 들어가지 않기 위해 안간힘을 썼다.

그러나 그것은 무용지물이었다. 빠져나오려고 하면 할수록 그것은 점점 더 나를 삼키기 위해 다가오고 있었다. 호흡이 가빠지면서 숨이 거칠어진다. 그러면서 한을 품은 그 괴물들이 나를 나락으로 끌고 가기 위해서 징그러운 팔을 내밀었다. 잘못하면 끌려 들어갈 것 같았다.

그러나 그때였다. 은색의 머리카락이 바람에 실려오면서 암흑 속에서 창백할 정도의 하얀 손이 나타났다. 그 흰 손을 잡기 위해서 나는 손을 뻗었다. 백발과도 같은 흰 은발이 휘날리면서 그 하얀 손가락이 나의 손을 힘차게 붙잡았다. 그제야 나는 악몽에서 벗어날 수 있었다.

Katis
카티스

　간밤에 이상한 꿈을 꾼 듯한 느낌이 들어서 약간 기분이 나빠졌다. 하지만 마지막에 나의 머리를 쓰다듬어 준 부드러운 손이 두통을 사라지게 해준 것 같았다. 나만의 착각이라면 착각이겠지만, 그런 꿈을 꾼 것이 한두 번은 아니었다. 마법사와 만나기 전, 아주 오래전부터 나는 그런 꿈을 꾸어왔다. 아니, 그보다 더 오래전인가, 그 사카디온을 만나기 전부터 꾸어오던 꿈. 그 꿈의 연속이었다. 이른바 악몽과도 같은 꿈.

　이제는 지겨워 보이는 아침이었다. 여자 몸으로 고생할 때는 태양이라는 녀석이 좋게만 보였었는데 반드시 그러한 것만은 아니었다. 언제부터인가 하늘마저 가리고 있는 나뭇잎 틈 사이로 얼굴을 내민 태양이 예전과는 다르게 느껴지기 시작했다.

　나는 한숨을 쉬면서 누워 있던 곳에서 일어났다. 어제 기분이 나빠져 버려서 그냥 이곳에서 자버렸던 것을 기억해 내면서 나는 머쓱하게 턱을 만지작거렸다. 까슬까슬한 털이 손에 와 닿았다.

카티나로 변했을 때는 밤마다 계집애가 되어서 그런 것인지 수염 같은 것은 나지 않았었는데, 지금은 그런 귀찮은 과정이 사라진 것은 좋은데 아침이 되면 면도를 해야 한다는 것을 잊어버리고 만다.

계집애들은 단정한 남자를 좋아하는 경향이 있어서—적어도 키스할 때 까끌까끌하면 불쾌하다고들 한다—난 언제나 깨끗이 면도를 하곤 했는데 아무래도 곧 수염을 깎아야 할 것 같다.

눈은 떴지만 일어나기가 싫었다. 하지만 내 성격상 이대로 뻗어버려 잠들 일은 없을 것이다. 잠이라면 벌써 지겹도록 잤으니까.

탕탕—!

어디선가 금속과 금속을 부딪치는 시끄러운 소리가 들려왔다. 그 덕에 좀 더 눈을 감고 싶었던 기분마저 사라져 버렸다. 대체 어떤 미친 인간이 내 귀에 대고 이따위 소리를 내고 있는 거지?

"일어나, 일어나라고!"

웬 계집애 목소리? 내가 헛소리를 들었나?

그동안 여자 좀 못 안았다고 이런 꿈을 꾸고 있는 건 아니겠지. 젠장할, 하지만 생각보다 어린 여자의 목소리였다. 성인 여자에 비해서 어린아이였다. 나는 원래 어린애가 싫었다.

"뭐야?"

고개를 들었다. 눈부신 빛이 눈꺼풀 사이로 스며들었다. 태양을 정면으로 가리고 있는 꼬맹이의 그림자와 함께 시끄러운 냄비 두들기는 소리가 귓바퀴를 맴돈다. 젠장, 고막 터지겠네!

"어서 일어나. 아침 식사 준비가 다 되었단 말야."

이 목소리는 낯익은 소리였다. 이건 꿈이 아니었던가. 아니면 저 계집애가 돌았나.

나는 눈을 비비며 일어섰다.

"왜 아침부터 시끄럽게 하고 난리야!"

내가 그 계집애에게 버럭 소리쳤다. 대개 내가 빨간색 눈을 부릅뜨고 부라리면 어떤 꼬맹이라도 도망가기 마련인데, 이 계집애는 이상하게도 그렇게 하지 않았다. 간댕이가 부은 계집애인가 보다. 잘 보니 백금발의 긴 머리카락을 질끈 동여 묶은 살갗이 눈부시게 하얀 계집애였다. 얼굴은 잘 보이지 않았지만 탕탕—! 냄비를 두드리며 내 청각을 자극하고 있었다.

"아무것도 못 먹었다고 했잖아. 그러니까 배고플 거 아냐?! 안 그래, 오빠?"

그 계집애는 아마색의 눈빛이었다. 아마색을 보니 아마색 머리카락의 미드가르드가 떠올라서 돌연 기분이 나빠졌다. 태양 빛이 반짝이자 그림자졌던 그 꼬마의 얼굴이 환하게 드러났다.

"너, 넌?"

어디선가 본 얼굴이라고 계속 생각하고 있었다. 그런데 저 계집애가 바로 그 계집애일 줄이야. 유에디에. 저 모습으로 나를 골탕먹이고 간 그 계집애가 아닌가.

내가 놀란 눈으로 바라보자 그 계집애는 눈을 동그랗게 뜨고 나에게 다가왔다. 보통의 여자 아이들이 입는 평범한 스커트를 입고 마치 평범한 마을 계집애처럼 프라이팬과 냄비를 들고 다가오는 유에디에의 모습에 나는 두려움을 느꼈다. 난 엉겁결에 뒤로 물러섰다.

"왜……?"

뻔뻔하기도 하네. 그 원수 같은 유에디에, 아니, 이미르가 나의 앞에 서 있는 것이었다. 그 계집애는 안색 하나 바꾸지 않으며 방긋이 웃어 보였다.

"오빠, 어서 식사해."

"네가 왜 여기 있는 거지?"

그 계집애는 배실배실 웃을 뿐이다. 저렇게 웃으니 마치 천진난만한 아무것도 모르는 동네 계집아이 같다. 생긴 건 귀족적으로 생겼지만. 저 나이 대의 이미르라면 성별도 없겠고.

그러나 그 계집애는 나의 행동에 신경 쓰지 않으면서 쪼르르 모닥불을 피워둔—언제 또 저런 걸 피웠고, 난 왜 그 사실을 지금까지 눈치 못 챘는지 모르겠다—곳으로 달려갔다. 그곳에서 음식 냄새가 폴폴 풍겨 나오고 있었다. 저 계집애가 손수 뭔가를 만든 모양이로군.

저 계집애가 왜 여기 있을까.

유에디에는 어디서 나왔을지 모를—아마도 그 잘난 마법이라는 것의 소산물일 듯싶다—그릇에 정성스레 수프를 하나하나 담으면서 빙그레 웃으며, 내가 있는 쪽이 아닌 곳을 대면하면서 말했다.

"거기 그쪽 분도 식사하세요."

"그쪽 분?"

유에디에의 말에 나는 눈을 동그랗게 떴다. 그 계집애가 내 주위를 맴돌고 있다는 것 자체가 이상한데 또 다른 녀석이 있단 말인가?

유에디에는 줄레줄레 그쪽으로 다가가서 손 안에 있는 수프를 건넸다.

"밸더."

이해가 가지 않는다. 왜 밸더가 저곳에 있는 걸까. 그는 바다 내음이 날 것만 같은 푸른 눈으로 유에디에의 모습을 응시하면서 그 수프를 받아 들었다.

"저 녀석이 언제 따라온 거지?"

저 녀석의 모습을 보자 절로 어안이 벙벙해졌다. 게다가 밸더뿐만이 아니었다. 근육 덩어리 헝그리 녀석도 밥 냄새를 맡았는지 달려왔다가 내가 깨어났다는 것을 발견하고는 헤헤 웃기 시작했다.

내가 이렇게 많은 녀석이 내 주위에 있었는데도 몰랐다니. 오늘 또다시 꾸기 시작한 악몽은 예지몽이었던 것 같다.

"스승님, 저도 왔어요. 전 스승님을 버리지 않을 거라고 마음먹었거든요. 저, 용사 헝그리는 스승님의 영원한 제자가 될 것을 맹세합니다. 물론 지금도 역시 청출어람이라는 말이 어울리겠지만."

"닥쳐, 이 햄 덩어리야."

저 헝그리 녀석마저도 반갑게 느껴지다니, 나도 돌아버린 모양이다.

"핏! 스승님은 맨날 나한테만 뭐라고 해."

네 녀석이 영양가있는 소릴 해야 내가 널 이뻐해 주든가 말든가하지.

계집애도 아닌 주제에 툴툴거리는 그 녀석을 검신 이질리스의 손잡이로 후려갈겨 주었다. 그러고 보니 이질리스 녀석도 나무 그루터기에 불편한 모습으로 앉아서 가만히 나의 행동을 주시하고 있었다. 이질리스는 처음부터 날 쫓아왔고, 헝그리 녀석이 날 따라온 것도 뻔한 일이다. 아마도 시리스가 보낸 것 같았다.

"시리스, 그 계집애가 날 쫓아가라고 해서 온 거겠지?"

헝그리는 몸에 비해 유치한 구석이 많은 단순한 어린애니까.

"그, 그건……."

정곡을 찔렸는지 헝그리 녀석이 당황하는 것을 보니 확실하군. 그 녀석의 옆에는 등 뒤에 차고 있는 휘어진 마수 검—부메랑이라고 해도 무방하다—뒤에 시리스가 보여준 그 막대기가 꽂혀 있었던 것이다. 그것은 그 막대기 모양의 불 뿜는 검인지 건Gun인지 뭔지 하는 것으로 헝그리가 그것을 가지고 온 것을 보니 시리스의 부탁으로 날 따라왔다는 것이 증명되었다.

"전 원래 저의 애검인 지그프리드 하나면 된다고 생각하지만 그냥 가지고 온 것뿐이에요. 시리스 누님이 저더러 가지고 가라고 사정을 하시지 뭡니까. 하하하."

"물어보지도 않았다, 이 자식아."

그 가벼운 입을 나풀거리는 것은 여전하군. 헝그리 놈은 원래 이런 녀석이니까 그렇다 쳐도 밸더 녀석이 나를 따라온 것은 의외였다. 저런 요상한 녀석이 시리스가 '따라가 주세요'라고 한다고 해서 따라갈 리는 만무하지 않은가.

"그런데 유에디에도 그렇고 밸더는 왜 날 따라온 거지?"

나는 입술을 질겅 깨물었다. 이런 이상한 녀석들과 함께 있다니 내 자신이 한심해지는 것을 느꼈다. 누가 봐도 수상한 무리들일 것이다. 꼬마 계집애에 계집앤지 사내자식인지 착각되는 이질리스 놈, 껵다리에 멍청한 표정을 짓지만 실력은 보장하는 미친놈 밸더에 근육 덩어리 꼬마 헝그리라니. 정말 돌아버리겠군.

"왜? 외롭지 않으니까 좋잖아. 안 그래, 카티스 오빠?"

내가 지끈지끈거리는 머리를 움켜쥐는데 수프를 내어주면서 이미르가 다가왔다. 뭐, 유에디에라고 해도 괜찮겠지만 어차피 이미 르는 이미르니까 그냥 이미르라고 부르는 게 낫겠다.

"닥쳐, 이 계집애야."

"오빠 너무해! 여자에게 실례라고."

저 계집애가 사람 염장 지르고 있군. 원래 그런 성격도 아닌 주제에 다가오긴!

"빌어먹을, 오빠 같은 소리 하고 있군."

그렇게 어린애의 모습으로 변할 수 있는 마법을 부릴 줄 아는 이미르라면 아마 날 밤마다 꼬마 계집애가 되어버리는 저주를 내릴 수 있을 것이라고 생각했었다. 그런데 수다 껌 녀석이 사라지면서 동시에 그 저주에서 헤어 나올 줄 누가 알았겠나!

그와 동시에 나를 봉인한 계집애에 대한 증오가 조금 누그러진 것은 사실이었다.

그 계집애는 내가 혼자 땅 파고 있는 것을 알면서도 밸더 쪽으로 고개를 돌렸다. 밸더는 유에디에, 즉 이미르가 준 것을 받아 단숨에 들이켜 버린 것 같았는데 이미르는 밸더에게 또다시 수프를 권했다.

"이쪽 오빠도 어서 많이 드세요."

"……."

밸더 녀석, 잘도 받아 마시는군. 하지만 표정에 변화가 없는 것으로 보아 이미르의 행동이 귀찮아서 그냥 받아주는 것 같았다. 제길, 배가 고파오는군.

"스승님, 부끄러워하시는 거죠? 유에디에가 스승님을 오빠라고 부르니까요. 스승님, 얼굴이 빨개졌어요. 그동안 심기 불편해하시더니, 이제 좀 괜찮아지신 걸 보니 저 헝그리는 너무나 기뻐요."

뚫린 입이라고 말 하나는 잘하고 있군!

나는 눈썹을 치켜세우고 입술을 질겅 깨물었다. 그리고 나서 흙이 잔뜩 묻은 구둣발로 녀석의 얼굴을 밟아 비벼주었다. 헝그리녀석은 기묘한 포즈로 그것을 내가 자신에게 준 시련으로 받아들였다. 이처럼 끈질길 줄이야! 아마 바퀴벌레도 저 정도의 생명력은 가지고 있지 않을 것이다.

"아무튼 오빠, 이제 어떻게 할 거야?"

그 오빠라는 소리 좀 빼라. 역겹다.

"시끄러, 이 계집애야."

"배가 고프면 수프 더 줄까?"

내 말은 아예 귀담아듣지도 않는 계집애의 행동에 피가 거꾸로 솟아오르는 것을 느꼈다.

"이 계집애가!"

"왜 그래, 오빠? 우리들이 이렇게 오빠를 혼자 두지 않아줘서 기쁜 거구나. 걱정 마, 오빠. 이제 오빠는 외롭지 않아."

"보자보자 하니까 더 놀려먹는군."

내가 왜 이따위 계집애의 페이스에 말려들어 버린 건지. 나답지 않은 일이다. 그러나 과연 나다운 것이라는 것이 무엇인지, 그런 생각이 들면 괜스레 허탈한 웃음만 나온다.

그런 나를 이미르의 아마빛 눈이 응시하고 있었다. 이미르는 꼬마 계집애의 얼굴을 한 채 진지한 표정으로 나를 바라보고 있었다. 섬뜩할 정도의 집념을 가진 그 표정을 보니 왠지 두려워졌다.

"왜? 이제 날 죽일 이유라는 것은 없어진 거야?"

죽일 이유?

"……?!"

그렇다. 난 이 계집애를 죽이려고 하고 있었다. 알타크나의 성에 가서 알타크나의 성가신 마법사, 날 이전에 잠재운 경력이 있는 저 계집애를 죽여 버리는 것이 목표였다. 알타크나로 발걸음을 향할 때마다 난 그 계집애에 대한 증오의 마음을 불태웠고, 그렇기 때문에 알타크나 근처까지 올 수 있었던 것이다. 그런데 중간에 수다 검 녀석이 자기 멋대로, 정말 자기 멋대로 돌아가 버리지 않았다면 나는 그 증오를 좀 더 불태울 수 있었을 것이다. 지금까지 미드가르드의 일로 머리가 심란해져서 난 이미르의 일을, 증오와 복수를 잊어버리고 있었던 것이다. 이미르의 묶은 실낱 같은 머리카락이 바람에 흩날렸다.

"유감이네. 겨우 미드가르드 때문에 그런 표정을 짓다니, 오빠답지 않은 일이야."

그 계집애는 흩날리는 머리카락을 양손으로 붙잡으면서 말했다. 어린아이답지 않은 서글픈 눈으로 나를 바라보고 있는 여자아이, 이미르도 인간에 비해서 꽤 오랜 세월을 살아온 마법사가 아니던가.

"이미르, 미드가르드가 그렇게 행동할 것을 넌 원래 알고 있었던 건가?"

"그를 붙잡았다고 생각한 것이 바보 같았던 거야, 카티스."

나는 주먹을 불끈 쥐었다. 내가 미친놈이지, 나만 모르고 있었던 거야. 마법사 이미르조차 이미 알고 있었는데!

"그럼, 이제 출발할까? 이제 식사도 끝난 것 같으니까."

나는 헝그리 녀석이 들이키려고 했던 수프를 빼앗아 마신 후 헝그리의 배를 짓밟아 버렸다. 맛이 있든 없든 관계없었지만, 그것이

따뜻했다는 것만은 느낄 수 있었다.

그런데 왜 이미르는 어린아이의 모습으로 내 눈앞에 나타난 것일까. 그리고 왜 난 저 소녀가 유에디에, 아니, 이미르라는 것을 알고 있으면서도 죽이려 하지 않는 걸까. 그렇게 생각하다 보니 시리스의 말이 떠올라 버렸다.

"당신은 인간에 가장 가까운 존재예요."

시리스의 목소리가 귓가에 맴도는 것 같아서 나는 일부러 고개를 돌렸다. 나는 시리스의 그런 목소리 때문에 이상하게 오늘 꾼 꿈이 떠올라서 기분이 나빠졌다. 시리스의 그 말이 오늘 꾼 악몽과 특별한 관련이 있는 것도 아니었는데 이상하게 계속 신경 쓰였다.

내가 그렇게 고민하고 있을 때 밸더는 몸을 일으키면서 고개를 들었다. 밸더는 나뭇가지 사이로 드러난 푸른 하늘을 주시하고 있었다. 나는 나도 모르게 밸더의 눈을 쫓아 나뭇잎 사이로 펼쳐진 또 다른 세상을 바라보았다.

그곳엔 새가 한 마리 날아가고 있었다. 아니, 그것은 새가 아니었다. 새였다면 그렇게 비정상적으로 날개가 크진 않았을 것이다. 밸더의 눈도 그 존재를 쫓고 있었다.

"미드가르드……."

그 녀석의 존재를 눈치 챈 것은 나뿐이 아니었다. 이미르도 마찬가지였다. 그렇지, 저 계집애는 미드가르드를 좋아하고 있었던 것 같으니까. 마법사 이미르는 이전엔 미드가르드의 주인이었지만 지금은 아니었다. 미드가르드는 무엇을 원하며 이그드라실의 형제로서 돌아간 것일까.

"저쪽은… 짐승의 산맥?"

"뭐?"

내 말을 듣고 있는 것인지 아닌지 이미르는 고개를 든 채 검푸른 날개를 가진 것이 날아간 쪽으로 향하고 있었다. 자기도 모르는 사이에 미드가르드가 가고 있는 방향에 무엇이 있는지 중얼거렸다. 그러나 곧 입을 다물고 평소 때와 똑같은 얼굴로 방그레 웃음 지어 보였다.

미드가르드의 모습을 발견해서 심란했을 텐데도 그녀는 최대한 그런 자신의 기분을 나에게 들키고 싶어하지 않았다. 나는 그런 이미르의 미소를 무시하면서 고개를 돌려 버렸다. 미드가르드를 응시하던 그 눈이 마음에 들지 않았던 것이다.

"이제 곧 이다 평원을 지나면 수도에 도착하고 알타크나의 수도에 다다를 거야. 수도로 갈 거지?"

"너와는 상관없는 일이잖아. 내가 어딜 가든지 말든지."

나는 퉁명스럽게 대답하면서 수프를 끓이던 낡은 냄비를 헝그리 녀석의 머리에 얹어주었다.

"상관있어. 너는 나를 죽이기 위해 오고 있었던 거잖아? 난 네가 그런 증오의 마음을 버리지 않아줬으면 좋겠어. 미드가르드라는 존재가 카티스, 너의 머리를 채우고 있다는 것은 싫거든."

"뭐?"

이 계집애가 내가 자신을 죽여주길 바란다는 것은 알고 있었지만 이 정도로 생각하고 있을 줄이야. 물론 나 역시 한시도 이 계집애를 잊지는 못했다. 복수하겠다는 마음 때문에 내 머리를 맴돌았던 것은 당연한 일이지만.

"강한 증오는 그 사람을 계속 생각하게 해. 그렇기 때문에 절대 나에 대한 증오를 버리지 않았으면 좋겠어."

"지금이라도 죽여주길 바란다면 죽여주지."

내가 이질리스의 검을 들자 이미르는 고개를 저었다.

"아니, 무대는 여기가 아니야."

"무대?"

난 이미르의 대답에 고개를 갸웃거렸다. 이 계집애, 무슨 생각을 하고 있는 거야? 이 계집애의 생각은 알다가도 모르겠다. 여자들이란 것이 다 그런 건가?

"설마 천하의 가넬 족, 라그나 라그나드인 카티스가 나를 두려워하고 있는 것은 아니겠지?"

내가 한낱 계집애를 두려워하거나 그럴 리가 없잖아.

"당연하지. 원한다면 죽여줄 수도 있다고 말했잖아?!"

말싸움 같은 것은 원래 좋아하지 않는다. 이왕이면 행동으로 보여주는 것이 좋을 것 같았다. 나는 사검 이질리스의 날을 이미르에게 향했다. 그러나 그런 나의 살기있는 행동에도 불구하고 이미르는 눈도 깜빡하지 않았다. 오히려 차분한 목소리로 이미르는 중얼거렸다.

"그래도 조금은 다행이라고 생각하고 있어. 내가 없는 것을 가지고 있으니까."

이미르는 그렇게 중얼거리면서 검을 들고 있는 손을 자신에게서 떨어뜨렸다.

"이그드라실은 거의 완성됐을 거야. 이제 몇 개의 키워드만 있으면 그 무대는 완성될 테니까."

수수께끼 문제를 내는 사람처럼 이미르는 심각한 얼굴로 내 팔을 잡고 있었다. 그 팔을 뿌리칠 수도 있었지만 이상하게도 난 그렇게 하지 못했다.

"지금은 이런 쓸데없는 이야기를 할 때가 아닌 것 같으니까 어서 출발하자, 오빠."

"떨어져, 이 계집애야."

칼을 거둔 채 이 계집애와 나란히 걸어간다는 것이 이상했다. 이미르는 어째서 저따위 말을 늘어놓으면서 내 주변을 맴도는 걸까. 백여 년, 아니, 그보다 훨씬 전부터 이 계집애는 내 머리 속을 채우며 날 괴롭히고 있었던 것이다.

"오빠 원래 여자라면 사족을 못 쓰잖아. 그러니까 나한테도 잘 해주는 것이 당연한 거 아냐?"

"닥쳐. 난 꼬마 계집애에겐 흥미없어. 네가 그 섹시한 계집애의 몸으로 돌아가면 모를까."

"지금은 안 돼."

이미르가 혀를 쑥 내밀었다. 무슨 생각을 하고 있는지 가면 갈수록 더 알 수 없는 여자. 마치 라비린스에 빠져 버리는 것처럼 깊숙이 들어가면 들어갈수록 속을 알 수 없는 여자다.

"그런데 그 다람쥐가 없어졌군."

항상 곁에서 재잘거리던 다람쥐 꼬맹이가 있었던 것 같은데 보이지 않는군.

"라타토스크에겐 다른 일을 맡겨두었으니까. 오빠가 신경 쓸 일은 아니야."

난 남에게 이끌리는 것 따위는 질색이다. 그러나 이미르는 나를 자연스럽게 리드하려고 했다. 헝그리도, 밸더도 이상하게 이미르를 쫓아오고 있었다.

감각 가는 대로 제멋대로 살아온 나에게 이미르의 존재는 신비한 것이었다.

이미르는 자기 마음대로 우리를 안내하고 있었다. 내가 자기를 죽이겠다고 이를 갈고 있는데도 발 벗고 도와주러 오다니, 이상한 성격의 여자다. 아마 제정신인 계집애라면 동의하지 않았을 일이다.

이미르는 알타크나 토박이답게 이곳의 지리를 잘 알고 있었다. 유에디에의 모습을 하고 있는 이미르를 따라오는 헝그리는 이해할 수 있었지만 발소리조차 내지 않고 꾸준히 따라오고 있는 밸더 녀석은 이상하다고 생각되었다. 뭐, 내가 알 바는 아니지만 이로써 수상한 그룹이 형성된 느낌이었다.

그 계집애가 다다른 곳은 수도를 방어하고 있는 수도 변경의 남쪽 성이었다. 수도 안으로 들어가려면 번거로운 절차를 거쳐야 하기 때문에 인간들의 삶에 별로 관심 없는 이 라그나 라그나드인 나도 누누이 들어서 잘 알고 있었다. 역시 에즈의 말대로 통행증이라도 만들어두어야 했던 걸까.

날씨는 맑고 청정했다. 묘하게도 바람 한 점 불지 않는 가을 날씨였다. 날씨에 걸맞지 않게 거지와 거의 흡사한 실향민 몇 명이 성벽 앞에서 그 안으로 들어가기 위해 실랑이를 벌이는 소리도 간간이 들린다.

"무슨 일이 있는 모양인데요, 스승님?"

헝그리 녀석은 그 왕성한 호기심을 앞세워 그곳으로 다가가 본다. 곧 이어 녀석의 모습은 사라졌고, 이미르도 어쩐지 이상하다는 듯이 고개를 갸웃거린다.

이 계집애, 정말 어떻게 행동해야 할지 계획이나 있는 걸까. 내가 그런 식으로 고민하고 있을 때 수도로 들어가려는 사람들과 경비원이 실랑이하는 소리가 들려왔다.

"마음대로 이곳에 들어갈 수 없다!"

"왜 안 된다는 거죠?!"

꼭 저런 녀석들이 있지. 어라? 어디선가 들었던 목소린데……!

"시끄럽다. 이곳은 난민을 유입하는 장소가 아니란 말이다!"

"빌어먹을, 무슨 소리를 하는 거냐. 이쪽도 이쪽 나름대로 사정이 있다고 말했잖아!"

이상하게 익숙한 목소리로군. 게다가 저런 녀석의 성격은 다혈질이고 말보단 손이 먼저 앞서가는 스타일이겠지.

나는 약간 호기심이 동해서 고개를 돌려보았다.

"닥쳐! 이곳은 마음대로 들어갈 수 없는 곳이라고 했잖아! 하물며 너희같이 신분을 알 수 없는 녀석들에게 누가 수도로 들어가게 해줄 것 같아?"

경비원도 생각보다 강경하게 나오고 있었다. 하긴, 저 녀석들이야 일이 그런 일이니 할 수 없는 것이겠지만. 아무런 상관 없는 나는 싸움이라도 일어날 기세 덕에 기분이 좋아져서 휘파람을 휘익~ 불었다. 하지도 못하는 말싸움을 하고 있는 남자에게 관심이 갔다. 물론 그가 여자가 아닌 이상 호의있는 관심일 리가 없다.

"로파르 지역의 참사로 인해 수도로 난민들이 유입되고 있다니. 세상 말세야, 말세라고. 미안하지만, 젊은 부부는 다른 곳으로 가는 것이 좋겠소."

다른 비교적 늙고 경륜을 쌓고 있는 듯한 경비원이 그 둘을 뜯

어말리면서 어울렸지만 그게 될 리가 없다.

"젠장할. 닥쳐, 이 자식들아! 그런 소리 한두 번 듣고 있는 줄 알아? 우린 수도로 가야 할 이유가 있다고 말했잖아!"

"이 자식이, 누구에게 이래라저래라 말하고 있는 거야? 통행증이 없으면 당연히 못 들어가는 거지, 말이 돼?!"

젊은 경비는 성이 난 얼굴로 달려들었지만 그 다혈질의 남자 뒤쪽에 서 있던 여자가 그의 팔을 잡았다. 아마 저 녀석은 검을 뽑아 앞의 경비원의 목을 치려고 생각하고 있었던 것 같다.

"그만두세요. 이런 곳에서 싸우는 것은 제가 원하지 않는 일이에요."

그 여자는 그 남자를 잘 어울렸다. 아무래도 그렇고 그런 사이인 모양이다. 모처럼의 구경거리로군. 남의 일 같지는 않지만.

"제길!"

그 남자는 자존심이 있었지만 그 여자 앞에서는 섣불리 행동할 수 없었던 것 같다.

역시 저런 때 보면 여자의 힘이란 위대해.

"왠지 소란스러운 것 같은데요, 스승님."

헝그리 녀석은 돌아와서 멍청하게 말했다. 이미르는 아무런 말 없었지만 생각이 있는 것 같았고, 이질리스와 불청객 밸더에겐 뭔가를 기대한다는 것 자체가 어리석은 일이다. 차라리 말 못하는 나무에게 기대하는 편이 더 낫겠다.

"닥쳐라. 그 스승이라는 소리 집어치워!"

"이젠 익숙해지셨을 줄 알았는데… 몇 년 동안이나 저의 스승이셨으면서 부끄러워하시면 곤란하죠."

"닥쳐!"

내가 잠들어 있는 사이에도 스승이라고 우기고 다녔다니. 저 녀석, 정말 영웅병이 난치에서 불치병으로, 불치에서 극에 달해 버린 모양이다. 역시 마음에 안 든다, 안 들어. 저 근육 덩어리 헝그리 하이브는 어두운 밤에 혼자 길을 걸어갈 때 검을 빼 들어 쥐도 새도 모르게 사지를 절단해 버리고 싶은 스타일의 녀석이다.

"로파르 참사로 인해 유입되는 사람들인 모양이야, 오빠."

로파르 참사? 그런 건 뭔지 모른단 말야. 하지만 이미르는 로파르 참사라는 것에 대해서 잘 알고 있는 것 같군. 뭔가 심각한 기색을 얼굴에 띠고 있는 것을 보면.

"에? 그럼 저긴 마음대로 갈 수 없다는 소리인 것 같은데."

헝그리 녀석이 당연한 소리를 심각하게 했다. 그 이야긴 아까부터 하고 있었잖아!

"요새 수도 지역 경계가 강화된 것 같아. 다 이그드라실 때문이겠지만."

이미르는 모두 알고 있으면서도 빙글빙글 돌려서 말하고 있다. 난 눈살을 찌푸렸다.

로파르 참사. 이미르의 말에 의하면 갑작스러운 힘의 파동으로 인해 이 근처의 한 지역이 날아가 버린 것이라고 하는데, 그때 죽지 않고 남은 유민들이 이리저리 떠돌며 도움을 요청하거나 살 곳을 찾아다니고 있다고 한다. 로파르가 어디 있냐고 묻는다면 난 역시 모르겠지만. 난 발 가는 대로 가는 스타일이라서. 일일이 지명을 챙겨주었던 것도 수다 검 녀석이었는데. 쳇, 수다 검 녀석을 생각하니 기분만 나빠져 버렸다.

"이제 어떻게 하죠?"

헝그리가 얼빠지게 물었다. 내 앞길을 막는 멍청이에게 남는 것은 죽음뿐이라는 것을 보여주면 그만이다. 저기 저 녀석들이 바보 같은 거 아니겠어?

"저 사람들이 들여보내 줄 리가 없잖아요?"

헝그리 녀석은 당연한 질문을 하면서 밸더를 재촉했다. 밸더는 입을 열기도 귀찮은 듯이 입술을 거의 움직이지 않았다.

"덤비는 놈은… 모두 죽인다."

하지만 헝그리 놈에게 들릴 정도로 낮은 목소리로 말했다. 헝그리 녀석은 밸더의 말을 듣고 얼굴이 새하얗게 질렸는데 볼 만하다. 그럼 다른 어떤 대답을 원했다는 거야, 바보 같은 녀석.

"그럼 스, 스승님은요?"

"가지 못하게 하면 다 죽이고 가면 되잖아."

나도 나를 스승이라고 부르며 따르는 멍청한 놈에게 한 가르침을 주었다. 그 녀석은 눈을 껌뻑껌뻑거렸다가 마치 물 먹는 붕어가 산소 호흡을 하는 것마냥 입을 뻐끔거렸다. 그리고 이어서 손과 손으로 짝 소리를 내면서 손뼉을 쳤다.

"그것이 바로 스승님의 가르침이로군요! 저, 용사 헝그리 하이브는 앞으로 스승님의 가르침을 받들어 장애물은 싸그리 쓸어버리도록 하겠습니다."

역시 바보 아냐?

그런 헝그리를 이미르와 이질리스가 뒤에서 한심한 눈으로 바라보고 있었다. 아마도 이미르도, 이질리스도 헝그리보다는 나를 한심해하며 보는 것 같았지만.

"오빠, 쓸데없는 생각 좀 하지 마. 그럼 이그드라실의 다른 사람들이 오빠의 위치를 알게 될 텐데?"

"시끄러워! 오면 다 죽여 버리면 되는 거야!"

이미르의 말에 나는 간결하게 대답했다. 이 계집애, 지금 네가 날 걱정해 줄 처지냐. 어차피 내가 들통나든 안 나든 네가 알 바 아니잖아?

"언제나 그렇게 단순하게 생각하니까 자꾸 니드호그나 레스베르그에게 들키는 거야. 게다가 휘르와 앙그라보다도 오빠를 찾는 것에 혈안이 되어 있다고."

그러나 그 계집애는 설교를 계속했다.

"쳇."

원래 계집애들이란 설교를 좋아하는 모양이다.

"빌어먹을! 다 죽여 버리는 건데! 주군—! 왜 저따위 인간의 말을 듣는 거죠?!"

불과 같은 목소리는 여전하군. 인간들이 보이지 않는 곳에서 불의 정령 검의 정령은 그 녀석의 눈앞에 나타났다.

"자이비엘, 그녀에게 무례한 행동을 하는 것은 용서 못해!"

그 녀석답지 않은 발언이로군. 언제는 칼리아의 이름만 부르짖더니 이젠 여자를 바꾸어 버렸나 보다. 그럴 줄 알았다. 남자 녀석들 중에 외줄기만 바라보는 놈은 보기 드물지. 아니, 지금쯤 죽은 자를 잊어버리는 것은 당연한 거다. 죽은 자의 망상에서 깨어나지 못하는 것은 이질리스 같은 덜떨어진 놈에게나 가능한 것이니까.

"저야말로 이해할 수 없다고요. 주군의 머리 속에 나 말고 다른 여자가 있는 것은 용서 못해요!"

과연 여자들은 무섭군. 항상 생각하는 건데, 여자는 남자보다 더 무섭다. 그건 이미르도 마찬가지다. 자길 죽이는 걸 도와주겠다고 나서다니, 그 꿍꿍이속을 도대체 알 수가 없다.

그런 것은 일단 접어두고.

"오랜만이로군, 광검사."

나는 죽이고 있던 발자국 소리를 내며 놈의 앞에 나섰다. 놈은 인기척을 느끼고는 어깨까지 닿는 은발이 흔들릴 정도로 빠르게 고개를 돌렸다.

그 은빛 머리카락은 예전보다 조금 짧아진 듯하지만 체격은 변하지 않았다. 광란의 웃음이 없는 것만 제외하곤 예전과 다름없는 모습을 하고 있는 이종족, 베리우스였다.

"너는?"

베리우스의 잿빛 눈동자가 작아졌다. 아무래도 나에 대해 사무친 원한이 생각나 버린 모양이다.

"아는 사이인가요, 스승님?"

"시끄러워! 넌 저리 처박혀 찌그러져 있어."

헝그리 녀석이 볼멘 얼굴을 했지만 나는 상관없이 이질리스의 검신을 빼 들었다. 베리우스 녀석도 나를 알아본 이상 절대 지지 않겠다는 듯 코웃음을 치며 불의 검 자이비엘을 집어 들었다.

"흥, 여전히 이상한 것들과 함께 다니는군!"

"너야말로 뒤에 있는 것은 여자인 모양이로군."

내가 후드를 눌러쓴 금발 머리의 여자를 가리키며 조롱하자 베리우스의 안색이 파리해졌다.

"이 자식, 그녀에게 손대지 마!"

역시 저 녀석은 놀리는 재미가 삼삼하군. 난 주위가 이글이글 타오를 정도로 분노하고 있던 붉은 머리카락의 자이비엘을 돌아보았다.

"자이비엘, 아주 심통난 모양인데? 왜, 베리우스, 저 멍청한 놈이 바람이라도 피던?"

"주군에게 멍청한 놈이라고 말하는 것은 용서 못해요, 카티스."

역시 가재는 게 편이라고 하더니. 베리우스 녀석은 나보다 앞서기 위해 자이비엘을 들고 뛰어올랐다.

"이곳에서 너 따위를 만나다니, 넌 오늘 재수가 없는 거야."

"그건 내가 하고 싶은 말이다. 넌 날 죽이려다가 내 발길질 한 방에 저 절벽 아래로 떨어져 버리지 않았었나? 그렇게 보면 그런 것치고 상당히 멀쩡해 보이는군. 흐음."

"닥쳐! 너야말로 그렇게 되게 해주지!"

챙!

검날이 부딪쳐 흰색의 불꽃을 터뜨렸다. 나와 베리우스 녀석이 서로 검날을 마주하며 서 있자 한가하게 이미르가 뒤에서 물었다.

"아는 사이야, 오빠?"

베리우스 녀석은 그 계집애를 보고 순간적으로 눈을 동그랗게 떴다.

"너, 언제 저런 딸을 낳았지?"

"죽고 싶냐, 베리우스?"

난 때를 놓치지 않고 베리우스 녀석의 목을 노렸지만 안타깝게도 놈의 목에서 벗어나 어깨에 잔상처를 냈을 뿐이었다. 잘하면 목을 날릴 수도 있었는데!

"도전이라면 얼마든지 받아주지. 이 재수없는 라그나. 하지만 여기선 사양하겠어."

어떻게 된 일이지? 저 베리우스가 먼저 미친 듯이 웃으면서 달려들지 않다니. 역시 세상은 오래 살고 볼 일이다.

"난 수도로 가야만 할 일이 있어. 너와의 싸움으로 시간을 빼앗기고 싶지는 않아."

"호오라~ 너와 그 계약을 맺었는지 아닌지 모르겠지만 나키아 케이아르는 이미 죽었는데?"

"시끄러워! 이제 그 녀석에겐 관심없다. 이제 그 녀석과의 일은 놈이 죽은 덕에 관계없게 되었으니까."

그 녀석은 나와 이야기하는 것만으로도 짜증나는 모양이었다. 하긴 난 놈을 놀려먹기는 좋아하지만 이 녀석도 헝그리 하이브와 비슷하게 생명력이 강하다는 최대의 단점을 가지고 있다.

"웬일로 칼리아의 이름은 부르지 않네?"

나를 볼 때마다 칼리아를 부르짖던 베리우스 녀석이 어인 일로 그렇지 않은가 했더니 역시 새로운 여자 덕인가? 호오, 난 휘파람을 불었다. 베리우스 녀석은 그 말을 듣자마자 어두운 표정을 지으며 다시 검을 빼 들었다.

"더 이상 그 이야기 하면 죽여 버리겠다!"

"바라던 바다! 광검사, 내가 네 목을 분리해 주겠어!"

"이 자식이!"

베리우스 녀석이 이 정도로 나오면 반드시 웃으면서 응전해 주곤했는데 뒤에서 금발 머리가 약간 흘러나온 여자가 그놈을 저지시켰다.

"그만둬요, 베리우스!"

그 여자가 말하자마자 베리우스는 칼을 집어넣었는데, 크하하하— 꼴불견이었다. 그런 행동을 보이는 베리우스를 보고 열통 터져 하는 것은 자이비엘 역시 마찬가지다. 이거 정말 재미있는 걸!

잠시 동안의 침묵이 이어졌다. 내가 웃어 젖히는 것을 보고 베리우스 녀석이 이를 으득으득 갈았지만, 저 여자 덕에 나에게 섣불리 덤비지는 못하고 있었다. 그 덕분에 나는 양껏 웃어버렸다. 물론 놈이 덤빈다고 해도 녀석은 내 발끝에도 미치지 못하는 실력을 가지고 있기 때문에 하나도 두렵지 않지만 말이다.

"응?"

이미르는 그 후드로 얼굴을 가리고 있는 여자를 말똥말똥 쳐다보고 있었다. 겉으론 꼬맹이여도 속은 어른이니 저런 심각한 표정을 짓는 것도 당연한 일이지만.

"니센하임의……?"

"네?"

후드를 눌러쓰고 있던 그 여자는 이미르의 발언에 어깨를 움츠렸다. 아마도 이미르가 자신의 정체를 알고 있다고 생각해서 그런 모양이다.

"혹시……."

이미르가 말을 이으려고 했을 때였다.

응?!

밸더였다. 밸더가 갑자기 이 내가 보지 못할 정도로 빠르게 검을 뽑아 달려들었다. 나와 베리우스는 살기로 깜짝 놀라, 그 녀석의 검날을 피하기 위해 몸을 뒤로 내뺐다. 그러나 밸더가 야생적 본능으로 덤빈 것은 내가 아니었고, 마치 새처럼 푸드덕 소리를 내는 그림자였다.

"아아, 둔할 줄 알았는데 조금 의외로군."

익숙한 목소리. 베리우스보다 더 낯익은 목소리다.

"넌?!"

검은 그림자 사이에서 온통 검은색의 옷을 입고 있는 녀석. 유난히 아마색의 머리카락이 튄다. 그 녀석의 등에는 부자연스러우리만큼 큰 날개가 뻗어 나와 바닥을 드리우고 있었다. 놈은 살살 날갯짓을 하며 자연스럽게 공중에 떠 나를 내려다보고 있었다.

"오랜만이지?"

"미드… 가르드?"

그렇다. 그 녀석이었다. 미드가르드는 날 내려다보며 조소의 표정을 짓고 있었다.

"뭐야, 저 녀석은 혹시 마검?"

베리우스 녀석도 기척없이 다가온 수다 검 놈에게 놀랐는지 얼빠진 소리를 했다.

이 수다 검 놈, 잘 만났다. 이전에 만났을 때 하루살이가 어쩌고 저쩌? 저놈을 내 주먹이 용서 못할 것 같았다. 이미르 역시 그 미드가르드를 마주하고 있다. 헝그리 놈은 어떻게 된 사연인지 몰라서 두리번거린다.

"이 자식, 이전엔 날 바닥에 붙은 잡초마냥 보았겠다!"

"왜, 이전에 내가 아는 척하지 않아서 삐친 거야? 속 좁긴."

그 녀석은 풋 실소를 터뜨렸다. 마치 언제라도 날 제압할 수 있다는 그런 건방진 태도였다.

"닥쳐, 수다 검!"

놈을 노려보았지만 녀석은 동요하는 빛이 전혀 없다. 오히려 날 조롱하듯이 말을 이었다.

"수다 검이라고 해도, 난 네 말처럼 수다를 떤 일이 거의 없다고."

"뭐야!"

나는 염장 지르는 것을 참으면서 말했지만 수다 검 녀석은 원래 말발이 센 녀석이었기 때문에 말로써 이기는 것만은 불가능할지도 모른다.

"오호라, 내가 사라져 버려서 아쉬웠던 건가 보군."

"이 자식이!"

보자보자 하니까 더 날 가지고 놀고 있군. 가면 갈수록 그 정도가 더해지는 것 같았다. 수다 검 놈은 빙글빙글 웃으면서 조롱을 계속했다.

"혹시 모르니까 무릎이라도 꿇고 빌어보지 그래? 그럼 내가 돌아와 줄지도 모르잖아?"

"나를 가지고 놀고 있는 거냐?!"

그러자 녀석은 싱긋 웃었다. 저놈의 웃는 입을 가만두지 않겠어!

"참 잘 알고 있네. 하지만 정말 모르잖아. 네가 빌면 내가 네 곁으로 돌아가 줄지도 모른다고. 어서 한번 빌어보지 그래?"

나는 분노로 인해 이가 아플 정도로 꽉 물었다.

저 녀석이 돌았나 보다. 아니, 돌아버렸을 것이다. 미드가르드는 지나칠 정도로 자신만만한 표정으로 나를 내려다보고 있었다. 녀석의 날개는 힘이 넘쳐흘러 마치 땅을 덮을 것처럼 넓게 폈다. 그리고 놈은 땅에 발을 내디뎠다. 그와 동시에 밸더의 은발 머리가 산재되었다.

"죽음……!"

또 보이지 않을 정도의 빠른 움직임, 마치 살인 기계처럼 군더더기없는 사냥감을 노리는 솜씨였다. 밸더가 미드가르드를 노리고 있었다.

"밸더!"

미드가르드, 그 녀석의 얼굴에 한껏 미소가 감돌았다. 녀석이 항상 짓던 그런 부드러운 미소가 아닌, 뭔가 장난이 발동한 악동과 같은 미소였다.

밸더가 도약을 하고 그 자리에서 사라졌을 때, 미드가르드 녀석의 표정에는 어떤 동요의 흔적도 찾아볼 수 없었다. 밸더의 검이 미드가르드의 옆에서 그림자처럼 나타났을 때, 나는 미드가르드의 날개가 크게 흔들렸다는 것을 알 수 있었다.

미드가르드는 정적이면서도 폭발적인 밸더 녀석의 움직임을 파악하고 검날을 아슬아슬하게 피했다. 미드가르드 녀석의 움직임에 헝그리 하이브 녀석은 놀라 입을 쩌억 벌렸다. 베리우스 녀석도 밸더와 수다 검 녀석의 움직임에 주시를 하고 있는 것으로 보아 정적이면서도 동적인 녀석들의 움직임에 감탄해 마지않는 듯했다.

"확실히 이 남자는 쓸 만하군. 누구누구와는 달리."

"이 자식!"

수다 검 녀석은 바람에 날리는 그동안 길어진 머리카락을 잡으며 여유있는 웃음을 띠었다. 놈이 저렇게 여유로운 표정을 짓고 있다는 것은 아마도 자신이 있다는 뜻일 테지. 그렇다면 저 미드가르드가 능력이 탁월한 녀석이란 말인가? 그다지 납득하고 싶지 않은 사실이었다.

수다 검 녀석은 손 안에 번쩍이는 어떤 것을 발견했다.

"과연 사인(死因)의 바람이군!"

미드가르드는 '사인의 바람'이라는 말에 특별히 악센트를 주고 있었다. 미드가르드의 손에는 자신의 검신인 '미드가르드'가 들려 있었다. 어떻게 저런 일이 가능하단 말인가. 역시 수상한 놈이라고 생각했었는데, 자신의 검신을 손으로 들 수 있다니! 보통 마검이었다면 자신의 검신에 손을 대는 것은 불가능하다. 그것은 아마 미드가르드가 이그드라실의 형제들 가운데 하나이기 때문에 가능했을 것이다.

"어째서 미드가르드가 너에게 저런 말을 하는 거지? 카티스, 네 녀석 참 인복이 없구나."

베리우스 녀석이 무뚝뚝하게 내게 한마디 했다.

"닥쳐! 너 따위에게 그 따위 소리를 들을 순 없지!"

밸더와 미드 녀석의 사이에선 긴장이 팽배해지고 있었다. 밸더 녀석은 먹이를 쫓는 표범처럼 미드가르드의 움직임에 주시하고 있었다. 그러나 미드 녀석은 여유를 부리면서도 밸더가 파고들 만한 여유를 주지 않았다.

밸더가 움직이기 전에 미드가르드 녀석은 큰 날개를 살짝 움직였다. 무서운 기세로 밸더 녀석이 미드가르드를 향해 달려들었고, 곧 두 녀석의 검은 서로 새하얀 섬광을 토하며 마찰 음을 냈다.

그리고 검과 검의 반동을 이용해 미드가르드 녀석은 밸더에게서 의도적으로 몸을 피해 뛰어올랐다. 아니, 날아올랐다고 해야 옳을 것이다.

"후냐!"

낮은 저음의 목소리로 미드 녀석은 어디선가 들어본 것 같은 느낌의 이름을 불렀다. 그러나 그 이름은 잘 생각나지 않는다.

"오~ 케이!"

발랄한 계집애의 목소리와 함께 사방이 연기로 뒤덮였다. 이런 사방이 트인 장소에서 연막탄 같은 것을 사용하다니. 그렇다면 얼마 가지 않아 이 자리를 뜰 것이라고 말하는 건가?

매캐한 연기가 시야를 흐렸다. 사방을 가리는 흰색의 입자들은 1미터 앞도 내다볼 수 없을 정도로 짙게 깔려 있었다.

이거 너무 매운 연기잖아?! 눈에서 눈물이 찔끔 났다. 게다가 기분도 무지 나쁘다. 쿨럭쿨럭 기침하는 것은 나뿐만이 아니었다. 이미르도, 헝그리 녀석도, 그 후드를 눌러쓰고 있는 여자와 베리우스 녀석도 마찬가지였다. 특히 눈앞에 아무것도 보이지 않을 정도로 자욱하게 난 연기 때문에 나처럼 동물적 감각을 지닌 자가 아니고서는 미드 녀석과 밸더 녀석의 움직임을 알아보는 것이 힘들 정도다.

챙!

검이 부딪치는 소리가 들렸다. 아무래도 수다 검 녀석과 밸더가 마찰한 모양이다. 초긴장 상태. 미드 녀석, 언제 어디서 공격해 올지 알 수 없다.

"나처럼 공허한 눈을 가진 자!"

밸더는 저음의 목소리를 내면서 미드가르드에게 달려들고 있다. 그 깊은 푸른빛 눈동자는 수다 검 녀석을 응시하고 있을 것이다.

"너무하지 않습니까? 전 당신에게 특별히 폐를 끼치고 싶은 생각은 없습니다, 사인의 바람."

연기가 자욱했지만 둘 사이의 공기가 팽배해졌다는 것을 난 느낄 수 있었다.

미드가르드 녀석의 움직임이 어떨진 모르겠지만, 무언가 나의 가까운 곳에 있다. 그 녀석의 숨소리가 미약하게나마 느껴졌다.

"어라, 로드도 있었군요. 아니, 유에디에라고 불러드릴까요?"

밸더 녀석, 혹시 당한 것은 아니겠지? 그렇다면 수다 검 녀석이 밸더보다 강하단 소린데, 그건 말도 안 되는 일이었다.

"미드……."

유에디에, 아니, 이미르는 미드가르드를 볼 수 있는 걸까. 그 계집애는 녀석의 이름을 나지막이 중얼거렸다. 그때 또 심한 금속음이 귀를 때렸다. 또 녀석들이 접촉한 모양이다. 나도 검을 손에 쥐었다. 그 녀석들의 움직임 정도는 파악할 수 있다. 그렇다면 내가 먼저 치고 들어가면 수다 검 녀석의 기선을 제압할 수 있을지도 모른다.

저런 녀석 따위조차 어쩔 수 없는 나 자신이 처음으로 무력하게 느껴졌다. 아니, 처음이 아니었다. 사카디은, 그 녀석이 그 여자에게 뼈 하나도 남김없이 먹혀 버리는 것을 보았을 때도 그런 무력함을 느끼지 않았던가. 난 강해졌는데, 그때보다 나는 강해졌는데…….

"당신은 인간에 가장 가까운 존재예요, 카티스."

왜 시리스가 한 말이 귀에 아른거리냔 말이다! 난 이를 악물고 공갈 검을 들었다. 검으로부터 쇠사슬이 철렁거리는 소리가 들려왔다. 연기는 절대로 멈추지 않았지만 난 소리를 듣고 녀석들의 동태를 파악할 수 있었다. 몇 번의 굉음이 있었던 것으로 보아 녀석들은 수차례 검을 맞부딪쳤던 것 같다.

"제대로 된 상태가 아닌데도 이렇게 움직일 수 있다니, 과연 다르군요. 역시 새로운 시대의 바람인가요?"

"왜 나를 죽이지 않는 거지?"

"난 당신을 죽일 필요가 없으니까요."

수다 검 녀석의 여유로운 목소리가 마음에 들지 않았다. 정말 저 녀석, 뻔뻔하기 그지없군.

"넌, 너의 얼굴은 나와 같은 것을 추구하고 있어."

별로 말을 하지 않는 밸더 녀석이 저처럼 입을 연 것을 보면 수다 검 녀석에게서 어떤 것을 느끼고 있다는 건가?

"그럼 사인의 바람, 아직 당신은 각성을 하지 못하고 있는 겁니까?"

"……"

밸더 녀석은 말이 없었고 한참 동안 수다 검 녀석도 침묵을 지켰다. 그런 동안에 공기 중에 희뿌옇게 헤엄치고 있는 미미한 연기 분자들만이 눈에 뜨일 뿐이었다.

그러나 잠시 후였다. 미드가르드의 모습이 희뿌연 그림자의 모습으로 내 앞에 나타났다. 그 녀석이 나에게 가까이 다가오자 나는 몸이 이상해지는 것을 느꼈다. 나는 공갈 검의 무게가 점차로 무거워지고 내 옷이 헐렁해지는 것을 느꼈다. 그런 내 앞에 모습을 드러낸 미드가르드 녀석은 미소 띤 얼굴로 나를 바라보고 있었다. 웃고 있는 것 같았다. 하얀 연기 사이로 미드가르드의 음산한 검은 옷이 드러났다.

"너, 나에게 무슨 짓을 한 거야?!"

마치 밤이 되어버린 것처럼 나의 몸은 전체적으로 작아져 버렸다.

"당신에겐 그 모습이 더 어울린다고 생각지 않나요?"

"수다 검, 이 자식!"

그 녀석이 좋아하던 카티나의 모습이 되어버렸다는 사실만으로도 기분이 더러워졌다. 오랜만이라고 해도 이렇게 변한 내 몸은 하나도 반갑지 않았다. 실실 웃고 있는 미드가르드 녀석을 보니 잘난 척하는 그 머리를 잘라주고 싶은 충동을 느꼈다.

나는 다시 힘겹게 공갈 검을 들고 미드 녀석에게 달려들었지만 생각처럼 쉽지 않았다. 수다 검 녀석은 그 큰 날개를 등에 달고도 아무렇지도 않은 듯이 공갈 검의 검날을 피했다. 그동안 계집애 몸일 때의 내 실력이 무뎌져 버리기라도 한 걸까.

"미드, 됐어!"

어디선가 그 낭랑한 계집애의 목소리가 들려왔다. 수다 검 녀석은 그 목소리에 반응하더니 푸드덕 날개를 움직여 댔다.

"이런, 일이 완료되어 버린 것 같습니다."

그는 그렇게 말하면서 한 손을 들어 먼저 가겠다는 듯이 인사했다. 감히 날 조롱하고 자리를 뜨려 하다니. 게다가 내 몸을 이렇게 해두고 그냥 도망치려는 건가. 계집애의 몸으로 있긴 싫단 말이다!

난 저런 무례한 녀석을 기다리고 있었던 건가? 나는 미드가르드뿐만 아니라 나 자신조차도 한심해졌다.

"갈 땐 가더라도 날 원래대로 돌려놓고 가!"

"그런 건 거기 있는 이미르에게 해달라고 하지 그러세요. 그쪽이 더 빠를 텐데."

"이 자식!"

미드가르드는 날 놀리면서 즐거워하고 있었다. 키득키득 웃고 있는 입을 보면 알 수 있다. 게다가 한술 더 떠서 안개가 거두어지면서 미드가르드의 재수없는 모습은 보이지 않았고, 망연히 서 있는 베리우스 녀석과 눈이 마주쳐 버린 것이다.

"칼… 리아!"

이 미친놈은 또 뭐라고 말하는 건가?

"앗, 카티나 양."

으악— 내가 미치지. 저 햄 덩어리도 눈이 뒤집혀서 나를 바라본다. 하여간 도움이 안 되는 자식들! 난 두 놈의 얼굴을 발로 뭉개주었다.

"휴우……."

이미르는 계집애의 모습이 된 나를 보고 한숨을 쉬었고 이질리스 녀석도 수다 검 녀석이 사라진 곳으로 고개를 돌린 채 그곳을 바라보고 있었다. 그러다가 내게 고개를 돌린 이질리스가 무뚝뚝하게 입을 열었다.

"꼴 좋군."

"뭐야, 이 자식이!"

언제는 계집아이의 모습이 된 나와 보통의 내가 서로 같다는 것을 인정하지 않은 주제에. 저 녀석도 지독한 여자 밝힘증일 것이다. 베리우스와 헝그리 녀석의 얼굴을 짓밟고 있을 무렵, 이미르는 망연히 하늘을 보고 자리에 우두커니 서서 긴 머리카락을 흩날리고 있는 밸더를 보고 물었다.

"밸더, 뭘 보고 있는 거죠?"

"……."

그러나 밸더는 여전히 대답하지 않는다. 난 화가 풀릴 때까지 베리우스와 헝그리를 발로 밟아준 뒤 그만뒀다. 이런 몸이 되어버리니 이미르와 키가 비슷하게 보인다. 이미르는 내가 자신과 눈 높이가 맞아서 기분이 좋았는지 배실배실 웃고 있다.

"와, 이젠 비슷한 나이 대가 되어버렸네?"

"이 계집애가!"

하지만 이미르는 여전히 웃는 것을 멈추지 않았다. 게다가 이미르는 미드가르드처럼 자신에게 불리한 화제를 회피하는 데 능숙했다.

"그런데 미드가르드가 저토록 얄궂은 성격이었다니… 난 항상 미드가르드의 한쪽 면만 봐온 것 같은 느낌이 들어."

으드득—

그 빌어먹을 자식! 그 녀석에 대한 이야기를 이미르에게 들으니 더 배알이 뒤틀리는 것 같다. 원래 수다 검 녀석은 그런 성격이었단 말이다. 그러면서 뒷구멍으로 호박씨 까는 그런 놈이었던 거야. 거기에 속은 네가 바보라고!

내가 미드가르드에 대한 증오의 마음을 불태우고 있을 때 베리우스와 헝그리 녀석은 1, 2위를 다투는 끈질긴 생명력을 자랑하면서 엎어져 있던 몸을 일으켰다.

"여하간, 칼리아의 일이 생각나 버렸군."

베리우스가 중얼거리자 이미르가 관심있다는 듯이 꼬리를 살살 치며 물어본다.

"칼리아라는 사람 어떤 사람이었어요, 베리우스 씨?"

왠지 기분 나쁘군. 나와 동감이었는지 자이비엘이 베리우스의 검 안에서 나타나 이미르에게 으름장을 놓았다.

"뭐야, 넌 왜 주군에게 달라붙는 거야?"

그러나 상관하지 않는 이미르와 베리우스. 어쩐지 자이비엘이 불쌍하단 생각이 들었다.

"칼리아는……."

베리우스는 그 후드를 쓴 여자에게 주의를 기울였다. 그녀는 베리우스를 향해서 살짝 웃어주었다. 베리우스 녀석, 이해심 많은 여자를 잡았나 보군. 하긴 베리우스는 겉으로 보기엔 머슴으로 쓰기에 적합한 인물이니까.

"내가 사랑하던 여자다. 하지만 그녀는……."

베리우스는 눈물이라도 뚝뚝 흘릴 것 같은 엄숙한 분위기를 조성하고 있다. 그 후드를 쓰고 있는 여자도 약간 당황한다.

"저 녀석 때문에 죽었어. 아니, 저 녀석이 그녀를 죽인 거다!"

갑자기 분위기가 고조되는 바람에 이미르, 그 계집애도 깜짝 놀랐다. 금방이라도 폭발해 버릴 것만 같았던 베리우스를 안아준 것은 아까부터 그를 사려 깊은 표정으로 바라보던 금발 머리카락의 여성이었다. 그녀의 팔 안에 안긴 베리우스 녀석은 그제야 진정이 되는 듯 호흡을 가다듬었다. 이미르도 안심한 듯 작은 소리로 한숨을 쉬었다.

그렇게 이상한 분위기 속에 넉살 좋게 입을 연 것은 헝그리 녀석이었다.

"흐음, 어떻게 하죠? 이대로 이곳도 통과하지 못한 채 밤이 되어 버릴지도 몰라요."

그 헝그리 녀석이 마치 용사인 양 멋진 포즈—아마 자신의 생각일 뿐이겠지만, 내가 보기에는 보디빌딩하는 무식이 통통 튀는 근육 덩어리로밖에는 보이지 않았다—를 지으면서 사뭇 심각한 표정을 짓고 있었다.

"어떻게 할 수 없어. 이대로 저곳을 돌파하는 수밖에. 더 시간을 지체했다간 무슨 일이 일어날지 알 수 없어. 나도 그렇고……."

이미르가 중얼거렸다. 이제 미드가르드와 한패인 낭랑한 목소리의 여성이 뿌려놓고 간 매캐한 연막탄 안개가 거의 걷혀 있는 상태였다.

"이미르, 너 혹시 알타크나의 미친놈 무리들을 배신한 거냐?"

내가 퉁기듯 묻자 이미르는 날 돌아보았다.

"배신? 난 원래 그런 것과 관계없어."

이미르는 꽤나 진지한 표정으로 말했다. 그러나 그것도 잠시뿐이다. 그 계집애는 나를 끌어안고 토닥토닥 머리를 두드리면서 방긋방긋 웃고 있었다.

"그런데 작아진 카티스라니~ 너무 귀엽다."

젠장할. 이 계집애에게 이런 소리를 들어야 하다니 최악이다. 나는 머리에서 김이 솟아 나오는 것을 느꼈다. 내가 자신을 째려보는 것을 그 계집애도 느꼈는지 흠흠, 목소리를 가다듬은 후 다시 진지한 표정을 지었다.

"그럼 각설하고 여길 돌파하는 수밖에 없겠어."

"야, 네가 리더냐?"

"일단 그런 거 아냐? 이왕이면 큰 소동은 없는 쪽이 좋아. 니드호그나 레스베르그나 휘르에게 들키는 것은 그다지 좋은 생각이 아니거든."

"그야 그렇지만……."

나는 이미르가 역시 제멋대로인 계집애라고 생각하면서 고개를 끄덕였다.

니드호그도, 레스베르그도 이유는 모르지만 나를 쫓고 있었다.

게다가 다들 하나같이 재수없어서 만나고 싶지 않은 녀석들뿐이다.

"그렇게 생각한다면 이미 늦었어."

그 목소리를 들었을 때, 나는 몸이 오싹해졌다. 광기에 찬 미소를 지으며 니드호그가 그런 우리들을 응시하고 있었다.

"이런, 난제로군."

이미르도 눈살을 찌푸렸다.

"오랜만이지?"

매니큐어라도 칠한 것인지 번들거리는 녹색의 손톱을 가져다 대며 마치 재미있는 먹이를 발견한 사나운 독수리처럼 니드호그는 나를 바라보고 있었다. 순간 니드호그의 표정이 섬뜩해졌다.

"미친놈……!"

"잔인하게 죽여주고 싶지만 그렇게 하면 안 되겠지?"

그 녀석은 손톱을 들었다. 의외로 장갑은 끼고 있지 않은 상태였다.

"그렇게 좋아하지 마. 지금이라도 죽여주고 싶어지니까."

니드호그에게 나를 찾는 것 말고도 다른 큰일이 있었단 말인가. 만일 그렇다면 이런 걸 불행 중 다행이라고 하는 거지 아마?

"젠장할!"

미드가르드의 크고 넓은 날개와는 달리 제비 날개처럼 작고 기동성있는 그의 날개가 푸드덕 공중에서 춤을 추었다. 녀석의 입가에는 여느 때와 같은 잔인한 미소가 엿보이고 있었다.

미드가르드가 나를 카티나의 몸으로 바꾸고 간 것은 니드호그가 나를 발견하리라는 것을 알고 있었기 때문일까.

니드호그는 자신의 손가락을 유동적으로 움직이면서, 입가에 잔잔한 미소를 띠고 있었다. 니드호그의 주위에 흐르고 있는 공기가 한랭해진다. 니드호그가 독기라도 내뿜고 있는 것처럼 몸도 마음도 추위가 느껴지면서 조급해졌다.

"앗, 저 사람은!"

헝그리 녀석은 전혀 위화감없이 재미있는 것을 발견한 눈치였다.

어차피 별로 귀엽지도 않은 헝그리 따위 안중에도 없던 니드호그는 그를 무시한 채 나만을 바라보고 있었다. 그리고 나 이외의 다른 녀석들의 모습도 살피고 있는 것 같았다. 니드호그가 신경 쓰고 있는 것은 밸더와 베리우스, 그리고 나였다. 어린아이의 모습인 이미르는 안중에도 없는 것 같다.

"오랫동안 찾아다닌 사람의 마음도 좀 생각해 줘야지. 내가 찾던 사람들이 여기에 다 몰려 있을 줄은 몰랐네?"

니드호그는 잔인하게 웃었다. 니드호그가 나 말고도 찾고 있는 사람이 있었던가. 베리우스의 얼굴이 그늘져 있는 것을 보니, 그 녀석도 니드호그를 두려워할 만한 이유가 있는 것 같다.

"어떻게 하지?"

베리우스 녀석도 니드호그에 대해 알고 있는지라 썩 좋지 않은 표정이었다.

"어떻게 하긴, 당연한 거잖아. 별수있나?"

내가 놈의 걱정 어린 혼잣말에 윽박질렀지만 상황은 나아지지 않았다.

우리들을 자기 장난감으로 바라보는 니드호그의 시선이 무지막지하게 마음에 들지 않았다.

"나쁜 놈이죠? 나쁜 놈이 틀림없어요! 그렇지 않습니까, 카티나 양?"

헝그리가 갑자기 알아차렸다는 듯이 크게 소리쳤다.

"그렇다고… 볼 수 있겠지, 아마도."

쩝, 나는 입맛을 다셨다. 녀석을 이용해 먹는 편이 더 편할 듯했기 때문이다. 헝그리 녀석은 갑자기 눈을 번쩍 뜨면서 니드호그에게 삿대질을 했다.

"그렇다면, 이 정의의 헝그리가 널 쳐부수겠다!"

그러나 헝그리를 대수롭지 않게 여기고 있는 니드호그는 그 녀석의 말조차 신경 쓰고 있지 않았다. 아니, 무시하고 있었다.

"악당에게 고를 자격은 없다!"

그러나 헝그리는 여전히 남의 말에는 귀를 기울이지 않으면서 우스꽝스럽게 휘어진 마수 검을 들고 니드호그에게 달려들려 했다. 왠지 계란으로 바위를 친다는 말이 머리 속에 떠올랐다.

"피를 흘리는 모습이 우아하지 않은 녀석에게 고통을 선사해 준다는 것은 너무 자비로운 거 아냐?"

니드호그의 발언에는 약간의 짜증이 섞여 있었다. 헝그리 녀석의 행동을 보면서 신경질이 나지 않는 놈은 없을 것이라고 나는 장담한다. 게다가 또 생명력 또한 얼마나 끈질긴가!

헝그리 놈은 지금 자신의 생명력을 운에 맡기고 있는 것이다. 비정상적일 정도로 좋은 그 운에 말이다.

"문답무용! 이 헝그리님 앞에서 두말은 잔소리다. 받아라! 헝그리의 손에서 새하얀 섬광을 내뿜는 지그프리드의 일격을!"

헝그리 녀석은 그 근육이 붙은 다리를 앞으로 내밀면서 부메랑 마검을 던질 자세를 취했다.

"호오라!"

그러나 니드호그는 미동도 하지 않았다. 헝그리의 손에서 부메랑 마검이 빠져나와 팽글팽글 돌면서 니드호그의 머리 쪽으로 날아갔다.

그러나 헝그리의 그 부메랑 마검이 아무리 빨라도 소용없다. 니드호그 녀석에게 그것은 닿지조차 않았으니까. 그토록 연습했을 텐데도 헝그리는 부메랑을 잘 조절하지 못했다. 그런데도 헝그리는 자신만만한 표정이다.

"후후후, 단지 한 번 피하는 것만으로 나의 부메랑 마검을 완전히 피하는 것은 무리다. 반동 원리의 무서움을 너에게 가르쳐 주겠다, 이 악당! 나를 가로막으려고 해도 소용없다!"

헝그리의 자신감있는 발언에 니드호그는 녀석답지 않게 몇 초간 얼빠진 표정을 지어 보이더니 피식 입가에 미소를 띠었다. 저 니드호그가 얼빠진 표정을 짓다니, 헝그리 녀석이 혼을 빼놓지 못할 놈은 세상에 아무도 없을 것이라는 확신이 들었다.

"이제 나의 진정한 힘을 보여주마!"

헝그리 녀석의 입가에서 미소가 사라지지 않았다. 헝그리가 웃었을 때 내가 생각한 대로 니드호그에게 닿지 못했던 부메랑 검이 니드호그 쪽으로 되돌아오기 시작했다. 그러나 니드호그는 침착하기만 했다.

"피하지 못한다고 생각하면 뭘 해. 잡으면 그만이잖아."

니드호그 녀석은 빠른 속도로 날아오는 그것의 손잡이를 간단히 잡아냈다. 단순한 공격으로 니드호그를 쓰러뜨릴 수 있으리라고 생각하는 어리석은 헝그리 녀석.

"에엣! 그런 단순한 방법으로 나의 마검 지그프리드를 잡을 수 있을 리가 없다!"

헝그리 녀석의 생 쇼와 근거없는 자만은 산산조각이 나버렸다.

"마검은 무슨. 내가 보기엔 그저 죽은 마수 검인 것 같은데."

니드호그 녀석은 빈정거렸다. 헝그리 녀석이 쇼를 부리는 틈을 타 이미르는 내 손을 잡아끌었다. 이미르는 저 귀찮은 헝그리 녀석마저도 이용할 줄 알고 있었다.

"나만 남겨두고 다들 도망가고 있잖아!"

헝그리 녀석은 그렇게 외치면서 우리를 따라오려고 안간힘을 쓴다.

"어서 가는 것이 좋아요. 이곳에 있다간 위험해지니까!"

이미르가 다른 사람들에게 눈길을 돌렸다. 특히 이미르는 밸더를 주시하고 있는 것 같았다.

"밸더?"

그러나 밸더의 시선은 니드호그 쪽을 향해 있었다. 베리우스는 밸더에 대해서는 전혀 의식하지 않은 채 후드를 쓴 여성에게 손을 내밀었다. 둘 사이로 서로의 눈길이 오갔다.

"라이네 씨, 내 손을 잡아요."

"알겠어요, 베리우스."

눈꼴 시린 녀석들.

그러나 그런 시간도 잠시뿐.

"도망가는 것은 곤란해. 내가 선사하겠다는 죽음을 받지 않으려는 거야? 도망가는 것보다 얌전히 몸부림치는 게 너희에게도 좋은 선택일 거야."

웃기지 마. 누가 너 따위의 유희거리가 되고 싶어하겠냐. 뭘 골라도 너의 장난감이 되는 것은 변함없잖아!

"날 너무 우습게 알지 말아줘."

나는 계집애로 변해 버린 것이 속상했다. 사내의 몸이었다면 이런 식으로 무력하게 도망가고 있을 필요는 없을 텐데. 내가 이미르의 손에 이끌려 가고 있을 때 니드호그는 생각에 잠겨 있다가 뜻밖의 제의를 했다.

"좋아, 도망갈 기회는 주겠어. 카티스, 저 녀석을 나에게 넘겨준다면 나머지는 못 본 척해 주지."

베리우스도 그 제안을 듣고 고개를 갸웃거렸다. 그 녀석도 니드호그의 성격을 잘 알고 있었던 것인지 니드호그의 행동에 의문을 품었다.

"……"

잠시 동안의 침묵을 깨고 먼저 입을 연 것은 베리우스였다. 아니, 헝그리 녀석도 동시에 입을 열었다.

"할 수 없지. 데려가도록 해."

이 자식들이! 나는 헝그리와 베리우스 녀석의 면상을 동시에 차 주었다. 그 녀석들은 쓰읍… 소리를 내면서 서로 반대 방향으로 쓰러졌다.

"역시 카티나를 니드호그에게 내주는 것이 가장 빠르겠군."

이미르, 이 계집애가 한술 더 뜨네. 굼뜬 대답은 오랫동안 생각했다는 증거일 테지만, 그러한 결론을 내린 것이 더 얄밉게 했다. 하지만 이미르는 나에게 웃어 보이면서 검지손가락을 까닥였다.

"하지만 아직은 안 되겠지?"

그럼 나중엔 된단 말이냐? 이빨이 으드득 갈리는 것을 느꼈다. 그러나 그 계집애는 내 표정 따위엔 관심을 꺼둔 채 빙그레 웃고 있었다.

"내가 주의를 흐려놓을 테니 그사이에 도망가는 거야."

마법을 사용하겠다고 말하고 있는 건가? 뭐, 다른 녀석들은 말을 듣겠지만 밸더가 이미르의 말을 들을 이유는 없겠지. 몇 번 보지 못했지만 밸더는 자기 멋대로 행동하는 녀석 같았으니까. 밸더의 시선이 독룡에게 한정되어 있었다. 이미르는 빈정거리는 독룡을 보고 있는 그 녀석을 바라보면서 말했다.

"괜찮아, 밸더. 니드호그는 카티스에게 손댈 수 없을 테니까."

이미르는 힘있게 땅을 밟았다. 그와 동시에 그 계집애의 몸에서 말로 형언할 수 없는 기운의 광채가 몸을 감쌌다.

"마법? 설마……!"

니드호그 녀석의 눈이 약간 커지고, 그에 반해 동공은 작아졌다. 순간 이미르의 기운이 니드호그를 덮쳤다. 니드호그는 역시 이미르의 존재를 눈치 채지 못했던가.

"가자. 잠깐 발을 묶어두었어!"

공중에 떠 있던 니드호그 녀석이 땅에 떨어져 버렸다. 이미르의 마법은 그를 속박하고 있었다.

"하지만!"

저 녀석이 그대로 물러날 리가 만무하잖아, 이 계집애야.

"어서 가는 거야. 안 그러면 모두 후회하게 될 거라고!"

그 계집애의 말에 베리우스를 비롯한 모두가 고개를 끄덕였다. 역시 이미르의 말대로 니드호그가 조금이라도 더 힘을 못 쓸 때 도망가는 것이 상책이었다. 나는 이미르의 손을 뿌리치고 달리기 시작했다. 오랜만에 몸이 변화해서 그런지 아직도 익숙해지지 않았다.

"젠장할, 내가 또 이런 꼴이 되어서 쫓겨야 하다니!"

계집애의 몸이라 가벼워진 것은 사실이지만 적당적당히 입고 있던 옷마저 거치적거릴 정도였다. 에잇, 벗어버릴 여유조차 없군!

"날 두고 가지 말아요!"

헝그리 녀석이 도망치고 있는 나와 다른 녀석들을 보고 외쳤지만 아무도 뒤를 돌아보지 않았다. 뭐, 같은 방향으로 도망치게 된 것은 사실이지만.

"우습군. 하지만 난 놓칠 생각이 전혀 없어."

멀리서 독룡이 몸을 일으키며 혀를 날름거렸다. 그 녀석은 아직 제대로 움직이지 못하는 것 같았지만 그래도 안심이 되지 않았다.

독룡 녀석을 무섭게 생각하다니, 나도 이제 늙었나? 예전 같으면 피를 즐기고 싸우다가 죽어버려도 후회는 하지 않을 텐데. 죽음에 대한 공포를 느끼고 있는 걸까? 그럴 리가 없지. 그런 것은 인간들이나 가지는 감정이니까. 그런 것이 나에게 있을 리 없었다.

"헉, 헉……"

숨이 차 오르는 듯 베리우스와 함께 후드의 여성이 숨을 헐떡였다. 그런 그녀가 안쓰러웠는지 베리우스 녀석이 이미르에게 물었다.

"그 마법은 어느 정도 효과가 있는 거지?"

"몰라. 너무 급하게 펼친 마법이라서. 하지만 확실한 것은, 어느 정도의 시간은 벌어주었다는 거지. 바나의 마법은 라그나 라그나드라도 피해를 입기 마련이거든."

독룡 녀석이 라그나 라그나드였던가. 하기사 놈은 독룡이니까 그럴 수도 있겠군.

"헉헉……"

헝그리 놈도 묘하게 잘 따라오고 있었다. 여전히 지그프리드를 들고 있는 것으로 보아선 니드호그가 떨어뜨린 것을 주워온 모양이다. 저 녀석은 실력에 반해서 수완도, 운도 좋은 편이었다. 여전히 등에는 놈에게 어울리지 않는 건인지 뭔가 하는 길다란 막대기가 매달려 있었다.

어느덧 석양이 지고 있다. 어느새 시간이 이렇게나 지났던 건가.

"날까지 저물어가니, 원."

"괜찮아, 괜찮다고. 날이 어두워지면 그 녀석도 힘을 못 쓰겠지."

베리우스가 말했다. 그런데 밸더 녀석은 우리를 따라오고 있을까? 뭐, 놈은 빠르니까 그럴 수도 있겠지만. 베리우스는 다른 사람에게 부탁해 그곳에서 잠시 발을 멈추었다. 아마 인간인 그 여자를 배려해서 그런 것일 거다.

"그럴 리가 없어요. 니드호그는 어두운 곳에서도 사물을 잘 본다고요. 그것보다 우리에게서 떨어지는 것이 당신들에게 안전할 거예요. 그렇지 않은가요, 니센하임의 라인에르스트님?"

"어떻게 내 이름을……?"

그녀는 놀란 듯이 금발 머리가 흘러져 나온 후드를 젖히면서 말했다. 빼어난 미인은 아니지만 은근한 아름다움이 배어 있는 기품 있는 여자였다.

"당신을 알고 있는 것은 당연한 거니까요. 저도 알타크나에 관련된 사람이라서요."

이미르는 빙그레 미소를 지으면서 웃었다.

"당신 같은 어린아이가……"

"보이는 것만이 진실은 아닌 법이죠."

니센하임의 여자는 더 이상 말하지 않았다. 이미르 쪽에서도 말이 없었다. 니센하임이라는 나라는 망했다고 들었다. 그 나라의 땅은 바르하시온이 만든 개조 인간들에 의해 황폐화되었고, 또 백성들은 갈 곳을 잃었다. 미친 과학자 바르하시온은 무엇을 위해 니센하임을 폐허로 만들어 버린 것일까. 그리고 저 망국의 여왕이라는 작자는 어째서 이곳에 나타난 걸까? 그것도 알타크나의 수도에 중대하게 알려야 하는 것일까. 아니면 예전의 명예를 찾고 싶어하는 걸까.

젠장할. 인간사에 대해서도, 라그나들에 대해 생각하는 것도 이젠 싫다. 아시르 인도 모두 귀찮았다. 인간들은 살기 위해 몸부림치고 라그나 역시 마찬가지가 아니던가. 라그나도 인간이라는 존재를 지배하기 위해서 노력하는 것인지도 모른다. 그들에게 있어 이런 일은 자연스러운 세력 싸움일지도 모른다. 어느 놈이 말했던 것처럼 그것은 세월의 변화, 시대의 흐름의 작은 한 부분일지도 모르는 법이다. 결국 바라지도 않았는데 혼돈의 세계의 중심에 나는 서 있는 것이다. 여행자 녀석의 말에 의하면 운명이라고 말한다. 난 그 따위 운명 믿지도 않는데도.

"어떻게 할 거야? 일단 통행소를 통과해야만 수도에 도착할 수 있거든."

"수도라……."

수도라면 알타크나의 왕성이 있는 그곳을 말하는 건데… 베리우스도, 여왕이었던 여자도 그곳에 볼일이 있는 모양이군. 나야 뭐, 이미르를 죽이기 위해서, 또 미드 녀석을 혼내주기 위해서라는 대의명분이 있긴 하지만 굳이 갈 필요가 있을까.

어느덧 밸더도 나무에 기대서서 가만히 눈을 감고 있었다. 다른 사람들은 힘들게 달려왔는데도 그에게 그 정도의 일은 아무것도 아닌 것 같았다.

"어두워지고 있는데 괜찮을지 모르겠군."

베리우스가 라인에르스트라고 하는 그 여자에게 끊임없이 배려해 주면서 어두워져 가는 하늘을 올려다보았다. 아무래도 베리우스는 공처가가 되겠군.

"우리와 떨어지는 것이 좋아요. 그렇게 생각하지 않아요?"

이미르가 전 니센하임의 여왕에게 말했다.

"아뇨, 당신들과 함께 있으면 알타크나의 여왕인 시긴을 만날 수 있을 것이라고 생각되는군요. 당신들을 따라가고 싶어요."

이 멍청한 여자 같으니라고. 나 같으면 절대 위험 부담을 하지 않을 것이다.

"그렇지만……."

이미르가 당황한 듯이 고개를 갸웃거렸지만 베리우스 녀석은 말리기는커녕 한술 더 뜨기 시작했다.

"그녀가 원한다면 그대로 할 거다."

저 칼리아 바보가 웬일로 다른 여자에게 푹 빠져 있다는 사실에 놀랐다. 언제까지고 칼리아의 늪에 허우적거리면서 빠져나오지 못할 것이라고 생각했었는데 놀라운 일이다. 역시 죽지 않고 살아 있는 녀석은 언젠가는 잊어버리고 새로 시작하게 되는군.

"라이네가 원한다면 무슨 짓이든 할 수 있어."

"고맙습니다, 베리우스."

놀고 있네. 그 두 사람 덕분에 상당량의 닭살이 생성되고 있었다.

"으악……!"

닭살을 생성하고 있을 때, 헝그리가 굵직한 목소리로 크게 소리치면서 신경을 거슬리게 했다.

"지그프리드가 조금 더 휘어졌어요!"

아마 녹이 슬어서 그렇겠지. 그런 거 가지고 쓸데없이 큰 소리를 지르다니! 난 놈의 정강이에 발자국을 내주었다. 그러나 놈의 입은 멈추지 않았다.

"분명히 나쁜 일이 일어날 조짐일 거예요."

그 녀석은 근거없는 말을 해댔다. 내가 마저 놈의 가슴을 발로 차주고 있는데, 그때 섬뜩한 목소리가 들려왔다.

"온다."

밸더 녀석이 나지막이 중얼거린 것이었다. 밸더는 하늘을 바라보고 있었다. 내가 들고 있던 공갈 검의 검신 안에서 푸른 머리카락을 출렁이며 이질리스의 모습이 드러났다. 이질리스도 밸더와 같은 방향을 향해 고개를 들었다.

생각대로 그곳에 있는 것은 니드호그였다. 그 녀석은 생각보다 빨리 마법에서 벗어나 우리들을 뒤따라온 것이다.

"겨우 여기까지밖에 도망가지 못한 거야? 왠지 너무 아쉽잖아."

"뭐라고?!"

나는 이를 악물었다. 녀석은 아무렇지도 않은 얼굴로 이미르를 노려보았다.

"역시 빠르군……."

이미르도 입술을 깨물었다.

"이런 곳에서 그렇게 어린아이의 모습을 하고 있을 줄은 몰랐어, 이미르."

"지금이라도 알아주셔서 고맙군요."

쓴웃음을 입가에 띤 것으로 보아 정말 고마워하고 있지는 않은 것 같았다.

"뭐, 좋아. 지금은 일단 저 꼬마가 된 녀석을 데리고 갈 생각이었으니까, 다른 녀석들에게는 아쉬움없는 고통을 선사하는 것도 나쁘지 않지."

"재수없는 소리."

내가 혀를 찼다.

밸더가 검을 빼어 들 자세를 취했다. 그는 비장함이나 긴장감이 서려 있거나 하는 얼굴은 아니었지만, 나름대로 한곳을 응시하고 있는 모습이었다. 밸더 녀석의 긴 은발 머리카락이 바람에 나부꼈다.

니드호그 녀석의 눈 안에도 밸더가 비쳐졌다.

나도 공갈 검을 손에 들었고, 이질리스의 힘에 의해서 흰 안개가 주위의 환경을 감싸기 시작했다. 눈이 보이지 않게 되면 감각으로 싸워야 하는데, 치고 받는 것에 익숙한 나에게 있어선 오히려 그쪽이 더 편할지도 모르겠다. 수다 검 녀석이 뿌린 이상한 최루탄 같은 것이 아니기 때문에 더 좋은 것 같다.

"자, 순순히 고통을 받는 것이 좋을 거다. 내가 도와줄 테니까."

니드호그가 서서히 다가오기 시작했다. 놈의 그림자진 얼굴이 그로테스크해 보였고 커져만 가는 느낌이었다. 몸이 이런 상태만 아니었어도 이토록 번거로운 상대는 아니었을 텐데!

탕!

공기를 때리는 소리! 이것은 아마도 그… 시리스가 준 그 이상한 막대기의 소리인가.

그 '건'이라는 것의 소리가 들려왔다. 헝그리 하이브 녀석이 뭔가 하려다가 건인가 뭔가를 발동시킨 것 같았다. 안개 속에서도 화약 냄새가 났다.

"뭐지, 그건?"

니드호그의 날개에 맞았는지 녀석의 녹색 날개로부터 피 냄새가 배어 나왔다. 헝그리 자식, 굼벵이도 구르는 재주가 있다고 하던데 놈이 드디어 일내는구나.

"정말 기분 나쁘군. 더 마음에 들지 않아."

안개 때문에 잘 보이지 않았지만 총성이 들린 쪽으로 다가오는 니드호그의 눈은 분노의 황금색으로 불타오르고 있었다.

심상치 않다. 무언가 일어날 것 같은 느낌.

"옆!"

이질리스의 목소리가 들렸다. 나는 이질리스의 목소리에 반응하여 그쪽으로 고개를 돌렸다.

"저 녀석이 나에게 달려든 건가!"

녹색 빛의 손톱이 나의 목 쪽을 향하고 있었다. 니드호그에게서 냉랭한 기운이 뻗어 나온다. 저 자식이 헝그리의 일격에 맞아서 열받아 버린 걸까?

"으하하하하, 어떠냐, 나의 힘이! 다음은 더 멋지게 날려주마!"

헝그리 녀석이 니드호그를 돌멩이 같은 걸로 한 대 맞춘 것에 기고만장해져서 껄껄껄 웃었다. 갖은 똥폼을 다 잡으면서 그 불막대기를 들었다. 그리고 그것을 들고 번들번들 기름이 흐르는 한쪽 다리를 들어 바위 위에 걸친 후 자신의 반바지 주머니를 뒤적였다.

헝그리 녀석은 자신의 주머니에서 무언가를 꺼냈다. 아마 시리스가 준 것이겠지. 그 녀석은 똥폼을 잡으면서 그것을 어찌어찌 쑤셔 넣더니 니드호그를 향해 그 막대기의 끝을 들이밀었다. 니드호그 녀석은 그것을 눈치 채고 헝그리 녀석에게 달려들었지만 헝그리 녀석의 손이 의외로 빨랐다. 헝그리 녀석은 폼을 잡으며 탁 하고 손가락으로 방아쇠를 당기며 니드호그에게 날렸다.

"받아라!"

헝그리의 목소리와 함께 공기를 때리는 탕! 소리가 났다.

피유유유유—

뭔가가 총구로부터 빠져나왔다. 엄청 빠른 속도로! 니드호그 녀석은 자신을 향해 날아오는 그것을 피했는데, 그것은 니드호그 놈 옆을 그대로 지나가 하늘로 솟구쳐 올라갔다. 그것은 유연한 곡선을 그리며 그대로 하늘 높이 올라갔다.

펑!

폭죽 소리가 크게 하늘에 울려 퍼지고, 어느새 어두워진 하늘에 불꽃을 튀겼다. 마치 화약, 아니, 불꽃놀이라도 하는 것처럼 말이다.

"어라?"

헝그리 녀석은 자신이 한 행동에 오히려 놀라 눈을 끔뻑끔뻑 떴다. 헝그리 녀석이 고개를 갸웃거리며 입을 빠끔거리고 있을 때, 니드호그 녀석은 눈을 빛내면서 손톱을 이빨로 퉁겼다.

"동료를 부르는 건가?"

니드호그 녀석은 손톱을 혀로 깔짝이며 얼굴에 그동안 감쪽같이 감추고 있었던 듯한 잔인함을 드러냈다. 저 녀석이 항상 잔인한 것은 사실이지만, 지금은 특별히 그 살기를 감추지 않고 있었다. 니드호그는 옷 위에 걸치고 있는 녹색의 망토를 한껏 바람에 흩날리게 한 후 하하하 웃어댔다.

"모두 고통스럽게 죽여주지."

니드호그는 꽤나 흥분해 있는 상태인 것 같았다. 헝그리가 쏜 그 돌 같은 화약에 맞는 바람에 날개가 상했으니까 열이 오르는 것도 당연한 일이었다. 원래 상처를 입으면 덩달아 몸에 열이 나지 않던가.

"어쩌지?"

베리우스 녀석이 난처한 듯 자이비엘을 움켜쥐었다. 왼손으로는 라이네의 손을 붙잡고 있었는데, 그 정도로 둘은 떨어지기 싫었던 모양이다.

이런 때일수록 빠지지 않는 것은 바로 밸더였다. 그는 죽어보는 것이 소원인 것 같았으니까, 이번에도 나에게 죽음을 달라라는 둥 이상한 말을 하면서 허무한 얼굴을 하고 달려들지도 모를 일이다. 그러나 내 생각은 틀렸다. 밸더는 나서지 않았다.

"밸더, 괜찮아요?"

뒤에서 이미르의 목소리가 들렸다. 밸더 녀석을 뒤돌아보고 있었는데, 밸더 녀석이 마치 어디가 아픈 것처럼 가슴과 머리를 동시에 움켜쥐고 몸을 가늘게 떨고 있었다. 뭔가 잘못된 건가?

"대체 저 녀석은 왜 저러는 거야?!"

밸더는 흐트러진 머리카락 사이의 푸른 눈동자를 헝그리 쪽으로 향했다. 그 녀석은 뭔가 말하려는 듯이 입술을 옴짝달싹 움직였는데, 다시 머리가 아파왔는지 다시 머리를 움켜쥐었다.

니드호그는 지금이라도 당장 날아올 기세였다. 아니, 날개를 다친 상태라 나는 것은 무리일지도 모르지만 예전의 상황에서 미루어볼 때 그 녀석은 발도 빠르기 때문에 우리 쪽이 불리하다. 쓸모

없는 계집애와 미친놈과 얼빠진 놈에, 꼬마 아시르 인이라니.

"당신은 제가 지켜드리겠습니다, 라이네 양."

"베리우스……."

베리우스는 라이네인지 라인인지 하는 여자의 손을 꼭 움켜쥐었고, 그것을 감격한 눈으로 여자는 바라보았다. 그런 모습이 니드호그가 보기에도 눈꼴 시렸던 것인지 그는 손톱을 길게 세웠다. 당장이라도 달려들 기세였다.

"놀고 있네. 다 죽여주지. 아니, 죽이진 않겠어."

니드호그는 혀를 날름거렸다. 손톱은 마치 독이라도 뿜고 있는 것처럼 녹색으로 번뜩거렸다. 그런 니드호그의 모습에 두려움을 느꼈는지 헝그리 녀석은 그 털이 숭숭 난 다리를 사시나무 떨듯 덜덜 떨고 있었다.

"으으……!"

헝그리 녀석의 얼굴에 마치 분출구에서 용암이 솟아오르듯이 땀이 퐁퐁 솟아올랐다. 마치 그 녀석의 얼굴이 화강암 같은 느낌이 들었다.

"아악, 난 죽고 싶지 않다고!"

죽이지 않는다고 말했는데도 헝그리 녀석은 오버를 시작한다. 아무리 저런 막 나가는 녀석일지라도 어떤 한계 치를 넘으면 무서운 것은 느낄 수 있는 모양이다. 난 원래 녀석의 머리에는 오버 액션만이 있는 줄 알았는데 그것도 아니군.

"죽이진 않아. 죽도록 고통을 느끼게 해주겠어. 그건 네가 원한 거잖아?"

헝그리 녀석을 노려보는 니드호그 녀석은 섬뜩하게 입가에 잔인한 미소를 띠었다. 그런데 헝그리는 그런 니드호그를 보고 더 무서워하기는커녕 안심이라는 듯이 안도의 한숨을 내쉬었다. 아무튼 헝그리는 이미 상식에서 벗어난 놈이었다.

"휴~ 죽지 않는다면 다행이다."

"저 병신 같은 새끼."

나는 놈에게 더 심한 욕을 퍼부어주었지만 헝그리 놈은 싱글벙글이다. 뭐가 좋다고 화산 분출구 같은 얼굴에 미소를 띠는지 모르겠다. 그 몸은 출처 불명의 돼지기름 같은 것을 발라서 번쩍번쩍한데 얼굴은 분출구라니… 여드름도 아니라 땀구멍이 커서 생긴 구멍이었다.

어쨌든 저 녀석을 보면 질리지는 않는다니까.

니드호그는 드디어 땅을 밟고 도약했다. 어느 녀석에게 먼저 달려들지는 몰라도 은근히 헝그리면 좋겠다는 생각이 들었다.

"죽어라!"

그러나 그때 이미르가 뛰어나갔다. 이미르의 몸에서 이전처럼 수상한 기운이 뻗쳐 오기 시작했다.

"별로 큰 힘은 쓸 수 없는 상태지만!"

그 계집애의 손이 올라감과 동시에 땅에 하얀빛이 뿜어 나왔다. 마법을 사용하려는 모양이다. 난 마법에 대해 아는 것이 없지만 저런 꼬마 계집애의 몸으로 그것이 가능하다는 것은 처음 알았다.

"마법을 사용하겠다는 건가, 이미르? 하지만 그런 몸으론 어림도 없어."

이미르의 주문보다 니드호그의 손톱이 더 빠르다. 저대로라면 당할 것이다!

"위험해!"

"젠장할! 이 계집애야, 마음대로 앞에 나서지 말란 말야!"

난 그 계집애의 앞을 가로막았다. 세상에 어떤 미친 계집애가 마법도 완성되지 않은 상태에서 저런 녀석을 상대할 수 있다고 생각하는가?!

"네가 날 상대하겠다는 건가?"

내가 앞으로 나섰을 때 니드호그가 반갑다는 듯이 손톱을 내밀었다. 나도 공갈 검 녀석을 들어 막을 준비를 했다.

"좋아, 간다!"

화악!

니드호그 쪽으로 불길이 치솟았다. 이번엔 베리우스 녀석?

베리우스는 기회를 잡았다는 듯이 입가에 미소를 띤 채 불의 검을 사용해서 불을 뿜어댔다. 그러나 니드호그는 광기에 찬 미소를 입가로 흘리면서 베리우스 녀석의 어깨를 붙들었다.

"아악!"

순간, 베리우스 녀석의 입에서 비명이 터져 나왔고 동시에 붉은 피가 튀었다. 녀석의 어깨를 니드호그의 손톱이 관통한 것이다.

"베리우스!"

라이네라는 여자가 애타는 목소리로 놈의 이름을 불렀다. 그러나 피를 보니 기분이 좋아졌는지 니드호그는 손톱을 세우고 있었다.

"죽여주겠어. 심장을 뜯어줄까? 그것도 좋겠지. 아니면 뇌라도 파줄까? 죽어가면서 자기 뇌를 보는 것도 나쁘진 않을 거야."

"으윽……!"

손톱이 파고들어 독성이 몸에 침투하는 것인지 베리우스는 고통에 찬 신음 소리를 냈다.

"베리우스!"

쳇, 자업자득이다. 그렇게 무식하게 달려드니까 그렇지.

그때 멍청한 헝그리가 니드호그 쪽으로 부메랑 마검을 던졌다. 그러나 니드호그는 멍청한 헝그리 녀석의 부메랑을 간단히 몸을 틀어 아슬아슬하게 피했고 부메랑은 다시 돌아오면서 헝그리 쪽으로 날아왔다. 헝그리 녀석은 입을 쩌억 벌린 상태로 자기가 던진 부메랑 검을 받지 못하고 그것으로 인해 어깨에 상처를 입고 털썩 쓰러졌다. 아마 기절했겠지. 저 멍청한 바보, 머저리, 멍게 같은 놈!

난 이질리스 녀석에게 명했다. 이질리스 녀석은 까다롭지만 이런 상황에선 왠지 말을 잘 들을 것 같은 느낌이 들었다.

"조종해!"

"……."

내가 명령을 내리자 이질리스 녀석은 말없이 내 말에 응했다. 헝그리 녀석은 기절해 있는 상태였고, 그 몸을 이용한 것은 이질리스의 힘이었다. 나의 마검인 것은 아니지만 놈이 나에게 꽤나 협조를 해주어서 기특하다는 생각이 들었다. 망자를 조종하는 사검이라고 불리는 이질리스는 헝그리의 몸과 부메랑 마검을 동시에 조종해서 니드호그에게 보냈다. 지금 보니 죽은 사람이 아니라 살아 있는 사람도 가능하군. 이왕이면 꼭두각시로 부려먹어야지.

니드호그 녀석에게 헝그리는 달려들었고, 니드호그 녀석은 헝그리의 부메랑을 무의식적으로 피했다.

"좋아!"

나는 그 녀석에게 달려들었다. 물론 공갈 검 녀석을 든 채였다.

옷은 좀 불편한 상태지만 그래도 몸이 더 가벼워져서 빠른 공격은 가능했다. 좀 힘이 달리는 것은 사실이지만, 그래도 이 상태로 니드호그 녀석에게 공격을 가하지 않을 수 없다.

"아직 멀었어!"

이미르의 마법의 기운이 니드호그에게 뻗쳤지만 니드호그는 한 손으로 베리우스의 어깨를 꿰뚫었던 손을 내쳐 기운을 떨쳐 버렸다. 날개엔 아직도 피가 흐르고 있었지만 마치 아픔을 느끼지 못하는 듯 그는 웃고 있었다. 이미르에게 다가가려는 것을 내가 그 앞을 가로막고 공갈 검의 안개의 힘을 이용해 놈의 시야를 흐리게 했다. 그러나 그렇다고 해도 광기 어린 니드호그의 눈을 피하는 것은 무리였다.

"위험해!"

젠장할, 알고 있어! 하지만 벌써 저 미친놈이 나에게 다가와 버렸는데 어떻게 할 수가 없잖아!

니드호그의 손톱이 눈앞에 나타났고, 곧 목에 참을 수 없을 정도의 통증이 덮쳐 왔다. 니드호그의 웃는 얼굴이 곧 시야에 드러났다. 그런데 이상한 기분이 든다. 순간적으로 무언가 나뿐만이 아니라 모든 존재를 누군가가 꿰뚫고 있는 듯한 느낌이 느껴졌다. 니드호그도 그것을 느꼈는지 금세 뒤로 고개를 돌렸다. 그곳이 숲임에도 불구하고 주위에 환한 불이 켜졌다.

"……?"

니드호그 녀석도 미력하게 반응했다.

탕! 탕!

건, 건의 소리다. 헝그리 녀석이 쏘았을 때 들었던 공기를 세게 치는 그 느낌! 확실하다. 눈부실 정도로 흰 불빛, 불빛들이 우리들의 주위를 감싸고 있다고 해야 옳았다. 많은 사람들의 느낌이 동시에 느껴졌다. 내가 모르는 인간들이 우리들의 주위를 감싸고 그 불 막대기를 손에 들고 있다. 니드호그 녀석은 어울리지 않게 입가에 쓴웃음을 지었다.

"저것들은 동료인가?"

동료라고? 그런 것 따위는 가지고 있지 않지만 확실히 그 불 막대기들은 니드호그를 향하고 있다. 니드호그는 갑자기 밝아진 불빛에 눈도 제대로 뜨지 못한 채 기분 나쁜 눈동자로 그쪽을 응시했다. 니드호그가 쓴웃음을 머금고 그렇게 말함과 동시에 베리우스도 그쪽으로 고개를 돌렸다.

"인간들?"

베리우스는 갑자기 나타난 인간들의 숫자에 놀라 입을 쩍 벌리고 서 있었다.

"어째서 저런 숫자의 인간들이……!"

베리우스 녀석은 다쳐서 피가 흐르는 어깨를 감싸 쥔 채 말했다. 저들이 다가옴에도 이 내가 눈치 채지 못하다니. 그만큼 니드호그에게 정신이 팔려 있었던 건가?

사검의 힘이 다했는지, 헝그리 녀석의 몸이 수풀 아래로 풀썩 쓰러져 버렸다.

"카티스!"

그때 어떤 여자가 모습을 드러냈다. 평상시와 비슷한 드레스를 입고 벌꿀색 머리카락을 흩날리고 있는 그녀는 나의 모습을 알아보곤, 어딘지 모르게 다급한 목소리로 내 이름을 부르고 있다. 그녀는 다름 아닌 시리스였다.

"시리스?"

"대체 왜 또 그런 모습으로 되어 있는 건가요?"

그녀는 니드호그가 혼란해진 틈을 타 내가 있는 곳 근처까지 걸어왔다. 공기가 팽배해져 있고 니드호그도 인간들을 째려보고만 있는 실정이다.

"시리스, 넌 왜 이런 곳에?!"

헝그리 녀석이 화약 같은 것을 위로 쏘아대서 알아낸 걸까? 그건이라는 물건이 여러 면에서 편해 보이긴 하지만 그런 것 가지고 저 니드호그를 제압할 수 있을지는 의문이 든다.

"누님! 포위했습니다. 이대로라면 우리들의 승리입니다."

저 녀석은 리프라고 했던가? 그 녀석이 시리스에게 신호를 보냈다. 약간 들떠 있는 것으로 보아 니드호그를 제압할 수 있다고 생각한 모양이다.

"좋아. 잘했어, 리프."

과연 저 계집애는 헝그리를 이용해서 나의 동태를 알고 있었던 건가. 아니면 우리들을 이용하려는 걸까. 저 여자는 겉으로 보기엔 무사태평해 보이고 아무런 생각도 하고 있지 않은 느낌이 들지만, 그것은 결국 내 생각일 뿐이었다. 저 여자야말로 미소 속에 숨겨진 칼이 들어 있을 것 같다. 특히 그건 시리스가 닭 잡을 때 확신할 수 있었다.

"카티스, 괜찮은가요?"

내게 물었지만 난 어깨를 으쓱해 보였다. 이런 계집애 몸이 된 것이 수치스럽다면 수치스러운 일이겠지만 그런 것을 따지기엔 상황이 너무나 급박했다.

푸드덕!

니드호그 녀석의 날갯짓 소리!

그 녀석은 베리우스에게서 떨어져 공중으로 떠올랐다. 이전보다도 더 광기 어린 웃음을 입가에 띠고 그 녀석은 큰 소리로 웃었다.

"뭐냐, 이거 모두 너무 약한 버러지들이잖아?"

인간들 따위는 아무래도 이길 수 있다고 생각했던 것인지 녀석은 손톱 날을 세웠다.

그때 시리스가 침착하게 손을 들었다. 그와 동시에 뒤에 있던 사람들이 앞으로 한 발자국 나와 건을 쏘았다. 저 계집애, 대체 무슨 생각을 하고 있는 거지? 이미르도 놀란 얼굴로 내 손을 꼭 잡았다.

탕! 탕!

니드호그 녀석이 아무리 남 못지 않게 빠른 스피드를 자랑하고 있다고 해도 무수히 많은 건에서 뿜어져 나오는 돌멩이 화약들을 피하기엔 역부족이었다. 니드호그의 녀석의 어깨와 다리에서 붉은 피가 터져 나왔다.

총 소리가 멎었다. 비록 맞은 부위는 얼마 없지만 그래도 대단한 성과였다.

"이 인간들!"

니드호그는 아직 멀쩡한 날개로 푸드덕 날아올라 인간들의 무리 쪽으로 향했다. 그 인간들은 물론 경악하며 뒤로 물러섰다.

"히익!"

"물러서면 안 돼! 어차피 적은 하나야. 정신 차리도록!"

시리스의 목소리에 뒤편에 서 있던 인간들이 건을 겨누어 니드호그에게 쏘았다.

"이 라그나, 죽어라!"

탕! 탕!

이번에도 꽤 많은 탄환을 맞았지만 니드호그는 한 인간에게 달려들어 심장을 뽑아냈다. 그러자 녀석의 몸에 자신의 것이 아닌 인간의 피가 파악 튀어버렸다.

"좋아, 원한다면 너희들의 삶에도 가치를 부여해 주지. 모두 고통스럽게 죽여 버리겠어!"

니드호그는 이미 제정신이 아니었다. 아니, 저 니드호그에게 제정신이라는 말은 웃긴 것이 아니던가. 그는 주변의 모든 것을 적으로 간주하고 달려들었다. 건에 의해 상처 입은 그 녀석은 고통으로 인해서 제정신이 아니었다. 이대로라면 저 인간들은 니드호그의 말대로 삶의 행복을 느낄 수 있는 고통 속에서 죽어가게 될 것이다.

"크르르르……"

어둠 속에서 들려오는 음산한 소리.

"……!!"

이질리스의 검신이 불길한 기운을 느끼고 공명 음을 냈다. 짐승의 포효 소리와 함께 어둑어둑했던 하늘이 더 새까맣게 변해 버렸다.

가까운 곳에 마수라도 나타난 것일까?! 마수 검 니벨룽겐과 같은 까다로운 짐승이 생각나 버리고 말았다. 물론 그것보다 그 마수 검의 주인이라는 놈이 더 마음에 들지 않았었던 것으로 기억하지만.

"발광해도 소용없습니다, 니드호그."

검은 어둠 속에서 마치 그림자처럼 나타난 목소리.

"넌……"

니드호그의 눈은 그와 동시에 크게 떠졌다.

“후후……”

그것은 나에게도 익숙한 목소리였다. 요새 한층 열을 냈던 장본인, 게다가 시답잖은 장난을 쳐가며 날 이런 몸으로 바꾸어 버린 그 싸가지없는 마검 자식!

“미드가르드, 무슨 수작이냐?”

니드호그는 피가 튄 얼굴을 들어 검고 스산한 그림자 쪽으로 소리쳤다. 그림자는 하나가 아니었다. 하나는 검은 날개를 등에 단 미드가르드의 형상임이 확실했지만 다른 하나는 거대한 괴물 같은 형태를 알 수 없는 존재가 그의 옆에 서 있었다. 아마 그것이 공기를 울리는 이상한 크르릉— 소리를 내고 있는 것 같았다.

“무슨 수작이긴요. 전 아사 로키가 시킨 대로 행하고 있을 뿐이랍니다.”

“로키니… 아니, 로키? 어째서……!”

니드호그는 이해할 수 없다는 듯 손톱을 뻗으며 발광하듯 물었다.

녀석은 마음대로 움직일 수 없는 것 같았다. 그뿐 아니었다. 나와 다른 인간들도 마찬가지다. 저 괴물이 내뿜는 요사한 기운 때문에 공기의 중압감이 점점 커져서 라그나 라그나드인 나조차도 마음대로 움직일 수 없을 정도로 몸이 무거워졌다.

“몰라서 묻는 겁니까, 니드호그?”

기적적으로 달이 하늘에서 드러남과 동시에 그늘에 얼굴이 가려졌었던 미드가르드 녀석의 본얼굴이 드러났고, 커다란 검은 날개 뒤로 그 마수의 모습이 그로테스크하게 비쳐졌다.

“크르르르……”

그것을 본 인간들이 동요하는 것은 당연한 일이다. 그들은 웅성

거리면서 시리스의 눈치를 보고 있었다. 시리스도 마냥 태연한 얼굴만은 아니다. 그것을 본 그녀는 뭔가 깊이 생각하고 있는 듯했다.

"저건 뭐지? 마수? 아니, 아닌 것 같군."

중얼거리는 소리를 들었는지 그 괴수는 입을 열어 카랑카랑한 목소리로 울부짖었는데, 그것이 인간의 말로 들려 나조차도 깜짝 놀랐다.

"하찮은 마수 따위와 날 비교하다니 마음에 들지 않는군."

인간의 말을 할 수 있는 고등한 마수가 존재하지 않는다는 것은 라그나들의 세계였던 요툰하임에서도 상식이었다. 그런데 저런 마수가 존재하다니. 마치 자신이 인간인 것처럼 거드름을 피우며 그 마수는 가지런한 이빨을 흉하게 드러내고 크르르— 울부짖고 있었다.

"그럴 수밖에 없지요. 당신의 진정한 존재 가치를 아는 자는 극히 드무니까요."

그런 놈의 거들먹거리는 말에 맞장구를 쳐준 것은 수다 검 녀석이었다.

"어리석은 것들……."

"인성을 가진 마인수(魔人獸) 펜리르."

마인수라고 불린 놈의 모습은 마치 늑대를 연상시켰지만 늑대보다 두 배, 아니, 세 배는 더 컸다. 이마에는 더듬이와 같은 털이 삐죽삐죽 나와서 곡선을 그리며 땅에 드리워져 있었고, 꼬리도 굵고 유난히 길었다. 크르르르, 목젖이 울리는 소리가 음산하게 공기 중에 울려 퍼졌다.

어째서 저런 녀석이 이런 곳에 있는 걸까. 그리고 미드가르드

녀석은 어떻게 펜리르라는 괴수를 부릴 수 있는 걸까. 미드가르드
는 역시 알다가도 모를 녀석이었다.

"아무도 길들일 수 없었다고 하는 마수가 아니던가……."

시리스는 저 괴수 펜리르라는 놈에 대해 알고 있는지 중얼거렸
다.

"저것이 펜리르?"

리프도 그것에 대해 알고 있는지 시리스와 똑같은 색의 짧은 머
리카락을 찰랑이면서 입술을 잘근 깨물었다. 그 마인수를 보고 니
드호그 녀석은 송곳니를 드러내며 적의를 보였다.

"이그드라실은 현재 네 개의 마검… 네 존재의 피와 생명을 요
구하고 있습니다. 그건 니드호그, 당신도 잘 아는 사실일 겁니다."

"그래서?"

"당신은 머리가 좋지 않았던가요?"

"이 자식, 무슨 수작을?!"

수다 검 녀석, 이제껏 나에게 한 번도 보여주지 않은 섬뜩한 기
운을 날개를 통해 내뿜고 있다. 웃고 있는데도 그렇게 보이다니.
동시에 다시 달이 구름에 가려 어두워졌다.

"자, 저와 함께 가시겠습니까?"

"누가 너 따위와 함께 가고 싶다는 거냐!"

"뭐, 이런 건 물어볼 이유도 없지요. 이건 선택할 수 없는 일이
거든요."

그 녀석은 니드호그에게 단도직입적으로 말했다. 나나 다른 사
람들이 낄 수 없는 그런 묘한 분위기였다.

"건방진 녀석!"

건방진 건 너희들이라고. 이 몸을 이꼴로 만들어놓고 미드 녀석

은 온갖 폼을 다 잡고 있다니.

"당신이라면 혼자서라도 그를 손에 넣으려고 올 줄 알았습니다. 당신이 아사 로키의 말을 듣는다는 것은 의외였으니까요. 그에게 배신당한 기분은 어떻습니까?"

"닥쳐! 난 아무도 섬기지 않아. 난 절대 나밖에는 믿지 않으니까."

"크르르……."

미드가르드에게 적의를 표하고 있는 니드호그 녀석, 그 녀석 역시 자신의 마음대로 몸을 움직일 수 없게 되어버린 것인지 이를 악물고 있었다. 하지만 수다 검 녀석은 움직임이 자연스러운 것으로 보아 자기 자신은 아무런 문제가 없는 것 같다.

"그렇기 때문에 이렇게 덫에 걸릴 수밖에 없었던 겁니다. 펜리르, 다른 것을 부탁드립니다. 마무리를 해주십시오."

"미드가르드, 네 이 녀석……!"

"크르르!"

포효 소리와 함께 펜리르가 달려들었다. 그 녀석은 어째서 니드호그를 저런 식으로 없애려고 하는 걸까. 혹시 그 이그드라실인지 뭔지 때문이란 말인가? 복잡한 기분이 들어서 나는 말없이 우두커니 서 있을 수밖에 없었다. 이미르가 가늘게 몸을 바르르 떠는 것으로 보아 이미르는 미드가르드가 왜 그런 행동을 하고 있는지 이유를 알고 있는 것 같았다.

미드가르드는 제대로 움직이지 못하는 니드호그에게 다가갔다. 아무리 날고 기는 니드호그라 해도 움직이지도 못하는 상황에서 미드가르드 녀석을 이길 수 있을 리 없다. 녀석은 미드가르드에게 복부를 한 대 얻어맞고 그대로 미드가르드 쪽으로 쓰러져 버렸다.

"짐승의 산의 괴물, 로키가 만든 그의 아이, 펜리르는 지금 피에 굶주려 있습니다. 자, 그럼 공포를 느껴주십시오."

"크르르……!"

짐승의 포효 소리가 들린다. 그 녀석은 풀쩍 뛰어올라 약한 인간들을 향해 달려들었다. 시리스의 안색이 창백해졌다. 펜리르의 목소리가 울려 퍼지면서 주위는 점점 더 살벌해지고 있었다.

젠장할! 저 괴물의 포효 소리는 사람들의 움직임을 봉쇄하고 있다.

"으으……!"

인간들은 잘 움직여지지 않는 발을 떼어 그 괴물 같은 녀석에게서 멀어지기 위해 안간힘을 썼다. 하지만 그 커다란 마인수는 죽음의 고통으로 일그러진 얼굴을 하고 있는 인간들을 찬찬히 감상하면서 그들에게 느릿하게 다가갔다.

"푸르르."

거친 숨소리가 느껴진다. 마치 먹이를 노리는 맹수처럼 그 눈은 사냥감을 응시하고 있다.

"도망가면 안 돼! 먼저 등을 돌리면 지는 거야!"

시리스가 소리쳤다. 하지만 인간들은 자신의 눈앞에 있는 공포 때문에 도망가기 위해 안간힘을 썼다. 그러나 무용지물, 펜리르의 힘이 뻗쳐 있어서 그런지 그들은 움직이지 못하고 펜리르의 다리에 짓이겨졌다. 그 짐승은 마치 피를 보아서 기쁘다는 듯이 닥치는 대로 사람을 밟아 죽여갔다.

수다 검 녀석은 그런 펜리르를 보고 아무런 느낌도 없다는 듯이 손 안에 들어온 니드호그 녀석을 잡고 빙그레 웃었다.

"이 녀석, 내 몸을 원래대로 돌려놓지 못해?!"

내가 놈에게 소리치자 미드가르드는 그제야 나의 존재를 알아차렸다는 듯이 짐짓 놀란 시늉을 해 보였다.

"당신은 그렇게 있는 편이 더 어울리는 것 같은데요?"

"뭐야!"

놈은 내 모습을 보고 키득키득 웃었다. 얄미운 녀석, 정강이라도 한 대 후려갈겨 주고 싶지만 그것도 힘든 일이라 정말 분했다.

계속해서 나약한 인간을 공격하고 있는 펜리르는 개중 한 사람이 쏜 건에 맞아 더욱 광폭해졌고, 시리스는 그런 모습을 지켜보며 어떻게 손을 써야 할지 난감해하고 있었다.

"시리스님, 이대로 있다간 모두 당하고 맙니다!"

한 남자가 시리스에게 소리쳤다. 하지만 시리스는 침착한 얼굴 상태를 유지하며 그에게 지시를 내렸다.

"모두 정신 차려! 건을 사용하라고!"

"누님!"

그녀의 옆에서 마인수의 움직임에 주시하고 있던 시리스의 동생, 그 리프라고 했던 녀석은 절망한 얼굴로 시리스를 바라봤다.

"리프, 이런 때일수록 침착해야 하는 거야. 그렇지 않으면 인간은 절대 라그나나 아시르 인에게 이길 수 없어."

"아, 알겠습니다, 누님."

나 역시 시리스의 생각이 맞다고 생각한다. 도망갈 수 있을 때 도망가는 것도 지혜의 하나다. 하지만 지금 저 괴물에게서 도망가는 것은 무리다. 시리스는 그것을 알고 있었던 것이다.

그녀의 지시대로 평정을 찾은 인간들은 펜리르에게 조금이라도 피해를 입지 않기 위해서 방어 태세를 갖추었다. 그들의 손 안에 있던 무기가 조금씩 움직이기 시작했다. 이 힘으로 펜리르를 막을 수 있으리라고는 생각하지 않았지만, 그들에게는 아직 의지라는 것이 남아 있었다.

펜리르가 더욱 광폭하게 되자 나와 다른 사람들의 몸에 마치 주술처럼 걸려 있던 압력이 풀렸다.

이제 좀 움직일 수 있게 되었다고 생각했을 때 수다 검 녀석이 그에게 말했다.

"그만 적당히 해주십시오, 펜리르. 이제 서서히 가봐야 할 시간입니다."

"크르르르……"

그 녀석은 흰자위 없는 찢어진 눈으로 수다 검 녀석을 잠시 응시하다가 평정을 되찾고 입을 열었다.

"알겠다, 중간계……."

이제 보니 저 마인수는 수다 검 녀석의 똘마니가 되었잖아. 수다 검 녀석, 어떻게 저런 흉측한 괴물을 손에 넣을 수가 있었던 거지?

그러나 난 그런 사실을 알기보다 내 진짜 모습으로 돌아가고 싶은 마음이 더 간절했다. 놈이 등을 돌리고 달빛 속으로 사라지려 하는데 나는 녀석의 등에 대고 외쳤다.

"이 자식, 내 몸을 돌려줘!"

"아직 재미를 덜 봤잖아? 걱정 마. 얼마 지나지 않아 지겹도록 얼굴을 보게 될 테니까 말야."

그 녀석은 마치 어린아이 어우르듯 나에게 말했다. 그러나 예전과는 달리 그 녹색 눈은 얼음처럼 차가웠다.

"저 자식!"

속 터진다. 감히 저 자식이 날 이렇게 대하다니!

"미드······."

그런 수다 겸 녀석의 뒷모습—움직이지 못하는 니드호그를 짊어지고 가는 녀석의 뒷모습—을 바라보던 이미르는 씁쓸하게 놈의 이름을 나지막이 읊조렸다.

"이상하군. 저대로 물러서다니······."

베리우스가 고개를 갸웃거리면서 혼잣말로 중얼거렸는데, 그것에 대해 이미르가 무언가 알고 있다는 듯이 대답했다.

"목표는 다른 데 있기 때문이 아닐까? 미드가르드와 바르하시온, 두 사람의 의견은 어쩌면 일치할지도 몰라. 아니, 반대로 일치하지 않을지도 모르지."

이미르가 무슨 생각으로 그런 말을 하고 있는지, 그 의미를 파악할 수는 없었다. 하지만 수다 겸 녀석은 확실히 건방졌다. 저 젠장할 자식! 난 계집애가 된 몸을 내려다보며 온갖 한숨을 다 쉬고 있었다.

"부상자를 어서 옮겨!"

시리스가 다른 사람들에게 지시를 내려 아직 죽지 않고 부상만 당한 사람들을 살릴 것을 명했다. 저 여자, 저러니까 꼭 지도자 같군. 아니, 저 인간의 무리들에게 있어서 지도자인 것은 사실인가?

"시리스 누님, 혹시 알타크나는 이제······!"

리프는 다급한 목소리로 시리스의 침착한 목소리에 놀라 외쳤다. 저 녀석 딴에는 커다란 피해를 입었다고 생각하는 모양이다.

"걱정 말아, 리프. 아직 끝난 게 아니니까."

시리스는 리프에게 빙긋이 웃어 보였다. 그 여자의 의연함에 리
프는 더 이상 말을 하지 않았다. 아니, 오히려 존경의 눈빛으로 그
녀를 바라봤다.

*   *   *

지금은 혼잡한 때이다. 나도 더 이상 무엇을 해야 할지 알 수
없었다. 이런 모습을 하고 어디로 나갈 수 있단 말인가. 나는 어
깨를 으쓱하며 나의 옆에 서 있는 이미르를 바라보았다. 부상자
를 치료하고 있는 것은 여성들이었다. 대부분의 남성들은 건을
들고 마인수와의 싸움터로 나갔는데, 그들 중 생존자가 여성들에
게 치료를 받고 있었다. 치료는 신속하게 이루어지고 있었다. 그
들에게 그것은 이미 익숙해져 버린 일인 듯했다. 그들은 무엇을
위해서 싸우는 걸까. 그리고 나는 무엇을 위해서 싸우고 있는 걸
까.

이미르는 측은한 눈동자로 나를 지켜보았다. 이미르는 다친 사
람들을 위해서 특별히 아무것도 해주지 않았다. 단지 내 곁에 있
을 뿐이었다.

나는 씁쓸한 입술을 혀로 핥아 내렸다. 예전에는 싸움이 즐거웠
었는데 요새는 왜 쓰게 느껴져 가는 것일까. 나도 저 인간들의 감
정이라는 것에 크게 휩쓸리고 만 것인가.

"새?"

베리우스의 치료를 끝낸 라이네가 하늘을 바라보다가 달 아래
로 새가 날아오는 것을 보고 놀란 듯 중얼거렸다. 두 마리의 새,
아니, 그것은 새가 아닌 날개 달린 인간이었다. 수다 검도 니드호

그도 아닌 오스키의 까마귀였다. 오스키는 에즈의 신세를 지기 이전에 이상한 이론으로 나를 괴롭혔던 자가 아닌가. 유넬과 유민이 이곳에 있다는 것은 근처에 그 애꾸가 있다는 소리였다.

내 생각대로 녀석은 내 앞에 모습을 드러냈다. 갑작스럽게 드러난 오스키의 모습에 시리스는 눈썹을 찡그렸다. 머리가 아파서 잘움직이지 못했던 밸더도 지금은 평정을 되찾은 모습으로 베리우스의 옆에 앉아 있는 채로 고개를 들어 그 녀석을 응시했다. 오스키는 날카롭고 건방진 눈매로 나를 쏘아보고 있었다.

"당신은……."

그쪽을 응시한 밸더는 뭔가 오스키의 존재에서 의미를 찾았다는 듯 표정없는 얼굴에 경이가 드러났다.

푸드덕!

두 마리의 까마귀가 그의 옆에 섰다. 개중 낫다고 생각하는 유넬이 나에게 손을 내밀었다.

"함께 가시겠습니까?"

"웃기지 마. 난 애꾸와는 손잡지 않아."

내 생각엔 변함이 없다. 이 녀석들은 내가 니드호그에게 고전하는 것을 보고도 가만히 있었다는 소리인데, 이제 와서 손을 내미는 건 무슨 꿍꿍이속이란 말인가. 왜 이 녀석들은 나를 데려가지 못해서 안달이지?

"그대로 있다간 당하고 말 거야. 네가 아무리 라그나 라그나드라고 자만해도 결국 너에겐 불가능한 일이야."

"그래서, 이 내가 너의 힘이라도 빌리란 말이냐?"

재수없는 얼굴을 발로 밟아주고 싶었지만 오스키는 무뚝뚝하게 대답했다.

"어리석은 짓을 하는 것보다는 확실한 것과 손잡는 쪽이 더 좋다."

"난 마음을 바꾸지 않아. 바나 인인 너와는 손을 잡고 싶은 생각이 없다!"

"너의 선택은 너무 어리석어. 인간에 가까운 너에게 그들을 처단할 수 있는 힘이 있을 리가 없다."

오스키와의 대화는 쓸데없는 말싸움과도 같았다. 그런데도 오스키는 물러서지 않았고, 나도 그를 따라가고픈 마음이 없었다. 그렇다고 내가 무엇을 해야 한다고 생각하는 일이 꼭 있는 것은 아니었는데도 말이다.

"난 그들을 처단하거나 하는 그런 귀찮은 생각 따윈 하지 않아. 단지 마음에 들지 않는 수다 검 녀석에게 복수해 주고 싶은 것뿐이야. 그 녀석도 인간이었다. 뛰어난 힘을 가진 내가 이길 수 없을 리가 없어."

난 언제나 저런 식으로 몰려다니는 무리들이 싫었다. 게다가 오스키는 그 잘난 바나 인, 자신들이 잘났다고 생각하고 라그나를 요툰하임에 가두어 버린 저 족속과 손을 잡고 싶은 생각은 없다. 라그나들에게 동족 의식을 가지고 있는 것은 아니었지만 말이다.

"카티스……."

내가 붉은 눈을 부릅뜨고 오스키에게 맞서고 있을 때 이미르가 조용히 내 이름을 읊조렸다.

"바나 이미르."

오스키는 그녀의 존재를 눈치 챘다. 오스키가 아직 말은 하지 않았지만 이미르는 그가 무슨 말을 하려고 하는지 알 수 있었던 것 같다. 그녀는 오스키가 더 이상 말하지 못하게 자신의 말로써 그의 말을 가로막았다.

"미안하지만 저도 오스키, 당신과는 손을 잡지 않아요. 저에겐 종족 의식 같은 것은 없어요. 왜냐면 저에겐 이미 그것을 생각할 필요가 없으니까요. 아니, 이미 그런 의식 따위는 초월해 버렸다는 말이 오히려 옳을까요?"

"……"

그녀는 오스키를 바라보며 말했다. 꼬마 계집애의 몸은 너무 키가 작았기 때문에 올려다보고 있었다.

"사카디은, 그가 가르쳐 줬어요."

그녀의 입에서 그의 이름이 나올 줄은 몰랐다. 나는 퍼뜩 정신이 들었고, 그렇게 말하는 이미르의 얼굴을 돌아보았다.

"사카디은."

이상하게 근래 녀석의 이름을 많이 듣는다. 사카디은에 대한 이야기가 곳곳에서 들려오고 있었다. 나는 그때의 일을 조금씩 기억해 냈다. 어쩌면 그 덕분에 잊어버리려고 노력했던 기억의 한 조각을 되찾았던 것인지도 모른다.

내가 사카디은과 만났던 것은 벌써 오래전의 일이다. 인간들 중에서도 인정한 녀석이었지만 나는 녀석의 종족조차 잘 기억하지 못했다. 그는 라그나들만의 세계인 라그나즈로 당당하게 들어와서 상상도 할 수 없을 정도로 비정상적인 큰 힘을 가지고 나를 데리고 있던 한 라그나 라그나드를 물리쳤다. 그리고 그 옆에 있던 나를 바라보고는 이렇게 물었다.

"너의 이름이… 카티스냐?"

그것이 사카디은과 나의 첫만남이었다.

사카디은은 겁도 없이 라그나들의 공간이었던 라그나즈와 지금은 잃어버린 땅인 요툰하임에 들어왔던 것이다. 그리고 그는 그들의 공격에 끄떡도 하지 않고 싸그리 불살라 버렸고, 그 긴 검은 머리카락을 흩날리며 마치 지금의 벨더처럼 무표정한 얼굴로 나에게 그렇게 질문했던 것이다.

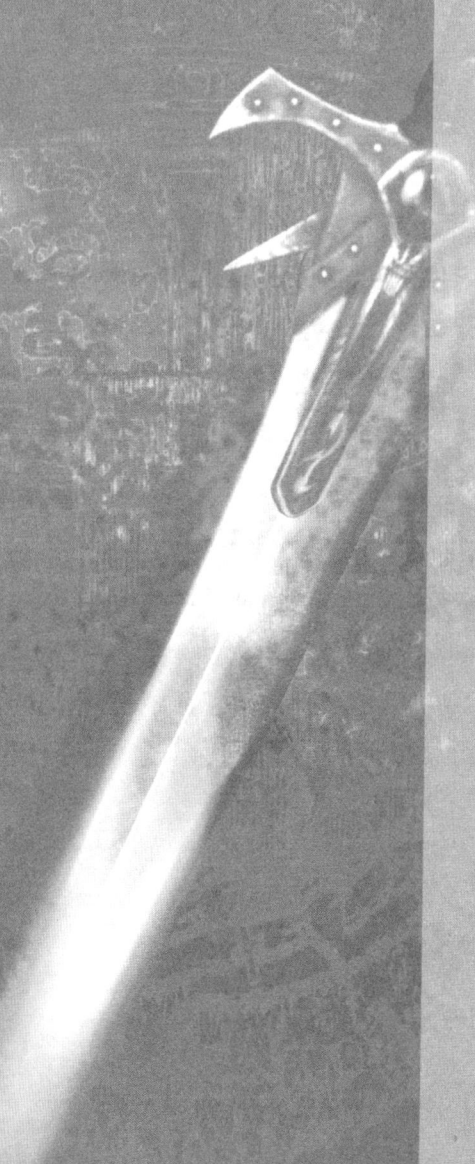

수다쟁이 검과 공갈 검 XI : 짐승(獸)

어두운 자신만의 공간 안에서 마수 펜릭르Fenrir는

부름을 기다리고 있었다.

나의 손 안에 있어야만 할 힘을 위해서

나는 그 어두운 공간 안에 들어섰다.

짐승의 포효 소리가 나의 몸 안에 스며들었다.

어쩌면 나도 그 짐승과 마찬가지로

모든 인간다운 감각을 잃어버리고 있었던 것은 아닐까.

Katis
카티스

차가웠다. 모든 것이 싸늘하고 차가워서 감각이 오히려 무더져 있었다.

내 옆에는 아무것도 남아 있지 않았다. 눈물도 메말라 버려서 내가 무엇을 해야 할 것인가 하는 의지도 없이 모든 것에 대해 아예 무감각해져 버렸다.

쾅!

내 손은 아픔을 느끼지 못했다. 단지 에이아가 지키려고 했던 날개의 통증만이 간헐적으로 느껴졌다. 하지만 마음은 아팠다. 에이아가 만들어놓은 빈자리는 어떤 수를 써도 채워지지 않을 것 같은 느낌이 든다. 그녀가 돌아오지 않는다면 그곳은 영원히 빈자리로 남아 있을 것이다.

쾅쾅쾅!

폐쇄된 공간이 싫었다. 모든 것을 부숴 버리고 싶었다. 나는 내가 무엇을 하고 있는지도 모른다. 그동안 내가 무엇을 보고 있는지도 모른다. 단지 내 곁에 있어야만 하는 그것을 찾고 싶어할 뿐이었다.

"이 자식, 또 무슨 짓을 하는 거야?!"

밖에서 이 방을 지키고 있던 남자가 소리치는 것이 어렴풋이 들렸다. 그러나 그것도 잠시뿐, 내 손이 벽과 부딪쳐 내는 소리에 묻혀 그가 하는 말은 더 이상 들리지 않는다.

"여전히 그 상태인가?"

바르하시온의 목소리였다. 에이아의 아버지, 하지만 가장 가까워야 할 그가 에이아를 죽인 것이다. 난 피가 끓어오르는 것을 느꼈다. 아무런 감각도 느낄 수 없을 것 같았는데 바르하시온이 가까이 있다는 것만으로 피가 끓어오르다니! 나는 그자가 있으리라고 추정되는 곳으로 서서히 걸어갔다. 만신창이가 된 몸을 이끌고 그의 목소리가 들리는 쪽으로 다가갔다.

"네, 정신 착란 증세를 보이고 있습니다. 그런데 정말 들어가려고 하시는 겁니까?"

벽 맞은편에서 남자의 목소리가 흘러 들어왔다. 이곳은 사방이 닫힌 곳이다. 폐쇄된 공간에 문 쪽에만 방 안의 동태를 살필 수 있도록 작은 구멍이 나 있었고, 문 아래쪽에 물건을 넣을 수 있을 정도로 작은 틈새가 하나 있을 뿐이었다. 식사를 제공하기 위한 것이었다.

"위험합니다."

그 남자의 만류에도 불구하고 바르하시온이 지시를 내렸는지 문을 여는 소리가 들렸다.

철그렁—

그 소리와 함께 바르하시온의 낮은 웃음소리가 들렸다.

"후후후후후……."

혈압이 높아지고 피가 역류하며 심장이 고동치는 소리를 들을 수 있었다. 나는 그를 쏘아보았다. 나는 그다지 느끼지 못하고 있었지만 굵은 사슬이 매달려 있는 나의 팔은 발광으로 인해 형편없이 피 범벅이 되어 있고 제대로 걸을 수도 없는 상태였다.

"좋아, 좋아."

그래도 눈만은 바르하시온을 향해 있었다. 그 남자는 예전보다도 더 창백한 얼굴로 실험용 쥐를 바라보는 듯한 눈으로 나를 응시했다.

"죽여 버리겠다! 당신을 죽여 버리겠어!"

나는 목구멍으로부터 터져 나오는 말을 삼키지 않았다. 나의 빈 자리는… 그녀는 다시 돌아오지 않는다. 그녀가 돌아오지 않는다면 다른 어떤 것이 있어도 소용없었다.

"에이아를… 에이아를 살려줘!"

나는 그 바르하시온이라는 남자를 바라보았다. 그는 에이아의 아버지였지만 용서할 수 없는 사람이다. 난 그를 증오하고, 그 남자는 아무런 감정 없는 얼굴로 태연히 날 응시할 뿐이었다.

"에이아……."

나는 바르하시온 쪽으로 한 발자국 성큼 걸어갔다.

나는 그들을 혐오했다. 에이아를 죽인 그 남자를 절대로 살려둘 수 없다고 생각했다. 에이아는 과연 행복했을까.

정말로 후회하지 않는 거야? 난 이렇게도 그리운데… 네가 보고 싶어서 미칠 것 같은데… 너만 그렇게 훌쩍 날개를 펴고 날아가 버려도 괜찮은 거야? 난 언제까지라도 널 기다릴 수 있는데 너는 내 곁으로 돌아오지 않을 거야?

에이아… 나의 작은 새. 너만이 나의 전부였는데…….

정말로 내 곁을 떠나가도 내가 그립지 않은 거야?

*   *   *

모든 것은 그때와 달랐다. 나는 꿈에서 깨어난 것이다.

잊은 적 없었던 그때의 일이 이렇게 생생하게 꿈에 나타난 것은 아마도 그 부질없는 분노라고 일컬어지는 어떤 감정이 내 가슴속에 남아 있기 때문일 것이다.

"일어나셨습니까?"

그녀는 에이아와 똑같은 얼굴을 하고 나를 반겼다.

요르문간드. 앙그라보다와 로키 사이에서 만들어진 소녀로, 상반신은 인간과 다를 바가 없지만 하반신은 뱀과 같이 긴 몸으로 이루어져 있다. 에이아와 같은 하늘색 머리카락, 그리고 금빛 눈을 뜨고 나를 응시하는 그녀는 결코 나와 떨어질 수 없는 존재였다.

그녀의 등에 나 있는 커다란 날개라는 존재는 이미 나의 날개이기도 했다. 그것은 벌써 몇백 년이나 지속되어 온 일이 아닌가.

아침은 아니었다. 근래 잠이라는 것은 잔 일이 없었다. 마검이 된 이후로 검 안에 몸을 실었을 때를 제외하고 내가 잠에 빠지는 것은 극히 드문 일이었다.

아주 잠시 동안이었다, 그때의 일을 백일몽과 같은 환상으로 본 것은.

나는 앉아 있던 곳에서 몸을 일으켰다.

"차라도 한잔하시겠어요?"

"괜찮습니다, 요르문간드. 당신은 제게 날개만 빌려주시면 됩니다. 그게 제가 가장 바라는 일이니까요."

나는 언제나처럼 미소를 입가에 띠었다. 웃고 있는 모습이었지만 강경한 명령이기도 했다. 요르문간드는 에이아와 똑같은 얼굴로 고개를 끄덕였다.

괴롭지 않다면 거짓말이다.

아마 거짓말일 것이다. 그녀의 몸이 내 몸으로 스며들었다. 그녀의 날개가 나의 날개가 되었다. 에이아를 잃은 후 다시는 나지 않았던 날개, 바르하시온은 나에게 족쇄를 제공했다. 그래도 날 수 있다는 것을 다행으로 여겼다.

요르문간드는 나의 수족과 같았고 나는 그녀에게 감사했다.

나는 앙그라보다를 찾아갈 생각으로 몸을 일으켰다. 내가 그녀에게 전해야만 하는 것이 있었기 때문이다.

"그럼 앙그라보다를 찾으러 가볼까나……."

그녀가 있는 곳은 어렴풋이 느낄 수 있었다. 그런 것은 마검이 되어버린 나에게 쉬운 일이다. 그녀는 나의 예상대로 카티스가 있는 곳에 있었다. 그는 내 생각대로 앙그라보다의 강박 관념에 묶여 있는 것 같았다. 앙그라보다는 독사와 같은 여자였다. 그녀가 카티스의 머리 속에 공포로 남아 있는 것도 당연했다.

하지만 아직 때는 되지 않았다.

적절한 시기는 올 것이고, 결국 나의 계산대로 될 것이다. 이번 일이 잘 해결된다면.

물론 난 확신을 가지고 있었고 자신도 있었다.

아마도 카티스, 그 녀석은 화를 낼 것이다. 그 녀석은, 자신은 그렇지 않다고 생각해도 결국 작은 데까지 신경 쓰는 녀석이니까.

아마 사카디은처럼 내가 너무 녀석의 마음에 자리 잡아 버린 것인지도 모른다.

하지만 나는 카티스를 떠났고, 자신을 거들떠보지도 않는 나를 그는 원망의 눈으로 바라볼 것이다. 카나에게 가르쳐 준 것은 사실이기도 했지만 내가 필요한 것이기도 했다. 세계수 이그드라실이 뿌리를 내리기 시작했다. 이 세계에……

그것은 지상에 남아 있던 모든 마검들의 힘을 이용했기 때문에 가능한 일이었다.

앙그라보다와 카티스를 만난 그때, 앙그라보다에게 전언한 후에 내가 향한 곳은 금기의 숲이었다. 그곳은 알타크나에선 유명한 장소이기도 했다. 아니, 원래 그곳은 예전에는 알타크나의 땅이 아니었다. 그곳이 민간인은 들어갈 수 없는 금기의 산이 된 것은 그 숲이 어느 나라의 소유였든 마찬가지였을 것이다. 그렇다고 지세가 험난한 것은 아니었다. 다만 그곳에 괴물이 잠들어 있기 때문이었다.

내가 날아서 도착한 곳은 큰 나무가 즐비하게 늘어서 있는 녹림이었다. 물론 그동안 어느 누군가 날 미행하고 있다는 것은 알고 있었다. 그리고 생각대로 울창한 나무에 기대서 있는 아스가르드를 발견했다. 그의 머리카락은 금빛으로 빛나고, 눈은 감고 있었지만 나를 경계하는 듯했다.

"어딜 가고 있는 거지?"

"또입니까, 아스가르드?"

나는 아무렇지도 않은 얼굴로 그를 바라보았다.

"……"

그는 눈을 떴다. 푸른 눈 안에 검은 면으로 만들어진 제복을 입고 검푸른 날개를 바닥까지 늘어뜨리고 있는 나의 모습이 비쳐졌다. 그의 눈 안에 비친 나는 자연스럽게 웃었다.

"제가 그렇게 의심스러우신 겁니까?"

"이 몸은 너를 믿지 않아."

그는 증오의 눈길로 나를 바라보았다. 아시르 족 우월주의자인 그에게 나와 같은 잡겹—물론 그의 사고방식의 기준으로 보면 그렇다는 것이다—은 부질없이 하찮은 존재겠지. 그는 아시르 인, 아니, 그중에서도 바나 인이었으니까. 하지만 그것은 이미 오래전, 옛날 일이 아니던가.

"믿든 믿지 않든 그것은 당신의 자유입니다."

나는 유들거리며 웃었다.

"절대 믿을 수 없어. 로키님은 나에게 그것을 알아보라고 명하셨다. 난 너에게 붙어 있을 이유가 있어."

내가 침착할수록 그는 참을 수 없다는 듯 화려하게 차려입은 치렁치렁한 소매를 거칠게 내리면서 나를 노려본다. 아직까지도 아스가르드에게는 나에 대한 반감이 남아 있었다.

"그럼 유감이군요. 전 로키의 말은 듣지 않습니다. 내가 무슨 짓을 하든 그와는 상관이 없지요."

나는 그에게 강경하게 말했다. 입가에 띠었던 웃음은 이미 사라지게 한 후였고, 정중하지만 협박하는 투로 그를 노려보았다.

"뭐?"

그는 흠칫 놀랐다.

"부인하지 않으시겠지요, 바나 프레이? 당신이 날 탐탁지 않게 생각한다는 것… 그것은 공정한 기준이 되지 못한다는 것을 말입니다."

내가 하는 말이 많아질수록 아스가르드, 아니, 바나 프레이의 얼굴은 점차 하얗게 변했다.

"이 자식……! 기억하고 있었던 건가?!"

그는 내가 그 일을 기억하지 못하고 있다라는 말을 믿은 건가? 그렇겠지. 난 그날 이후 철저히 그러한 감정들을 드러내지 않았으니까. 하지만 그런 식으로 연기를 한 것만은 아니었다. 나 역시 어느덧 내 속에서 기억을 지우고 있었을지도 모르니까.

"전 그 무엇도 잊어버린 적이 없습니다."

나는 그를 지나쳐서 앞서 걸어나갔다. 나의 날개, 요르문간드는 나의 편이었다. 그녀는 나를 그곳으로 안내해 주었다. 나는 그에게서 멀어져 갔다.

아스가르드, 프레이는 정색을 하며 나에게 또다시 소리쳤다.

"그녀를 죽인 것은 너야. 남에게 덮어씌우려고 하지 마!"

그는 내가 듣지 않으면 안 된다는 듯이 더욱더 크게 소리쳤다.

"네가 없었다면 그녀는 그렇게 죽지 않았을 거라고!"

그것은 원망의 말이었다. 그 목소리가 숲에 쩌렁쩌렁 울렸다. 나는 메아리가 되어 울려오는 그 목소리를 거부할 생각이 없었다.

그래, 그 말도 틀렸다고 생각진 않아. 하지만 당신도 그 몫을 단단히 했다는 것을 난 잘 알고 있어. 어쩌면 그의 말대로 정말 내가 없었다면 그녀는 행복했을지도 모르지.

내가 걸어 들어간 녹림의 중앙은 공허한 공간으로 이루어져 있었다. 그것은 아시르 인들이 라그나들의 세상을 만들어준 것과 같은 이치였다. 그 공간 안에는 생명을 잡아먹는 마인수, 지성을 가지고 있는 그가 있을 것이다. 나는 그 안으로 서슴없이 발을 들이밀었고, 그는 반응했다.

"누구냐?"

인간의 지능을 가진 그 마수는 인간의 말도 할 줄 알았다. 나는 아무것도 보이지 않는 새까맣고 불길한 그 중간에 서서 그의 목소리가 들리는 쪽으로 고개를 돌려보았다.

"누가 나를 부르고 있는 거냐?!"

그렇다. 나는 그를 부르고 있었다. 그렇지 않다면 그는 나를 삼켜 버렸을 것이다. 이 공간에 들어왔을 때의 내가 만일 아무것도 모르는 상태였다면 그대로 그에게 먹혀 버리는 것이 필연적이었을 것이다.

"당신은 아직도 그런 어둠 속에 계시는군요, 펜리르."

나는 빙긋이 웃으며 이 공간의 눈이며 공간 안에 있는 모든 사물을 입속으로 삼켜 버릴 수 있는 그 형체없는 마인수에게 말했다.

"너는 누구지?"

그는 나의 존재에 대한 질문을 했다.

"내 이름은 미드가르드, 세계수 이그드라실의 정점에 서 있는 자라고 할 수 있습니다."

"이그드라실, 그 이그드라실 말이냐?"

그는 이그드라실이라는 이름에 반응했다. 나는 계속해서 침착하게 말했다.

"네. 제가 이곳에 온 이유를 아십니까?"

내가 오히려 질문을 하자 펜리르는 오히려 당황한 것 같았다. 하지만 그는 곧 대답했다.

"모른다. 난 너와 같은 인간이었던 자를 상대하고 싶은 마음은 없다."

"유감이로군요. 당신이 그렇게 컴컴하고 음습한 동굴을 좋아할 줄은 몰랐습니다."

나는 눈을 빛내면서 이 공간 안의 모든 것을 꿰뚫고 있으면서도 밖은 볼 수 없는 갇혀 버린 마인수에게 말했다. 그것은 도발이기도 했다.

"…크르르르."

그가 낮게 으르렁거리는 소리가 들렸다. 내가 어떤 뜻으로 한 말인지 그는 알고 있었기 때문이다. 라그나즈에 갇힌 라그나들보다도 더 처량한 상태에 속해 있는 것을 펜리르가 좋아할 리는 만무했다. 그러나 그는 나오고 싶어도 나올 수가 없었다. 그렇게 만든 것은 로키와 카나일 것이다. 그들이 왜 펜리르를 가두어둔 것인진 모르지만, 나는 그들이 바로 펜리르를 봉인한 장본인이라고 확신하고 있었다.

"물론 좋아할 리가 없겠지요. 당신은 마인수(魔人獸)이고 자유의지를 가진 지성체이기도 하니까요."

내가 다시 온유하게 말하자 그는 으르렁거리는 소리를 멈추었다.

"무슨 말을 하고 싶은 것이냐, 미드가르드여."

그는 나에게 물었다. 내가 이런 말을 하는 의도를 잘 알고 있었기 때문이기도 했다.

"당신에게 도움받고 싶은 것이 있습니다. 단지 그것뿐입니다."

"난 이곳에서 나갈 수 없다. 난 이곳을 지키고 있다."

"그렇겠지요. 로키는 당신의 힘을 두려워하고 있으니까요. 뛰어난 힘을 가지고 있는 지성체 펜리르."

나는 침착하고도 조용하게 또박또박 그의 머리에 그것을 각인시켰다. 펜리르는 으르렁 소리를 크게 냈지만 나는 그의 숨소리가 바로 코앞에서 들려오고 있다고 해도 한 치도 물러설 생각이 없었다. 죽음이 두렵지 않기 때문일까, 오히려 모든 것에 당당했다.

"무슨 소리를 하는 거냐?"

나를 삼킬 듯이 다가온 그는 다시 나에게 물었다.

"너무 욕망을 가두어두지 마십시오. 당신이 원하는 것은 피가 아닙니까? 당신은 이곳에 너무 오래 있었으니까요."

"먹는다면 널 먹어도 될 테니 그럴 필요가 없다고 생각하는데."

그는 나를 떠보겠다는 듯이 말했다.

"글쎄, 절 먹는 것도 상관없겠지요. 그러고 싶다면 그러십시오."

"크르르르……"

또다시 숨소리가 들려왔다. 내 눈에 검은 늑대와 같은 펜리르의 모습이 드러났다. 인간 하나쯤은 너끈히 삼킬 수 있을 정도의 입을 크게 열고 나에게 다가왔다.

우레와 같은 포효 소리가 들렸지만 곧 멈추었다. 그 입은 내 눈앞에서 정확히 멈추었다.

"결국 못하시는 겁니까?"

그는 입을 닫았다. 펜리르의 흰자위 없는 눈이 번뜩 빛났다.

"네 녀석은 모든 것을 포기한 허무한 눈동자를 가지고 있군."

그는 모습을 드러냈다. 인간보다 적어도 세 배 정도 큰 모습, 게다가 라그나에게도, 인간에게도, 아시르 인이나 마수에게도 없는 힘이 그에겐 흐르고 있다는 것을 그 암흑의 공간 안에선 눈으로 볼 수 있었다. 나는 방긋 웃으며 손가락 두 개를 그에게 내보였다.

"어때요? 제가 두 가지를 보장하겠습니다. 절대로 밑지는 일은 아닐 겁니다."

"나를 시험해 보려는 거냐?"

"그렇다고도 할 수 있지요. 전 당신의 힘이 필요합니다. 로키, 그가 당신을 두려운 존재로 여기기 때문이라고 생각하거든요."

"무슨 말을 하는 거냐?"

펜리르는 고개를 갸웃거렸다. 아니, 이미 그 지성체는 그것을 느끼고 있었을 것이다. 내가 하는 말의 의미를 몰라서 묻는 것이 아니라 단지 믿을 수 없는 자신의 마음을 확인시키는 것이다.

"당신은 기다리고 있음에도 영원히 구원받지 못할 겁니다. 로키는 당신을 풀어줄 힘이 있는데도 불구하고 그것을 마다하고 있으니까요. 그건 아마도 당신이 두려운 존재이기 때문이겠죠. 어마어마한 힘을 가진 당신이 로키는 두려웠던 겁니다."

"……."

그는 말을 하지 않았다. 하지만 난 입가에 흐르는 미소를 끊이지 않으며 그에게 말을 계속했다.

"어떻습니까? 제가 가진 힘을 이용한다면, 당신을 그 속박에서 헤어 나오게 할 수 있습니다."

"뭘 보장한다는 거냐."

굳게 다물었던 입을 그는 서서히 열었다.

"한 가지는 당신에게 자유를 드릴 것을 보장합니다. 제게 힘을 빌려만 주시면 자유를 드리겠습니다."

"그리고 또 다른 한 가지는?"

울리는 목소리로 나에게 물었고, 나는 지체하지 않고 그의 반문에 답했다.

"다른 한 가지는 '그것'을 드리겠습니다. 힘을 가지고 있는 것, 이그드라실의 마지막 열쇠의 생명을 드리도록 하겠습니다."

"마지막 열쇠의 생명이라……."

확실히 먹혀 들어가는 조건이었을 것이다. 열쇠의 생명을 원하는 것은 그뿐이 아니겠지만, 나는 그것을 그에게 약조했다.

"네. 열쇠는 사용하면 저에겐 더 이상 필요없게 되지요. 그걸 당신께 드리도록 하겠습니다."

"혹시 너 거짓을 말하고 있는 거냐?"

그는 으르렁거렸다. 믿을 수 없다는 듯했다. 실현 가능성은 있지만 그것을 믿기 힘들었던 모양이다.

"그럴 리가 없지요. 전 당신을 믿고 있거든요. 로키나 다른 라그나를 믿느니 당신을 믿는 것이 더 확실하다고 생각하거든요. 열쇠라고도 하지만 그것은 모든 연구의 결정체, 그것을 당신에게 드리도록 하지요. 그것을 먹어버리기만 한다면 당신은 더 이상 어떤 다른 속박에도 메이지 않고 살 수 있을 겁니다."

"그것이 너의 진심이냐?"

그는 다시 한 번 물었다.

"물론입니다. 어떻습니까? 이 정도면 펜리르, 당신에게 좋은 조건이라고 생각하지 않습니까?"

또다시 나는 답했다.

"크르르."

낮은 으르렁거림이 그 공간 안을 메웠다. 나의 입가에는 미소가 감돌았다.

뚜벅뚜벅.

긴 복도를 메우는 발걸음 소리가 들렸다. 근래 알타크나의 왕성은 조용하기 그지없었다. 나의 발자국 소리만으로 온 복도를 메울 정도였으니까. 현 알타크나의 여왕인 시긴의 모습도 보이지 않고 바르하시온도, 로키도 왕성에는 모습을 잘 보이지 않기 때문에 그런 것도 당연했다. 나는 붉은 혈석 펜던트를 만지작거리면서 걷고 있었다.

여행을 시작할 무렵 카티스와 에즈가 아나리드의 유적지에 갔을 때 손에 넣었던 물건이었다. 그것은 나와는 상관없는 물건이었지만 나는 그것이 필요할 때를 기다리고 있었던 것 같다. 나는 그것을 만지작거리다가 다시 주머니에 넣었다.

다시 한 번 가면을 써야 할 때라면 얼마든지 써주겠다. 한 번 썼던 가면을 벗은 이상 두 번 연기할 생각은 없었지만 필요하다면 어떤 것이든 마다하지 않을 자신이 있었다.

나는 뚜벅뚜벅 걸어나갔다.

나는 복도의 맞은편에서 라타토스크와 나의 로드였던 그녀의 모습을 발견하고 손을 흔들어주었다.

"미드가르드?"

하지만 라타토스크는 경계하는 태세다. 왜 그가 그렇게 경계하는지 나는 한눈에 알 수 있었지만 능청스럽게 대답했다.

"또 보는군, 라타토스크."

나의 미소 뒤로 숨겨져 있던 섬뜩함을 느낀 것인지 라타토스크는 고개를 갸웃거리다가 흠칫 뒤로 물러섰다. 라타토의 옆에는 일시적으로 나의 로드였던 이미르가 있었다.

"그녀가 이미르인가?"

나는 약간 어조를 높이면서 말했다. 이전의 발랄한 목소리로 말하려고 했지만 그것을 아무래도 라타토스크는 알아차린 모양이었다.

마치 인형처럼 가만히 있는 이미르, 그녀는 아무런 반응도 보이지 않았다. 아니, 그녀가 진짜 이미르, 나의 로드가 아닌 것은 아니었다.

그녀는 마치 둘로 나뉘어진 사람처럼 이전의 모습에 생기를 잃고 있을 뿐이었다. 라타토스크가 막아주는 것에 가만히 있을 뿐, 그녀의 몸은 아무런 말도 하지 않았다.

"이미르를 괴롭히지 마! 만일 그녀를 괴롭힌다면 아무리 너라도 내가 용서할 수 없어."

"난 로드를 별로 괴롭히고 싶은 생각이 없는데?"

나는 생긋 웃었다. 라타토스크는 금빛이 뒤섞인 눈으로 나를 노려보면서 입술을 잘근잘근 씹었다. 그 꼬마는 금방이라도 내가 이미르를 죽일지도 모른다는 생각 때문에 고민하고 있는 것 같았다.

"너 이상해… 이전과는 달라. 이전엔 웃고 있으면 그 미소에 속을 수 있었는데 이젠 아니야. 어쩐지 살기가 느껴져."

"그런가?"

아마 나의 살기는 아니었을 것이다. 나는 펜리르에게서 힘을 빌렸고, 그 짐승은 내 곁에 있어준다. 그 마인수는 나의 몸 안으로 기어 들어온 것이다. 언제든지 부를 수 있다. 계약은 성립됐고, 또 그도 그것을 원하고 있기 때문에.

"걱정 마, 라타토스크. 이미르에게 무슨 짓을 할 리 없잖아. 그녀는 이그드라실에게 있어서 필요한 존재라는 것을 너도 잘 알고 있을 테고 나도 잘 알아."

"그러니까 하는 말이야. 이미르를 제발 그대로 놔두라고!"

왜 그 소년은 이미르에게 집착하는 것일까.

이미르, 그녀는 나의 로드였다. 처음에는 성별이 없는 어린 바나인이었지만 차츰 자라면서 자신의 의지를 가지게 되었다. 왜냐하면 그녀가 이미르 사카디은이기 때문일 것이다.

그녀의 선택, 그것이 무엇인지 나는 잘 알고 있다. 하지만 그녀의 선택이 옳았는지 아닌지 나로선 판단이 서지 않는다.

"걱정 마. 그녀에게 손댈 생각은 없어. 원한다면 네 생각대로 모르는 척해 주지."

그러나 지금 상태로, 내가 쌓아놓은 탑대로 가면 내가 생각한 결과가 이루어질 것이다. 짐승의 숲의 마인수, 그의 힘을 손에 넣은 것도 그 때문이었다. 그 힘이 내가 추구하고자 하는 길로 나아갈 지표가 되어줄 테니까.

"이제부터 그를 손에 넣을 거야."

"그? 카티스를 말하는 건가?"

라타토스크가 눈을 동그랗게 뜨고 물었지만 나는 싸늘한 미소를 입가에 띨 뿐 대답하지 않았다.

어차피 그것은 준비된 일이었다. 바르하시온, 그의 생각대로 이런저런 곳에 흩어져서 얽혀 있던 실이 하나의 목적이라는 실 타래를 자아내고 있다. 얼마 지나지 않아 거대한 세계수 이그드라실이 이 땅에 뿌리를 내릴 것이다. 그리고 그 잎은 푸른 하늘을 감싸 검은 하늘로 만들어 버릴 것이다. 에이아가 날아가 버린 그 푸른 하늘은 사라지게 될 것이다.

그리고 그것은 그의 뜻대로 되는 것이다. 그것도 정해진 운명이라고 할 수 있을지도 모르지만, 나는 일이 그렇게 될 것이라고 확신하고 있었다.

에이아, 그녀가 나에게 돌아올 수 있다면 무슨 짓이든 할 수 있다. 하지만 그녀는 돌아올 수 없는 먼 곳에 가 있겠지. 나는 그녀의 곁으로도 갈 수 없는 얽매인 몸이 되어버려서 이제 다시는 그녀를 만날 수 없을 테니까.

카티스, 그는 확실히 아르스리르와는 닮지 않았다.

내가 그를 소중하게 생각하는 것, 그런 건 다 부질없는 짓이다.

그가 무엇에도 얽매이지 않는 존재가 된다면 에이아는, 아르스리르는 그에 대해서 더 바랄 것이 없을 것이다. 하지만 난 더 이상 지체하지 않겠다.

오랜 시간의 공백이 날 오히려 딱딱하게 만들었고, 그 덕분에 결의는 탄탄하게 굳어졌다. 게다가 내 마음속 깊숙한 곳에서 흉악한 마인수가 그 길을 재촉하고 있다. 나는 이미르와 라타토스크를 떠나 텅 빈 넓은 복도를 또각또각 발소리를 내면서 앞으로 걸어나갔다.

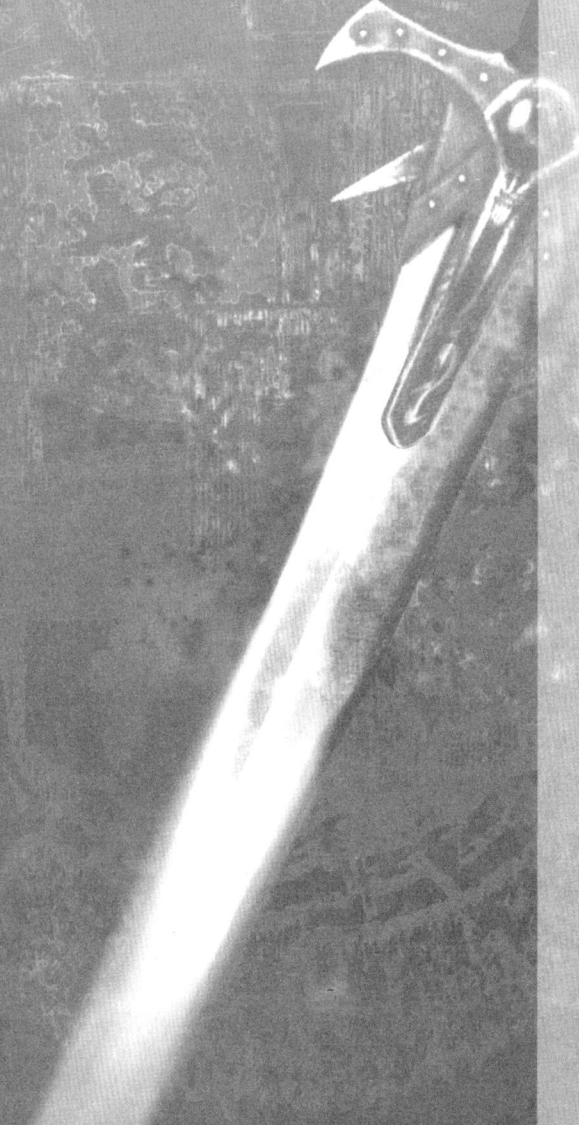

Chapter 33

영원한 안식

당연히 함께 있을 것이라고 생각했다.
그러나 그것은 어리석은 상념이었던 것인지도 모른다.
상념의 바다 속에 그가 서 있었다.
그를 쫓았지만 잡을 수 없었다.
그는 돌아보지 않았고, 또 돌아오지도 않았다.

Katis

카티스

내가 그때 사카디은에 대해서 기억해 낸 것은 절대 우연이 아니었다. 마치 필연처럼 그의 기억이 물밀듯 기억의 한구석에서 밀려오기 시작했다. 그는, 마치 자신의 존재가 자연스러운 것처럼 사카디은은 나에게 다가왔던 것이다.

처음에 나는 그가 탐탁지 않았다. 그 녀석이 언젠가 내가 죽이고자 했던 라그나 라그나드를 쓰러뜨렸기 때문이기도 했다. 철저하게 강한 자만이 살아남는 라그나즈에서 나는 계속 힘을 키워 나가고 있었다. 언젠가 내 힘으로 무찌르고자 했던 라그나 라그나드는 사카디은의 힘에 허무하게 죽어버렸다. 그토록 강하다고 생각했던 라그나를 사카디은은 이 나조차도 이해하기 힘든 큰 힘을 사용해 쉽게 제압해 버렸던 것이다.

그는 피도, 어떤 것도 묻지 않은 깨끗한 손을 내게 내밀었다.

"내가 왜 그 손을 잡아야 하지?"

"내가 널 찾고 있었으니까."

그 녀석은 아주 능청스럽게 그렇게 대답했다.

"헤에, 지금 날 놀리는 거냐, 인간?"

나는 혀를 날름 내둘렀다. 라그나즈에 인간이 들어온 것은 흔히 있는 일이 아니지만 아예 없는 일도 아니었다. 그러나 그곳에서 내가 인간을 본 건 처음이었다. 아니, 실은 처음 아니었을지도 모른다. 하지만 그때 기억에 의하면 인간을 가까운 곳에서 실물로 보는 것은 처음 있는 일이었고, 또 저렇게 당당한 모습을 보는 것은 신선한 충격으로 나는 뇌 한구석을 강타당했다.

"놀리거나 할 생각은 없다. 단지 사실을 말하고 있을 뿐이야."

녀석은 침착했다. 난 그때 아직 어렸고 라그나 라그나드인 것을 자랑으로 여기기는 했지만 많이 약한 편이었다. 강하지 않으면 살아남지 못하는 라그나즈에서 난 어렸을 때부터 혼자였다.

혼자라서 고독하다고 생각한 적은 없었다.

단지 강해져야만 했을 뿐이다.

혼자가 고독했다는 것을 느낀 것은 내가 그런 식으로 녀석을 만난 후였을 것이다.

그 녀석을 만나고 나는 고독이라는 감정을 느낄 수 있게 되어버린 것이다.

바로 이러한 것들을 인간들이 흔히 일컫는 추억이라고 말할 수 있는 걸까?

인간들은 추억을 소중하게 여긴다고 들었다. 인간들의 일을 갑작스럽게 생각하게 된 것은 아마 시리스의 이야기를 들어서 그런 것일 것이다. 그녀는 내가 인간에 가까운 존재라고 말했다. 하지만 그것은 결국 인간은 아니라는 뜻이다. 나에게 그런 추억 같은 것이 소중할 리 없다. 그런데 왜 그러한 기억들이 갑자기 내 머리 속을 지배해 버린 것일까.

욕지기를 퍼부으면서 나는 그 거짓된 추억에서 빠져나왔다.

"카티나, 괜찮아?"

이미르의 목소리였다. 아직 어린 모습의 그 계집애는 나를 붙잡고 뒤흔들고 있었다.

"…내 이름은 카티나가 아니야. 마음대로 바꾸어 부르지 마."

수다 껌 녀석이 지어준 이름 따윈 기억하고 싶지 않단 말이다. 나는 그 계집애를 노려보았지만 그 계집애는 내 눈초리 따위는 아예 생각하고 있지 않은 것 같았다.

"왜 그래? 역시 오스키가 신경 쓰여?"

그 계집애는 나에게 물었다. 그 계집애의 아마빛 눈동자 안에 내 초라한 모습이 비쳤다.

"아냐, 단지 잠깐 망상에 빠졌던 것뿐이야."

이 끈질긴 계집애. 이 계집애와 눈 높이를 맞추게 될 줄은 몰랐다. 물론 내가 계집아이가 된 것도 마음에 들지 않지만.

나와 그 계집애가 있는 곳은 알타크나 수도 성벽 안에 있는 시리스의 거소였다. 저택과도 비슷한 곳이라고 설명할 수 있는데, 이곳은 시리스가 안내해 준 곳이었다. 그 계집애가 이렇게 많은 장소를 알고 있는 것은 아마 알타크나에서 대단한 위치를 차지하고 있는 아가씨이기 때문일 것이다. 그런데 그런 귀족 계집애가 닭을 좋아하는 것을 보면 신기하다는 생각이 든다.

인간들은 닭을 소나 돼지와 같은 동물에 비해서 싸구려 음식으로 취급하기 때문에 닭을 좋아하는 귀족들은 그리 많지 않았다. 그 때문에 나는 시리스가 기품은 흐르지만 약간 이상한 여자라고만 생각하고 있었는데, 근래 들어서 의외의 면모를 보여주어 놀랐다.

이미르는 귀찮은 장식이 되어 있지 않은 텅 빈 방 안에 앉아 창틀에 팔을 괴고 나를 응시하고 있었다. 만일 시리스가 사카디은에 대해서 반드시 전할 말이 있다고 하지 않았다면 나는 이곳에 오지 않았을 것이다. 이곳에 와서 안 사실인데, 그 미친 검사 베리우스와 라이네가 수도로 가려고 한 이유는 시리스에게 볼일이 있었기 때문이라고 한다.

"그런데 오스키를 만난 밸더는 정말 이상하다고 생각지 않아?"

이미르가 그때의 일을 회상하는 듯 먼 곳을 응시하면서 고개를 까딱까딱했다. 사람의 기척이 그 계집애의 목소리와 함께 들려왔다. 한편에는 내가 오랜만에 검을 손에서 놓고 이질리스의 검신을 새하얀 벽에 세워놓았다. 이질리스의 하늘색 날이 태양 빛을 머금어 쇠사슬이 빛을 발하고 있었다. 새벽녘에 여명이 밝아오듯이 푸른빛이 검끝에 머물러 있었다.

"밸더는 지금 잠들어 있어요."

시리스의 목소리였다. 이 계집애는 내가 경계하고 있다는 것을 알면서도 사뿐히 걸어 들어왔다. 그 계집애의 손에는 음식이 들려 있었다. 아마 먹으라는 거겠지.

"그는 혼란 상태거든요."

"시리스가 그렇게 말하는 걸 보니, 그 녀석의 상태는 여전한가 보네."

내가 턱을 만지작거리면서 중얼거렸다. 그 녀석, 그때 이후로 또

패닉 상태에 빠져 버린 모양이다. 그 녀석이 오스키에게 그런 식으로 달려들 줄은 나도 몰랐다.

"당신은 어때요, 카티스?"

시리스는 계집애가 되어버린 내 몸을 보며 한산한 탁자 위에 자신이 가지고 온 음식물을 올려놓았다. 역시 생각한 대로 밸더 녀석이나 한 여자에게 푹 빠져 버린 베리우스 녀석이 뭔가 도움이 될 리 없었다. 헝그리 녀석은 논외의 대상이다.

"당연히 난 괜찮지! 하하핫, 밸더 녀석, 그렇게 잘난 척하더니 별로 쓸모도 없잖아?!"

내가 허세를 부린 것은 계집애가 되어버린 내 몸이 초라하게 느껴졌기 때문이었다.

"카티스는 지금 카티나잖아. 카티나도 별로 쓸모는 없어."

하지만 눈치 좋은 이미르가 나에게 쏘아붙였다.

"이미르, 너야말로. 넌 본래 알타크나 쪽 사람이잖아. 게다가 그렇게 어린 몸으로 뭘 어떻게 하려는 거지? 지금의 넌 그 마법인지 뭔지도 잘 구사하지 못하면서. 빨리 그 볼륨있는 몸매로 돌아가는 것이 어때? 난 그 모습이 더 좋던데."

나는 발을 동동 구르면서 그 말을 받아쳐 주었다. 나는 지금 이미르가 준 옷을 입고 있었는데, 시리스가 다른 옷을 가지고 왔다는 것을 깨닫고 그 풀풀 날리는 하늘하늘한 드레스를 내던지고 시리스가 준 다른 옷을 입었다. 그래도 시리스는 나와 이미르가 세트처럼 귀엽다고 말하면서 조용히 놀렸다.

"그래도 원래 남잔데 계집아이가 되어버린 카티나보단 낫겠지!"

이미르가 베에~ 혀를 내밀고 나를 놀렸다. 놀림당하는 것에는 그다지 취미가 없는 나이지만 저 계집애는 날 밥 먹듯이 놀려댄다.

"젠장할!"

항상 그랬다. 이미르는 처음 만났을 때부터 날 놀리고 있었다. 그는 계집애 같은 외모를 숨기고 아직 성별이 결정되지 않은 소년 같은 모습으로 내 앞에 섰던 것이다. 내가 이미르에게 당해서 깊이 잠들어 버리기 전에도 그 계집은 끝까지 날 놀리고 있었던 것 같다.

시리스가 심상치 않은 분위기를 무마시키기 위해서인지 탁자 위에 올려둔 음식 쪽으로 시선을 돌렸다. 먹으라고 가져다 준 음식은 닭고기 수프와 따끈따끈한 빵이었다. 마침 식사 시간이 되었고 출출하던 차라 시리스의 옆에 있는 하얗고 얇은 의자에 앉아 빵을 집어 들었다.

요란한 발자국 소리와 함께 이쪽으로 누군가 뛰어 들어왔다. 소리가 요란한 것을 보니 헝그리 녀석임에 틀림없었다.

"시리스 누님, 아니, 여기 내가 보려던 사람들이 다 있네!"

헝그리 녀석은 체통이며 체면이며 생각하지 않고 용사의 기본이라고 여겨지는 여자 밝힘증을 그대로 얼굴에 드러냈다. 그 근육질의 몸에 어울리지 않는 발그레해진 얼굴이 더 무섭게 보여서 하마터면 먹던 빵을 그 녀석에게 던질 뻔했다.

"카티나 양도 있었군요! 전 스승님이 버리고 가서… 하지만 당신을 만났기 때문에 안심이에요."

아마 그 말은 본래 카티나에게가 아니라 시리스에게 하려고 온 것이 아니었던가. 난 놈을 보지도 않고 빵을 입에 쑤셔 넣었다.

"카티나 양, 당신을 저의 레이디로 섬기게 해주세요."

네가 기사면 지나가던 똥개도 기사겠다. 난 녀석이 반바지를 입어 울퉁불퉁하면서도 반짝거리는 허벅지를 내밀며 나에게 고개를 숙이는 것을 보고 뜨거운 수프를 그냥 목구멍으로 넘겨 버렸다.

이 멍청한 놈, 난 녀석의 머리를 발로 찼다. 하지만 헝그리 녀석은 내 행동은 뭐든지 포용하려는 듯이 다리를 테이블 위에 올려놓더니 등에 메고 있던 부메랑 마검을 치켜들고 마치 미친 사람처럼 소리쳤다.

"역시 용사는 반바지입니다! 빨리 쑥쑥 자라서 멋진 헝그리 용사님이 되어야지! 카티나 양도 분명 절 좋아하게 될 겁니다!"

아니, 절대로, 내가 눈이 뒤집혀져도 그런 일은 없을 거다. 나는 마음속으로 장담했다.

이미르도 헝그리 녀석의 허세에는 눌려서 말을 하지 못한다. 하긴 어련하랴, 그 니드호그도 손든 녀석인데. 이미르, 저 계집애도 헝그리에게 놀라는 것이 당연하지.

"그런데… 헝그리 군, 무슨 일로 절 찾아온 거죠?"

시리스만이 그러한 상황에서도 평정을 유지한 채 헝그리에게 물었다. 침착한 것이 누군가와 닮아 있었다.

잘 기억이 나진 않지만 시리스가 사카디온의 의연함과 닮은 듯한 느낌이 든다. 아니면 나만의 착각인가. 아니, 사카디온은 그녀와 어떤 관계가 있을 것이다. 사카디온 녀석, 죽어서도 나에게 의문을 남겨주는군. 나는 허탈하게 웃었다.

"아차! 시리스 누님, 리프 형님이 이걸 전해달라고 했어요."

헝그리 녀석은 단순한 심부름꾼이었던 것 같다. 단순 무식하니까 부려먹기에 좋겠지. 리프 녀석은 그렇게 생각한 것이리라.

시리스는 헝그리가 전해준 쪽지를 받아 들고 그것을 읽었다.

이미르가 시리스의 안색을 샅샅이 살피고 있는 듯했지만 그녀의 표정은 예전과 변함없었다.

그녀는 아무런 동요 없이 그것을 자신의 소매 안으로 집어넣고 구두 소리를 내면서 공갈 검에게 다가갔다. 공갈 검 이질리스는 검 안에서 잠들어 있는 듯했지만… 시리스는 그 검신에 관심을 가지고 푸른 날을 손으로 매만졌다.

"으음, 카티스, 이질리스에게 묶여 있는 이 쇠사슬은 대체 누가 만든 거죠?"

"내가 안 만들었어."

나는 마저 음식을 베어 물면서 말했다.

"그런 게 아니라 만든 사람을 말하는 거예요. 리프가 말하길, 사검의 검날에 걸려 있는 쇠사슬은 견고하기도 하지만 좀처럼 풀리지 않는 무엇인가가 있다고 했어요."

그러고 보니 리프라는 녀석이 검이나 건 같은 데는 일가견이 있다고 했다. 그래서 잠시 이질리스를 본 일이 있었는데 쪽지에 그런 것이 적혀 있었던 모양이지? 이질리스를 원하는 건가? 물론 난 넘겨줄 생각이 추호도 없지만.

"이를테면 어떤?"

"마치 마법이 걸려 있는 것 같데요."

시리스의 대답에 이미르가 창가에서 떨어져 사검이 있는 곳으로 걸어갔다.

"마법이라고?"

이질리스에게 이미르가 다가갔다.

이질리스는 이미르가 다가오는 것을 느꼈는지 우웅, 공명 소리를 냈다. 이질리스도 역시 사내 녀석이라 여자만 좋아하는 건진 모르겠지만.

찰랑찰랑.

쇠사슬이 소리를 내며 이질리스는 그 물빛과도 같은 투명한 모습을 드러냈다. 쇠사슬은 목과 손목, 발목과 발목을 죄어오고 있었으나 이질리스 녀석은 이미 그것에 익숙해진 듯 수족처럼 그것을 다룰 줄 알았다. 게다가 예전과 마찬가지로 아무 관심 없는 무표정으로 사물을 응시하고 있었다.

"마법이라고……."

이미르는 이질리스의 손목에 달린 그것을 만지작거렸다. 내 물건에 손대는 것은 좋아하지 않아 마음에 들진 않았지만 이미르는 그런 것 따윈 개의치 않고 이질리스 녀석을 조사했다. 이질리스 녀석도 가만히 있었다. 공갈 검 놈, 무슨 생각이라도 있는 건가.

"이질리스 녀석이 어떻게 되었든 간에 수다 검을 쓰러뜨리는 데는 지장없을 거 아냐?"

내가 뽀로통한 얼굴로 말하자 이미르가 손가락을 까닥까닥 흔들었다.

"그게 아냐. 카티나, 만일 이질리스가 계속해서 저 쇠사슬을 차고 있다면 네가 미드가르드를 이길 수 있는 확률은 제로라고."

"야, 이 계집애야! 넌 나랑 수다 검 싸움 붙이러 왔냐? 넌 일이 이렇게 될 것이라는 것을 이미 알고 있었던 거야?!"

이미르는 내가 소리치자 빤히 나를 응시하다가 비로소 입을 열었다.

"모르고 있었다고 하면 그건 또 거짓말이겠지. …미드가 널 떠날 것이라는 것은 예상하던 일이었어. 생각보다는 네 곁을 늦게 떠났다고 생각하고 있지만."

이미르가 당연하다는 듯이 말했지만 난 놈이 그런 식으로 날 놀리고 떠날 줄은 몰랐다. 저 계집애가 여전히 날 놀리는구나. 저 마법사가 어린아이의 모습만 아니었다면, 아니, 내가 계집애의 몸만 아니었다면 그 입을 철저히 막아버리는 건데.

"어린아이의 모습을 하고 있지만 당신은 알타크나의 마법사죠?"

시리스가 이미르를 바라보며 물었다. 헝그리 녀석은 시리스가 무슨 이야기를 하고 있는지 몰라서 그냥 머리를 긁적이다가 혼자 오버 액션을 하기도 했다가 금붕어처럼 입을 뻐끔거리기도 하고, 보는 사람도 없는데 원맨쇼를 하고 있었다. 아마 저 녀석은 그것이 용사의 기준이라고 생각하고 있는 모양이다.

"그래요. 저도 당신을 본 일이 있지요, 시리스 왕녀."

이미르가 시리스의 눈을 응시하고 있었다. 그 두 사람 사이엔 내가 끼어들 수 없는 어떤 유대감이 형성되어 있었다. 아마 여자들끼리의 유대감 같은 것이겠지만 본래 남자인 난 잘 모른다. 여자란 기분 좋은 존재라는 것만 알고 있었는데 날 화나게 한 여자는 저 마법사 이미르가 처음이었다. 카나라는 존재도 있지만 그 여자는 내게 여자로도 보이지 않는다.

"그렇군요. 당신이 이곳에 있는 것은 저희의 적이 아니여서라고 믿어도 상관없겠지요?"

시리스는 이미르에게 물었다. 이미르가 키가 작은 어린애의 모습을 하고 있기 때문에 시리스 쪽에서 이미르를 내려다봐야 했다.

"일단은 그렇지요."

두 사람은 어쩐지 닮아 있으면서도 달라서 대조적인 느낌이 들었다. 그러나 절대 서로 충돌하지 않는 범위를 가진 성격의 공통

점을 가지고 있었다. 둘 사이의 말없는 침묵은 얼마간 계속되다가 이미르가 이질리스에게 고개를 돌림으로써 끝났다. 그녀는 이질리스의 목에 하얀 손을 올려놓으며 공갈 검에게 양해를 구했다.

"이질리스, 내가 쇠사슬을 봐도 될까?"

"······."

이질리스는 이미르의 물음에 대답하지 않았다.

"아프지 않아?"

이미르의 물음에 그 녀석은 이해가 가지 않는다는 표정으로 대답했다.

"익숙해져서 상관없어."

이미르는 이질리스의 쇠사슬이 달린 부위의 손목을 어루만지면서 나를 돌아보았다.

"불쌍하게도. 손목에서 피가 흐를 정도인데 카티스는 몰랐어?"

"난 그런 거 몰라."

나는 퉁명스럽게 대꾸했다. 내가 왜 수다 검의 건강과 안위까지 살펴야 하냐고.

"카티스가 이질리스를 돌봐주는 건 당연한 일이라고. 안 그래, 이질리스?"

"······."

이질리스는 직접적으로 대답은 하지 않았지만 이미르의 말에 수긍하고 있었다. 쳇, 나중에 개구리 피를 먹여줄 테다. 그러고 보니 저 녀석, 요 근래 피를 마시지 않았다. 마검은 피 없인 살아갈 수 없는 법인데 저 녀석은 피를 마시지 못했던 것이다.

"그래도 상처 치료는 해줄게."

"익숙해져서 아프지 않아."

그러나 이질리스의 대답 여하에는 관계없이 이미르가 그의 손목을 바라보았고, 그의 손목에 있는 상처에 손을 가볍게 갖다 댔다.

이미르의 손에서 하얀 치유의 빛이 났다. 아시르 인들의 마법은 상처를 치유할 수 있다는 말이 있는데 사실이었군. 라그나의 마술(魔術)에는 그런 것이 없다. 그런 면에서 아시르 인이란 정말 묘한 존재이다.

발목의 상처까지 치료해 주는 이미르를 보면서 묘한 기분이 들었다. 왜 이미르는 저리도 열심히 이질리스의 상처를 치료해 주는 것일까. 이미르는 마지막으로 이질리스의 목에 있는 상처를 치료하면서 부드럽게 입을 열었다. 벌꿀처럼 달콤한 말이 이질리스를 어우르고 있었다.

"이건 마음에 달려 있는 거야, 이질리스."

"마음?"

이질리스가 조금 눈을 크게 떴다. 녀석의 푸른 머리카락이 약간이지만 흔들렸다.

"저 녀석의 마음이라고?"

내가 이미르에게 반문했다. 저 계집애는 무엇인가를 알고 있는 것 같지만 추상적으로밖에는 말하지 않았다.

"모든 것은 자신의 마음에 달린 거지. 난 이 사슬을 만든 사람이 누구인지 알 것 같아. 그는 절대로 사슬을 풀어주지 않겠지만, 만일 자신의 마음이 강하다면 이런 사슬쯤은 깨버릴 수 있을 거야. 그러니까 안심해도 돼, 카티스. 이질리스가 굳게 마음만 먹으면 이 문제는 금세 해결될 거야."

정말 추상적인 말이로군. 난 그런 것은 딱 질색이다. 생각하는 것을 그다지 싫어하는 것은 아니지만 일부러 빙빙 돌려서 말하는 것은 싫다.

"모든 열쇠는 이질리스 군에게 있다는 말이군요."

시리스가 일목요연하게 이미르의 말을 요약했다. 난 공갈 겸 녀석의 힘 따윈 바라지 않으니까 상관없지만.

"이질리스 따윈 없어도 난 그 녀석에게 지지 않아."

난 흥, 고개를 돌리며 입술을 삐죽이 내밀었다.

"카티스, 이그드라실의 마검을 너무 우습게 생각하지 말아줘요."

시리스가 내 의견에 대해 반대 의사를 표명했다.

"그들은 만들어진 마검이야. 보통의 마검과는 다르다고."

이번에는 이미르와 시리스가 둘이서 합창하듯 말하는군. 쳇, 역시 저 두 계집애는 묘하게 닮았단 말이야. 생긴 것과 성격은 전혀 다르지만. 아니, 엉뚱한 면이 있다는 것은 비슷하다니까.

나는 지금까지 바르하시온에 의해 만들어진 마검이 그리 대단한 것이라고는 생각해 본 일이 없었다. 정확하게 말하자면 난 '그런 것에 관심이 전혀 없었기 때문에'라고 말해야 옳다. 하지만 그게 어쨌다는 거냐. 만들어진 마검인 미드가르드가 강하다고 해서 내가 무슨 상관이냐. 그 녀석에게 개인적인 원한이 있는 것은 사실이지만, 그 녀석이 강하다면 난 더 강해지면 되는 것 아닌가. 나는 미드가르드에게만큼은 절대로 질 수 없다고 생각했다. 그렇다면 이미르는?

"그래서 넌 나에게 그 미드가르드를 쓰러뜨려야 한다고 말하는 건가?"

난 그 계집애에게 말했다. 이미르는 내 말을 듣고도 가만히 침묵을 지키면서 나를 지그시 바라본다. 머리카락 빛깔과 똑같은 백금색의 미려하고 긴 속눈썹이 소녀의 하얀 살결 위에 길게 드리워져 있었다.

"아냐. 그런 건 아니지만, 미드가르드가 어쩐지 심상치가 않아."

잠시 동안의 시간이 흐른 후 그 계집애가 입을 열었다. 이미르는 뭔가 말하고 싶어서 내가 들어주길 바라는 표정을 짓고 있다. 그러나 저 계집애의 저런 얼굴을 보는 것은 괴롭다. 내가 계속 죽여야 한다고 생각해 온 마법사가 저렇게 가녀린 어린아이의 모습을 하고 있다니! 차라리 소녀의 모습에서 어른 여성의 모습을 유지하는 편이 덜 괴로울 것 같다.

나는 그 계집애의 아마빛 눈동자를 외면했다.

아마색을 보면 미드가르드가 떠올라 버린다. 미드 녀석, 그런 식으로 내 앞에 나타나서 까불고 가다니. 그 녀석에 대한 기억만 하면 배알이 다 뒤틀리는 것 같았다.

"수다 검 녀석이 이상한 것은 나도 잘 알고 있어. 그 녀석, 만나기만 해봐라. 그 나불나불거리는 혀를 잘라 버리겠어."

"하지만 카티스, 너나 당하지 않도록 조심해. 미드가르드는 카티스를 카티나로 바꿀 수 있을 정도의 능력의 소유자라고."

저 계집애는 꼭 듣기 싫은 소리를 해대는군. 그런 자기는 그런 단정한 얼굴을 하고는 실수투성이인 주제에.

"쳇, 그 이상한 성격의 소유자."

날 이런 모습으로 만들어놓고 자기는 신났겠지. 내가 왜 미드가르드 같은 녀석 때문에 내내 이런 계집애의 모습으로 있어야 한단 말인가. 그 생각만 해도 굉장히 불쾌하다.

지금 기분대로만 나간다면, 그 녀석에게 복수하기 위해서라면 무엇이든 할 수 있을 것 같은 느낌이 들었다. 내가 일시적으로나마 그놈을 기다렸던 것, 그리고 녀석을 발견했을 때 반가운 기분이 들었다는 것 때문에 내 자신이 싫어졌다.

화려하게 빛이 쏟아지는 창가에 선 이질리스의 시원스러운 푸른 머릿결이 투명하게 비쳤다. 그 커다란 창문을 통해 바람이 들어왔고, 이미르의 백금발과 이질리스의 머리카락이 시원하다 못해 서늘한 바람에 날렸다.

"그런데 밸더는 차도가 있나요?"

이미르가 시리스에게 물었다.

"아직도 그 상태예요. 지금 리프가 그를 돌보고 있긴 하지만."

시리스는 이미르의 질문에 조금 심각한 얼굴로 대답했다.

오스키를 만났던 때부터 밸더는 조금 이상해져 있었다. 아니, 조금 더 정확하게 생각해 보면 녀석이 이상해진 것은 헝그리 녀석이 '건'을 쐈을 때부터였다. 그 후부터 그는 머리가 아프다고 말하면서 머리를 움켜쥐고 힘겨워하고 있었다.

"밸더는 오스키가 무슨 말을 했기에 저러고 있는 걸까?"

그 녀석은 또 오스키에게 반응했었다. 밸더는 이상하게 오스키를 보고 놀랐던 것이다. 헝그리가 쏜 건을 보고 머리가 아파진 것과는 또 다른 이유가 있는 것 같았다. 나야 아무래도 상관없었지만 그것은 밸더가 허무해하면서 죽음을 쫓는 것과 관계가 있을지도 모른다는 생각이 들었다.

"그때 오스키가 그대로 물러서게 된 것도 다 밸더 덕분이긴 했지."

그때 오스키는 나에게 자신과 함께 갈 것을 제안했다. 아니, 그쯤 되면 명령이었다고 해도 상관없을 것이다. 그 건방진 애꾸의 말을 이미르와 나는 탐탁지 않게 받아들였고, 유넬과 유민은 양측에 서서 우리들을 노려보고 있었다. 마치 나와 이미르를 강제로라도 끌고 가려는 심산이었던 것 같은데.

"무서웠어, 정말. 엄청난 살기를 내뿜으면서 오스키에게 달려들 줄은 몰랐으니까."

내가 전혀 의식하지 못한 사이에 순간적으로 밸더 녀석이 오스키에게 칼을 들고 미친 듯이 달려든 것이다. 한순간에 일어난 일이기도 했다. 내게 보이지 않을 정도의 빠르기로 놈에게 덤벼들었다. 그때 오스키의 두 까마귀인 유넬과 유민이 그를 막아서려고 했지만 오스키가 그들의 보호를 마다했다. 오스키와 밸더는 서로 시선을 주고받았는데 몇 번 칼부림이 오가면서 오스키가 밸더의 귀에 대고 무언가 중얼거렸다. 그 후로 밸더 녀석은 오도카니 그 자리에 서버렸고 오스키는 사라져 버렸다.

"여하간 밸더와 오스키 사이에 어떤 관계가 있는 것은 확실한 것 같더군요. 이제 오스키가 가지고 있는 두 개의 변종 마겸과 당신이 가지고 있는 사겸밖에 남아 있지 않다는 것과 어떤 관련이 있는 것이 아닐까요?"

시리스가 이미르의 말에 이어서 대답했다. 바람은 밖으로부터 들어와 공기를 깨끗하게 갈아주었다. 날씨는 싸늘해졌다. 이제 곧 눈도 내릴 것이다. 알타크나는 대륙에 위치한 곳이기 때문에 겨울은 더 춥다고 한다. 바람도 점점 싸늘했다.

"난 그런 건 관심없어."

밸더 녀석이 어떤 과거를 가지고 있든 간에 나와는 관계없는 일이 아닌가. 여하간 계집애들은 참견하기를 좋아한다. 그것이 사내놈들과 다른 점이라고 생각한다.

하지만 그런 것들에 다 신경 쓰면서 어떻게 산다냐.

"그런데 너, 또 얄팍하게 배신한 수다 검에게 대가를 치르게 해 주겠어! 라고 말하려는 것은 아니겠지, 카티스?"

이미르가 아까부터 계속 내 신경을 긁고 있군. 여하간 이쁜 짓 하는 걸 못 봤다니까. 글래머러스한 미인일 때 빼고는 볼 것도 없 는 실수투성이 계집애 주제에 이 나에게 잔소리를 퍼붓다니.

"이 계집애, 너부터 죽여 버린다. 잘됐군. 이 상태에서 죽여 버리 면 더 손쓸 필요도 없어."

내가 손톱을 세웠지만 이미르는 혀를 베~ 내밀었다.

"미안하지만 지금의 내가 오히려 카티나보다는 강할걸? 네가 아 무리 덤벼도 날 이길 수 없어."

"쳇."

저 계집애가 또다시 속을 박박 긁어대는군. 그렇게 내 입을 요 령있게 막아놓은 그 꼬마 계집애는 시리스에게 고개를 돌리고 그 후의 일을 묻는다. 이 계집애, 날 찾아온 이유가 따로 있을 텐데 제대로 이야기해 주지 않을 거냐!

"이제 어떻게 할 거예요, 시리스 왕녀? 당신은 역시 이대로 알타 크나의 성벽으로 갈 생각인가요?"

이미르는 사뭇 심각한 표정을 짓고 있었다. 시리스도 이미르의 의도를 알아차렸는지 고개를 끄덕였다.

"물론이에요. 더 늦으면 곤란하다고 생각하고 있었으니까."

시리스의 말에 이미르는 이질리스의 푸른 날을 만지작거렸다. 싸늘하고 투명한 검날에 이미르의 흰 손이 비쳐졌다. 람검 슈하린 의 힘을 얻은 이후로 이질리스의 검날은 마치 얼음처럼 투명하게 반짝거리고 싸늘하다.

"그런데 '건'은 누가 만든 거죠?"

"리프가 고안해 낸 것을 실현시킨 거죠. 하지만 도움을 준 사람에 대해선 당신에게 말해 줄 수 없어요."

시리스가 웃으며 대답했다. '건'이라는 물건, 헝그리 녀석이 쓰는 것을 보면 대단한 물건이라는 생각이 들었다. 헝그리 녀석이 희한하게도 그걸 사용해서 니드호그의 날개를 쏘아버리다니, 아마 앞으로 다시는 죽었다 깨어나도 못할 일일 것이다. 헝그리 녀석은 아직도 구석에서 용사들이나 할 말을 지껄이며 원맨쇼를 하고 있지만 아무도 그 녀석의 행동에 신경 쓰지 않았다.

"건은 아직 완벽하지 않아요. 하지만 언젠가 완벽해질 거예요."

시리스는 혼잣말하듯이 중얼거렸다. 이질리스 녀석이 창가로 발을 옮기고 있었다.

"바람… 바람이 불고 있어……"

이질리스 녀석은 창밖을 보고 있다. 아까까지는 맑은 날씨라고 생각했는데 지금은 하늘에 먹구름이 끼어 있었다. 마치 비라도 내릴 것 같은 하늘이었다. 싸늘하긴 하지만 아직 얼음이 얼 정도의 온도는 아니기 때문에 겨울을 알리는 차가운 비가 내릴 것이다.

공갈 검 녀석은 어울리지 않게 비장미 넘치는 얼굴로 그 구름을 바라보고 있었다.

"날이 추워지면 저희 군대의 사기도 떨어질 거예요. 어서 서두르는 것이 좋겠어요."

"시리스, 네가 그 녀석들과 대항해서 얻고자 하는 것이 뭐지?"

시리스는 나에게 사카디은에 대한 이야기를 운운했다. 그렇다면 시리스는 사카디은과 같은 것을 바라보고 있는 걸까.

사카디은은 저 계집애와 묘하게 닮은 면이 있었다. 물론 둘의 성격은 전혀 다르지만 뚜렷하게 어떤 것이라고 할 수 없는 면이 그녀와 닮았다고 생각했다.

"제가 바라고 있는 것은 사카디온이 바라던 것이에요. 그것만은 확실하게 말할 수 있어요."

시리스의 대답에 나는 물씬 바람을 타고 과거의 기억이 떠오르는 것을 느꼈다.

사카디온, 그가 내 앞에서 저항하는 내 손을 잡았다.

그는 언제나 강했다. 아직 어렸지만 라그나 라그나드인 내가 저항할 수 없을 정도의 힘을 가지고 있었다. 아마 그 녀석처럼 강한 힘을 가진 인간은 이 세상에서 보기 힘들 것이라고 생각했다.

"자, 나와 함께 가자."

"난 너 따위와 함께 가고 싶지 않아."

"내가 원하니까 함께 가야 하는 거야. 빛이 있는 세계로."

사카디온은 손을 놓아주지 않았다. 그의 손길에 저항할 수 없었던 건 아니다. 단지 나도 모르는 사이에 사카디온에게 이끌려 버렸던 것이다. 그때의 나에게 그 녀석의 인상이 특별히 좋았다던가 그 강함을 무작정 숭배하고 있었던 것은 아니지만, 녀석이 내 앞에 존재한다는 것만으로도 난 놈을 따라가야만 한다고 느끼고 있었던 것 같다.

"리르가 너에게 보여주고 싶어했던 세계를 보여주지. 아마 너도 그 세계가 좋아질 거야."

그때, 사카디은은 처음으로 내게 미소를 보였다.

나는 인간이 웃는다는 것을 그때 처음으로 알았다. 라그나가 아닌 인간에겐 그런 묘한 감정이 있다는 것을 알게 되었던 것이다. 비웃음과도 다르고 호탕한 웃음과도 다른, 또 무엇을 이루었다는 성취감에서 입가에 떠올리는 웃음의 종류와도, 그 어떤 것과도 바꿀 수 없는 환한 미소였다.

라그나즈의 검은 하늘은 사카디은의 흑단과 같은 검은 머리카락과 대조되었다. 그 녀석의 머릿결에는 라그나즈에 없는 생기가 흐르고 있었다. 이상하게 사카디은의 주위에 흐르는 검은 안개가 그에게 묘한 기운을 더해주었다. 그 녀석은 여전히 나에게 손을 내민 채였다.

"함께 가자. 아니, 가지 않는다고 해도 내가 강제로 데리고 갈 생각이지만."

나는 사카디은의 손을 잡고 싶지 않았다. 사카디은의 말투가 강제적이었다면 난 더욱더 반항했을 것이다. 그러나 그의 행동은 자연스러웠고 말로는 표현할 수 없는 힘이 깃들어 있었다.

누가 너 따위를 따라간다는 거냐, 하찮은 인간!

평소 때였다면 주저없이 그렇게 말해 버리고 달려들었을 것이다. 그러나 그때의 나는 그 녀석의 말에 잠깐 주춤했다. 사카디은, 그 녀석에게는 말로는 형언하기 힘든 카리스마가 있었다. 왜 그렇게 강인한 인상이 남았던 것인지는 잘 알 수 없다.

그리고 나는…….

탕—!

하늘을 때리는 커다란 소리가 들려왔다. 동시에 환상은 쨍그랑 소리와 함께 깨어져 산산조각이 나버렸다.

푸드덕!

그와 동시에 많은 새들이 하늘로 솟아 올라갔다. 동시에 이질리스의 눈이 퍼뜩 뜨였고 사카디온의 손이 내 망상 속으로 사라져 버렸다. 그런데도 아직까지 사카디온의 목소리가 귓가에 남아서 마음속으로 울리고 있는 것 같은 착각에 빠져들었다.

"자, 나와 함께 가자."

나는 고개를 탈탈 털었다. 그 녀석의 허망한 망상에서 헤어 나올 수 있도록.

젠장, 또 무슨 일이라도 일어난 걸까?

그렇게 생각한 것은 나뿐만이 아니었다. 시리스도 깜짝 놀란 얼굴로 이질리스의 옆으로 달려가 밖을 바라보았다. 그렇게 소란스러운 것은 아니었지만 보통 때와 상태가 다른 것은 사실이었다. 아래 쪽에 많은 인간들이 달려가는 것으로 보아 무슨 일이 일어났던 것 같다.

"무슨 일이죠?!"

시리스가 목소리를 높여 물었다. 그 아래 기나긴 건을 어깨에 메고 있던 인간들이 시리스를 알아보고 그녀의 물음에 답했다.

"시리스님!"

"그것이, 침입자가……!"

시리스는 그들의 말을 듣자 얼굴에 먹구름이 낀 것처럼 어두워 졌다.

"지금 쫓아가고 있습니다. 리프님께서 그렇게 명하셨습니다."

시리스와 리프의 세력인 인간의 군대가 숲의 저편으로 달려간다.

호오라, 무슨 문제가 있는 모양이로군.

탕! 소리는 그 건이라는 희한한 물건의 소리였던 것이 틀림없다. 이전에도 몇 번 들은 일이 있어서 기억하고 있었다. 시리스는 그들이 달려가는 것을 보면서 서두르기 시작했다.

"카티스, 이미르, 당신들은 이곳에 가만히 있어주시면 됩니다."

"어차피 난 상관없는 일이잖아. 나한테 사정해도 들어주지 않아."

시리스는 나의 발언에 쓴웃음을 지었다.

"걱정 마세요. 저흰 당신을 그런 식으로 이용할 생각은 없으니까요."

"아마 그건 다른 식으로는 이용할 생각이 있다는 말이겠지."

시리스의 발언에 토를 달아서 이미르가 중얼거렸다.

"그런 식으로 이용한다는 것이 나에겐 그다지 이익될 만한 일은 아니지만."

이미르, 저 계집애도 뭔가를 알고 있다. 혹시 사내자식들끼리는 통하듯 여자들은 여자만의 직감이라는 것으로 통하고 있는 걸까?

"흥, 인간들이란 시끄럽다니까. 과연……."

나는 이질리스가 빤히 바라보고 있는 창밖을 먼발치에서 바라보았다. 곧 눈이라도 내릴 것처럼 날씨가 쌀쌀해졌다. 대륙이어서 그런지 다른 지역보다 겨울이 더 빨리 오기 때문에 알타크나의 수도는 이때쯤이면 추워진다고 한다.

아마 시리스를 비롯한 저 인간들이 저렇게 신경이 날카로워져 있는 것은 알타크나의 수도에 있는 라그나들이 나타날지도 모른다는 불안감에서 그런 것일 게다.

"너도 그런 말 할 처지는 아닐 텐데?"

이미르, 그 계집애는 벽에 몸을 기대고 서서 팔짱을 꼈다. 가만히 있음 트러블을 일으키지 않는 꼬마인데 어떻게 움직이기만 하면 일을 내는지 신기해진다. 이미르가 이런 식으로 말하는 것을 보면 알타크나에 붙어 있는 아시르 인 이미르가 나와 시리스에 대한 것, 그리고 사카디온에 대한 것에 내가 모르는 것을 알고 있다는 결론이 나온다.

"넌 대체 어디까지 알고 있는 거야?"

나는 이미르에게 다가갔다. 그 계집애는 내가 다가오는데도 전혀 긴장감이 없어 보였다. 멍청한 계집애. 나는 그 이미르의 가는 목에 손을 뻗었다.

"네가 모르는 데까지."

이미르는 나의 초라해진 모습을 바라보고 있었다. 이미르는 내가 모르는 것을 전부 알고 있을 것이다. 나는 손에 힘을 주어 계집애의 목을 조였지만 그 계집애의 표정은 전혀 변하지 않았다. 그만큼 내가 자신을 죽일 수 없을 것이라고 확신하고 있었다.

젠장할! 나의 손가락엔 더 이상 힘이 들어가지 않았다.

한순간 방 안으로 차가운 공기가 들어왔다. 이질리스 녀석의 쇠사슬 소리가 함께 들려왔다. 녀석의 손목과 발목에는 쇠사슬이 채워져 있기 때문에 격한 움직임이 있을 때마다 둔탁한 쇠사슬 소리가 나곤 했는데 지금은 평소보다 더 격한 소리가 났다.

"응?"

이질리스가 창밖에서 무엇을 보았는지 창문을 통해서 밖으로 뛰어내렸다. 이곳이 3층이나 되는 높은 곳에 위치해서 놀란 것은 아니었다. 섣불리 행동하지 않는 이질리스 녀석이 그처럼 의외의 행동을 할 줄은 몰랐기 때문이다.

"이질리스?"

이미르도 그 계집애 같은 공갈 검 녀석의 행동에 이질리스의 이름을 불렀지만 녀석은 뒤도 돌아보지 않고 시리스의 부하들이 간 곳과는 반대 방향으로 달려갔다.

저 자식, 대체 뭘 생각하고……! 쇠사슬을 발목에 단 놈이 빠른 걸 보니 과연 마검이라는 생각이 들었다.

"따라가자!"

이미르는 창밖으로 몸을 굽혀 이질리스의 행방을 찾다가 나를 마주 보았다.

"공갈 검 녀석, 왜 갑자기 달려가는 거지?"

이미르가 먼저 그곳에서 뛰어내렸고 나 역시 이질리스 녀석의 급작스러운 행동에 놀라 창문에서 뛰어내렸다. 하지만 이미 그 녀석은 성벽을 둘러싸고 있는 수풀 속으로 모습을 감추었다.

대체 어디로 가버린 거지, 이 공갈 검 녀석.

난 벽에 기대어놓은 공갈 검의 검신을 들고 왔지만 그 녀석의 위치까지는 알 수 없었다. 나는 이미르를 따라 계속 걸었지만 이질리스의 모습은 쉽사리 발견할 수 없었다. 차가운 공기 속에서 체온이 낮아져 가는 것 같았다. 그만큼 오랫동안 달렸다는 뜻이었다.

"젠장할, 어디로 가버린 거야?!"

난 입술을 깨물면서 소리쳤는데 그때 이미르가 앞에서 나에게 손짓했다. 빽빽한 검은 수풀 사이에 마치 구멍이라도 뚫린 듯이

하늘이 트여져 있고, 그 아래 이질리스 녀석이 서 있는 것을 발견
했다.

"이질……"

"쉿, 조용히 해."

이미르가 내 입을 막았다.

"뭐야?"

이 계집애가 무슨 생각을 하고 있는 거야?! 이 수풀 더미를 지
나 조금만 더 가면 이질리스 녀석이 뭘 하는지 확실히 볼 수 있을
텐데도 이미르가 내 앞을 막아섰다.

난 그 계집애의 방해로 앞에 서 있는 이질리스 앞에 다른 누군
가가 서 있다는 것을 깨달았다. 검푸른 날개가 하늘로 솟아나 있
고 검은 옷을 입은, 검은 그림자가 얼굴에 드리워진 인간의 모습
이었다.

"미드가르드?"

나는 눈이 커지고 심장이 점점 더 빠르게 뛰는 것을 느꼈다. 미
드가르드는 마치 자신이 이질리스를 부른 것처럼 당연한 듯 그를
바라보고 있었다. 그것은 미드가르드뿐이 아니었다. 이질리스 또한
마찬가지였다.

"……"

이질리스는 말없이 미드가르드를 노려보았다. 미드가르드의 입
가에 일순 미소가 띠었다.

"나를 따라온 거야? 착한 아이군, 사검 이질리스."

"……"

사검은 말이 없었다. 그 녀석은 미드가르드를 만난 이후 녀석에
게서 두려움을 느끼고 있는 것처럼 몸을 움츠렸다.

"잘됐어. 난 마검의 힘은 많으면 많을수록 좋다고 생각하거든."

그 녀석은 이미 공갈 검 녀석이 자신을 따라오리란 걸 알고 있었던 것 같다.

"미드… 가르드……?"

공갈 검 녀석의 입에서 띄엄띄엄 미드가르드임을 알리는 단어가 열거되었다. 이질리스의 물이 흐르는 것 같은 푸른 머리카락이 이질리스의 심정과 반응하여 미묘하게 흔들렸다.

"아직도 그대로인 모양이로군. 그 바보 같은 마검 꼬마가 죽은 후 변한 줄 알았는데… 역시 아직은 어린아이였잖아?"

미드가르드가 이전에 만났다가 이질리스를 위해 죽은 그 꼬마를 지칭하는 말을 하자 이질리스의 머리카락이 더욱더 큰 폭으로 흔들렸다.

"에셀휜에 대해서 그렇게 말하지 마!"

"그러니까 어린아이라는 소리를 듣고 있는 거야, 이질리스."

이질리스가 모처럼 발끈하는데도 불구하고 미드가르드는 마치 장난을 치는 것처럼 그의 말을 받아쳤다. 역시나 미드가르드는 능글맞은 녀석이다. 그러나 이전보다 살벌한 느낌이 든다. 나조차도 저 녀석에게 흐르는 기운에 두려워지다니… 인정하기 힘들었다. 아마 이런 계집아이의 몸이기 때문에, 이렇게나 약해졌기 때문에 그렇게 반응하고 있는 것이겠지.

"넌 아직도 깨닫지 못한 거야?"

그는 자신을 노려보고 있는 이질리스에게 충고라도 하듯 날카로운 눈매를 한 채 생글 미소 지었다.

"넌 여전히 속박당하고 있는 존재야, 이질리스. 새장 문이 열려 있는데도 무서워서 혼자 날지 못하는 새에 불과하다고. 그래서 너의 몸도 자라지 않는 거야."

이질리스는 입술을 깨물었다. 아무리 냉정한 이질리스 녀석일지라도 수다 검 녀석에게 그런 말을 듣는 건 참을 수 없었던 것인지, 쇠사슬을 손에 단 그 녀석의 주먹 쥔 손과 함께 어깨까지 심하게 떨렸다.

"너보단 그 어린 마검이 그런 면에서 훨씬 뛰어나. 멍청하게 죽.어.버.린. 것만 제외하고는 말이야."

"에셀휜은 멍청하지 않아! 나보다 훨씬 뛰어난 마검이었어!"

미드가르드 녀석의 비꼬는 말에 이질리스는 울분이 터져 나온 것처럼 그에게 발악했다. 그러나 미드가르드는 그런 녀석의 행동을 어린아이의 행동으로 간주하고 무시했다. 그는 빙긋 웃더니 날개를 접었다.

"어때?"

녀석은 이질리스에게 손을 내밀었다. 이질리스는 미드가르드가 내민 손 앞에서 이도저도 못한 채 망연하게 오도카니 섰다.

"나의 손을 잡아. 유디엔과 에셀휜의 복수를 해주고 싶지? 엄연히 에셀휜은 로키 때문에 죽은 거고 유디엔의 죽음도 그것과 아주 관계가 없지는 않으니까. 원한다면 원수를 갚을 수도 있어. 너도 자유를 만끽해야 하잖아? 카티스가 너의 주인인 것도 아니고, 넌 더 이상 피를 마실 수 없는 마검이 되어버렸잖아?"

"……"

이질리스는 망연히 수다 검 녀석의 얼굴을 바라보았다. 거짓을 말하는 것은 아닌 듯했다. 아니, 수다 검 녀석이 한 말이 이질리스에게는 거짓말이 아니었지만, 수다 검 녀석이 그 딴 식으로 말하니 상당히 기분 나빴다.

이 녀석들이, 나를 놀리는 거냐?

"자, 내 손을 잡아. 나에겐 네 힘이 필요해. 나에게 손을 빌려준다면 그것 이상의 대가를 보장하지. 그 거추장스러운 쇠사슬도 풀어줄게."

이질리스의 앞으로 미드가르드는 더 깊이 손을 내밀었다. 이질리스의 바로 눈앞에 미드가르드의 손이 있었다.

"저 자식!"

화가 치밀어 올랐다. 당장 나가서 놈의 얼굴을 주먹으로 후려갈겨 주고픈 생각이 든다. 아니, 나에게서 도망간 것도 모자라서 이젠 이질리스까지 가지고 가려 해? 저 배은망덕하고 괘씸한 녀석!

"잠깐. 나가지 마, 카티스."

이미르가 앞으로 나가려는 나의 손을 잡아 조금도 소리가 나지 않도록 내 행동을 저지했다.

"왜?"

그 계집애는 검지손가락을 입가에 가져다 대고 쉿, 조용히 하라는 제스처를 해 보였다.

"기다려 봐. 넌 믿지도 못하니?"

이미르의 말에 나는 기분이 나쁜데도 불구하고 가만히 그 계집애의 말을 들었다. 그 계집애는 이질리스의 선택을 믿으라고 하고 있는 것 같은데, 그게 과연 믿을 처지가 되냔 말이다. 저 녀석은 오로지 유디엔만 부르짖던 녀석이라고. 내가 이질리스였다면 수다 검 녀석을 따라갈 것이다. 유디엔의 원수 따위는 상관없지만 이질리스 녀석이었다면 반드시 그렇게 할 것이라는 생각에 약간 불안해졌다. 그러나 이미르는 조용히 하고 보라는 눈짓을 하고 있었다.

공갈 검 녀석에게 수다 검은 선택을 강요하고 있었다.

"자, 이질리스, 선택해."

녀석은 이질리스의 대답에 기대를 걸고 있는 것 같았다. 그리고 자신만만한 표정이었다.

"내 선택은 이미 되어 있었어."

공갈 검은 수다 검 녀석을 노려보았다.

이질리스는 시리도록 차가운 바람을 자신의 주위에 깔았다. 미드가르드 녀석의 주위를 비롯한 사방은 안개로 뒤덮였다. 이질리스 녀석은 미드가르드 놈의 손을 뿌리쳤다. 나는 그때 마음속으로 쾌재를 불렀다.

이질리스 녀석, 별로 마음에 드는 행동을 한 일은 없지만 지금은 마음에 든다. 속이 다 후련했다. 수다 검 녀석은 이질리스의 선택에 그다지 놀라지 않은 듯하다. 이미 예상하고 있었던 것처럼 놈은 빙그레 웃었다.

"그것이 너의 선택이냐?"

흐릿해서 잘 볼 수는 없었지만 수다 검 녀석은 입가에 약간의 미소를 띠었다. 이질리스는 마치 수다 검 녀석에게 두려움을 느끼는 것처럼 뒤로 물러섰다. 이질리스는 입술을 깨물고 있었지만 손이 떨리고 있는 것은 감추지 못했다. 사실이었다. 수다 검 녀석의 주위엔 검은 기운, 야수의 기운이 감돌았고, 그 녀석의 얼굴엔 더욱 검은 그림자가 드리워졌다.

"아쉽군. 너무 조건이 약했던 것인지도 모르겠군. 내가 너무 어리석었어."

미드가르드가 이마를 손으로 짚으면서 허탈하게 웃었다. 그는 상의 주머니에서 어떤 것을 꺼냈다. 그의 손 안에서 반짝이는 것은 붉은 펜던트였다.

"이걸 기억해?"

그것은 피로 만들어진 것 같은 혈석 펜던트였다. 그것은 딸랑 소리를 내면서 미드가르드의 손 안에서 춤을 추고 있었다.

"이건 네 쇠사슬을 푸는 열쇠야. 내가 아나리드의 유적지에서 주운 거지."

미드가르드의 목소리에는 여전히 감정이 없었다. 그러나 반면 이질리스의 얼굴엔 동요의 빛이 오갔다. 아나리드의 유적지에서 미드가르드가 언제 그런 것을 주웠었나? 나는 전혀 기억나지 않았다.

"유디엔… 님의……."

"역시 머리가 좋구나, 이질리스."

수다 검은 메마른 웃음을 입가에 띠었다.

"난 너의 그런 점이 마음에 들어. 이 펜던트는 너의 쇠사슬을 풀어줄 수 있을 거야. 너를 옭아매는 쇠사슬을 만든 것은 니블하임이었고, 그 안에는 유디엔의 혼이 담겨져 있으니까."

이질리스가 강하게 동요하는 감정이 나에게까지 느껴졌다. 유디엔의 이름을 들어서 꽤나 놀란 것 같았다.

"그렇게 놀랄 것 없어. 유디엔에 의해서 속박되었던 감정이 유디엔에 의해서 풀어지는 건 당연하잖아."

그는 그렇게 말하면서 다시 한 번 손을 내밀었다.

"나만 따라온다고 하면 이걸 너에게 주겠어."

미드가르드의 목소리는 이상한 마력을 지니고 있었다. 이질리스는 입술을 질끈 깨물었다. 동요는 고민으로 이어졌고 이질리스는 선택의 기로에 서 있었다.

"자, 손만 잡으면 돼. 넌 편해질 수 있어."

미드가르드는 달콤한 목소리로 이질리스를 꾀어내고 있었다. 이그드라실이라는 존재는 마검의 힘을 갈구하고 있고, 미드가르드는 그것을 충실히 지켜 나가고 있었다.

그는 이질리스에게 가까이 다가갔다. 혈석 펜던트는 신비한 빛을 내뿜으며 이질리스의 마음을 동요시키고 있었다. 이질리스는 허망하고 허무한 감정의 빛을 숨기지 않고 드러내고 있었다.

미드가르드는 이질리스에게로 점점 더 가까이 다가가고 있었다. 나는 숨을 죽였다. 이질리스의 선택이 어떻게 될지 궁금했고, 또 미드가르드의 손을 잡지 않길 바랬지만 나에게 이질리스를 설득할 권한은 없었다.

수초의 시간이 마치 몇 년과 같은 시간처럼 더디게 흘렀고 온갖 번뇌에 시달리게 했다.

이질리스가 미드가르드의 손 안에 있는 혈석 펜던트만 잡는다면 그는 자유의 몸이 될 수 있을 것이다. 그런데도 이질리스는 망설이고 있었다.

이질리스는 한 발자국 뒤로 물러섰다. 마검임에도 불구하고 그의 이마에는 투명한 땀이 맺혀 있었다. 이질리스의 그런 행동을 보고 미드가르드는 입가에 허탈한 미소를 띠었다.

"아쉽게 되어버렸군. 난 더 이상의 기회를 줄 수가 없는데."

그 녀석의 손 안에 수다 검 자신의 검신이 나타났다. 손 안에 생긴 까맣고 투명한 검날은 이질리스 쪽을 향했다. 그것은 정확하게 이질리스의 심장을 노리고 있었다. 나는 이질리스 녀석의 앞으로 나가야 한다고 생각했기 때문에 뛰쳐나갔지만 거센 바람이 숲을 뒤덮어 섣불리 앞으로 나갈 수 없었다.

"이질리스—!"

사검 이질리스의 붉은색 피가 터져 사방으로 흩뿌려지며 동시에, 마치 폭풍우라도 치는 것처럼 사방이 안개로 뒤덮여서 한 치 앞도 내다볼 수 없는 상황이 되었다. 근처에 있는 온갖 나무며 풀이 꺾여 나갔고, 하마터면 계집애가 되어 작아진 나의 몸도 날아가 버릴 뻔했다.

"사검의 힘… 아니, 람검의 폭풍우……!"

역시 바람의 저항 때문에 눈을 제대로 뜨지 못하던 이미르가 중얼거렸다.

안개 속에서 아무것도 볼 수 없었지만 공갈 검 녀석의 힘의 파장이 느껴졌다. 그 녀석의 힘은 마치 역류하는 폭포수와도 같았고, 그 차가운 힘이 안개의 형태로 눈앞을 어지럽혔다. 수다 검에게 특별한 공격을 가하는 것 같진 않았지만 푸드덕거리는 날개 소리도 들려왔다.

나는 소리만으론 분간하기 힘들어서 손 안에 든 공갈 검의 칼 손잡이를 꼭 잡았다. 쇠사슬이 철렁— 소리를 낼 것 같아서 그것을 바라보고 있는데 검날에 얽혀 있던 쇠사슬에 금이 가기 시작했다.

쩽그랑—!

잠시 후 쇠사슬이 요란한 소리를 내며 마치 유리 조각이 깨어져 파편이 튀기듯 깨어져 그것이 공기 중으로 흩어졌다. 그러자 검신의 영롱하고 맑은 푸른 날이 드러났다.

이미르의 말을 빌리자면 사검 녀석은 자신의 본래의 힘뿐 아니라 람검 이전에 자신의 아버지 검 되는 녀석에게서 받은 그것을 사용하고 있다고 한다. 그렇다면 그 녀석은 피의 폭풍을 부르고 있는 것인가. 녀석의 어깨에선 엄청난 양의 피가 흘러내리고 있었는데 그것이 조금 마음에 걸렸다.

오감으로는 수다 검과 공갈 검 녀석의 행방을 찾기에 무리가 있어서 나는 입술을 깨문 채 주위를 두리번두리번 고개를 돌리는데 이미르의 다급한 모습이 안개 속에서 나타났다.

"카티스!"

이미르의 목소리와 함께였다. 그와 동시에 나는 짙은 사검이 뿌려둔 안개 속에서 푸른 호수와 같은 머리카락이 흔들리는 것을 볼 수 있었다.

"이질리스!"

안개 속에서 공갈 검 녀석의 모습이 드러났다. 그 녀석의 목에서부터 어깨, 손목, 발목에서 붉은 선혈이 쏟아지고 있다.

"카티⋯⋯?"

공갈 검 녀석의 손은 온통 피투성이가 되어 있었다. 손뿐이 아니다. 얼굴에도 자신의 피가 튀었는지 창백한 가운데 마치 붉은 꽃잎이라도 떨어져 번진 것처럼 보였다. 이질리스의 얼굴은 귀신처럼 창백했고, 그 맑고 푸르렀던 눈동자는 흐릿해져 있었다.

걸음을 옮기는 것도 힘든지 천천히 나에게 걸어왔다. 난 녀석의 그런 모습에 놀라 멍청하게 선 채로 움직일 수 없었다.

그 녀석의 입술이 조금씩 움직였다. 서서히 안개도 걷혀져 갔다.

"아르스리르⋯⋯"

그 녀석은 나를 보고 쓰러지듯이 내 팔 안에 안겨 버렸다. 내가 받아주지 않았다면 아마 그대로 땅바닥에 쓰러져 버렸을 것이다. 내 옷은 사검의 피로 붉게 물들었다.

이질리스의 얼굴은 마치 죽은 것처럼 창백했다. 손목과 목, 그리고 어깨에서부터 길게 베인 상처로 인해 피투성이가 되어 있었지만 묘하게 녀석의 얼굴은 행복해 보였다. 마검에게 상처를 입힐 수 있는 것은 마검의 힘밖에는 없지만 수다 검은 자신의 검신을 들고 있었다. 아마 그것만으로도 충분히 이질리스를 죽일 수 있을 것이다.

공갈 검 녀석은 잠들듯이 눈을 감았다. 불행인지 다행인지 깊은 상처에도 불구하고 녀석은 죽지는 않았던 것이다. 마검들은 죽어 버리면 공기 중에 소멸되듯이 사라져 버리지만 아직까지 이질리스에게 그런 기색은 없었다.

이미르는 사검의 양태를 눈으로 확인한 후 걷혀진 안개의 수풀을 눈으로 빠르게 훑었다.

"사라졌어."

그 계집애의 말이 옳다.

"미드가르드의 모습이 보이지 않아."

미드가르드의 기척은 사라져 있었다. 이질리스가 그렇게 강한 힘을 정면에서 내뿜었다면 제아무리 만들어진 마검 미드가르드라 할지라도 큰 타격을 입었을 텐데, 그런 흔적조차 보이지 않는다. 수다 검 녀석, 그렇게 강한 힘을 가진 마검이었던가.

이미르는 걱정스러운 얼굴로 이질리스를 부축하는 것을 도왔다.

"꽤 타격을 입었을 텐데, 게다가 이질리스의 쇠사슬이……!"

자신의 검신과 마찬가지로 거추장스러웠던 쇠사슬이 풀렸다. 손 안에 있는 이질리스의 검신은 검날이 맑고 투명한 푸른빛으로 빛나고 있었다. 저것이 바로 마검이라는 것인가. 공갈 검의 진정한 모습을 본 것은 처음이다.

"쇠사슬이 풀렸어, 이질리스."

이질리스가 속박의 쇠사슬에서 풀린 것은 의외의 일이었다.

"또 어떻게 된 거지, 수다 검 녀석은?"

"일단 돌아가자."

내가 망연하게 서 있자 이미르가 자신의 의견을 내세웠다. 나는 우선 이질리스의 생환이 중요하다는 생각에 이미르의 의견을 따르기로 마음먹었다. 내가 공갈 검 녀석의 일로 초조해 있는 것은 사실이다. 제길, 난 죽이는 데 전문이지 절대 살리는 전문은 아니란 말이다.

수다 검의 일과 공갈 검의 일로 내 머리는 혼란의 도가니로 빠져 버린 것 같다. 이러다가 이 유약한 녀석이 죽어버리는 것은 아니겠지…….

공갈 검 이질리스는 새하얀 침대 위에 눕혀졌다. 그곳은 시리스와 리프, 그리고 밸더가 있는 곳이었다. 시리스의 말에 의하면 자신들이 위급한 상황이라고 건을 들고 갔던 그곳에는 아무것도 없었다고 한다. 그 말을 듣고 판단한 이미르의 추측에 의하면, 그것이 이질리스를 끌어들이기 위한 미드가르드 녀석의 계획이었을지도 모른다고 했다.

"그렇게밖에 생각할 수 없어."

리프가 이질리스를 진찰해 주는 가운데 이미르가 의자에 앉은 채 나에게 말했다. 이질리스는 다행스럽게도 검신 안에 들어갔다가 나와서 그런지 죽을 고비는 넘겼다.

"뭐야?"

"미드가르드는 일부러 이질리스를 그런 식으로 자각시키려고 온 거야."

이미르는 진지한 얼굴로 미드가르드 녀석에 대한 자신의 의견을 토로했다.

"그 자식이 뭣 때문에?!"

수다 검 녀석이 무엇 때문에 이질리스를 자각시키려고 한단 말인가. 계속 유디엔의 일과 에셀휀의 일에서 갈팡질팡하던 이질리스가 왜 갑자기 미드 녀석의 말에 반응하고 쇠사슬을 자신의 힘으로 풀 수 있었는지는 나로선 알 수 없다. 분명히 유디엔에 대해서 동요하고 있었을 텐데 어째서 그와 손을 잡지 않았던 걸까. 이질리스 녀석은 마음이 많이 강해져 있었나 보다.

수다 검 녀석은 생각보다 많은 것을 계획하고 있는 것 같은데 나는 그것을 제대로 알지도 못한 채 미드가르드의 손바닥 안에서 놀아나고 있는 것 같다.

"그건 모르지. 하지만 무슨 생각이 있는 것 같아. 미드가르드는 생각하는 면에선 나와 비슷하니까 더 치밀할 거야. 그가 나와 함께 있었던 시간은 많았지만 그의 진짜 모습을 본 것은 극히 드물어. 그는 자기 자신을 철저히 베일 속에 감추어두었으니까."

그 계집애도 나와 같은 생각을 가지고 있었다. 이미르와 미드가르드는 서로 비슷하면서도 닮았고, 전혀 다르면서도 같은 사상을 가지고 있었다. 마치 동전의 앞뒷면과 같은 것일지도 모른다. 같은 곳에 있으면서도 앞면과 뒷면은 전혀 다른 속성을 가지고 있는 것처럼 말이다. 나는 그렇게 생각하면서 쓸쓸하게 웃었다.

나는 손톱을 깨물며 구석에 주저앉았다. 그곳에는 시리스가 어떻게 구워삶았는지 모르지만 조용히 앉아 검을 손질하고 있는 밸더도 있었다. 여전히 공허한 표정에 공허한 얼굴… 녀석은 의미없는 손동작을 계속하고 있다.

그런 밸더를 보면서 난 왜 이렇게 초조해지는 거지? 내가 이질리스를 그렇게나 걱정하고 있고 미드가르드의 계획에 신경 쓰고 있다는 건가. 어차피 그 두 녀석 다 내 마검도 아닌데!

"걱정 마세요, 카티스. 리프는 마검을 손볼 줄 알고 있으니까 아마 사검 이질리스를 치료할 수 있을 거예요."

시리스가 땀을 흘리며 이질리스의 일을 돌보고 있는 리프의 옆에 서서 방긋 미소 짓는다.

"쳇, 걱정 같은 거 하고 있을 리가 없잖아. 사검 따위 어떻게 되든 상관없다고."

나는 내 마음을 들킨 것 같아서 입을 삐죽이 내밀면서 그 여자의 미소를 외면했다.

미드가르드는 왜 이질리스를 데리고 가려 했을까. 그리고 정말로 이질리스가 자신과 손잡지 않는다면 죽여 버리려고 했던 것이었나. 알타크나의 라그나들과 미드가르드가 마검을 모아서 무엇을 하려고 하는지 아직까지는 잘 알 수 없지만, 그 이그드라실이라고 하는 것과 관련이 깊은 듯싶다.

여하간 만나기만 하면 두들겨 패주겠다.

내가 고민한 양만큼 미드가르드에게로 돌려줄 생각이다. 이질리스가 아픈 몫까지 그 빌어먹을 알타크나의 녀석들에게 갚아주고 말겠어.

의미없는 시간은 계속해서 흘러갔다. 이질리스의 상태를 돌보고 있던 이미르는 약간 지루했던 탓인지 검을 손질하고 있는 밸더에게 관심을 돌리고 있었다. 밸더는 본래부터 전혀 아프지 않았던 것처럼 구석에 앉아 자신이 사용하던 검을 정성스럽게 손질하고 있었다.

"밸더 오빠는 괜찮아? 아픈 것 같았는데."

"……"

밸더는 이미르의 질문에 대답하지는 않았지만 그 대신 초점이 없는 것 같은 공허한 눈으로 이미르의 얼굴을 뜯어보았다.

"넌 어린아이의 눈이 아냐."

말이 없는 그 녀석은 이미르의 눈동자에 시선을 고정한 채 무뚝뚝한 말을 내뱉었다.

"맞아. 난 카티스를 찾는 데 다른 사람의 눈을 피하기 위해 일부의 힘만 가지고 이곳에 온 거야. 카티스, 그가 날 죽여주기로 약속했거든. 그런 면에서 밸더, 당신과 나는 닮은 점이 많은 것 같지 않아?"

"…넌 별로 죽음을 쫓고 있는 것 같지 않아."

언제나 무뚝뚝한 밸더가 모처럼 입을 열고 있었다. 저 숫기없는 녀석이 저렇게 입을 많이 여는 것은 처음 본다. 그러고 보니 밸더는 함께 여행한 경력도 짧은 데다가 나는 그 녀석에 대해서 무엇 하나 아는 것이 없었다.

"글쎄, 그럴지도 몰라. 밸더, 난 누구보다도 집착하고 있을 거야. 너의 말대로 죽음이 아닌 삶을 원하고 있을지도 몰라. 누구보다도 탐욕스럽게."

이미르는 언제나 나에게 죽음을 바란다고 말했지만, 실제로 죽기보다는 오래 살아남고 싶다고 말하고 있었다. 그렇다면 대체 왜 내가 자신을 죽여주길 바라는 걸까. 의문은 꼬이고 꼬여서 실 타래처럼 엉켜만 갔다.

"그런데 왜……"

"그건 내가 선택한 거니까."

이미르는 나도 밸더도 전혀 이해할 수 없는 말로써 대답했다. 밸디는 잠시 동안 대답도 하지 않고 손 안에 있는 검만을 바라보다가 다시 이미르 쪽으로 시선을 향했다.

"…넌 후회할 거다."

이미르는 풋 웃었다. 자조적인 웃음이었다.

"그럴지도 몰라. 하지만 난 절대 내 뜻을 굽히고 싶은 생각이 없어. 당신처럼 쫓고 있어도 '그것'을 손에 넣지 못하는 것과는 달라. 난 그러고 싶지 않아도 그럴 수밖에 없게 돼버리거든."

묘한 계집애, 이상한 계집애.

자기가 하기 싫다면 하지 않으면 그만일 텐데 왜 그런 생각을 하고 있는 걸까. 저 계집애가 어린아이의 몸으로 그런 심각한 이야기를 하니 이상하다는 생각이 들었다.

"……."

다시금 밸더는 시선을 돌렸다. 이미르는 휴~ 한숨을 쉬었다.

"자기 자신을 찾아줘, 밸더. 모든 것의 열쇠는 당신이 가지고 있는지도 몰라. 나도 확실히는 잘 모르지만 정말 그럴지도 모른다는 생각이 들어버렸어."

그 계집애는 혼잣말하듯이 작은 목소리로 중얼거렸다. 그렇지만 밸더 녀석도 그녀의 목소리를 들었을 것이다. 이미르와 밸더의 대화는 이로써 끝났다. 시리스와 리프가 하던 일을 멈추고 자리에서 일어났던 것이다. 조용하던 방 안에 동요가 엿보였다.

"사검 이질리스는?"

의례적이고 형식적으로 내가 물었다. 리프는 어깨를 으쓱했다.

"괜찮은 것 같아. 용케 쇠사슬도 사라져 버렸더군. 그것도 아주 깨끗하게. 이제 이질리스가 검신 안으로 들어간다면 그는 곧 자신의 힘을 되찾을 거야. 그나저나 이 마검은 당신을 믿고 있는 모양이로군. 당신의 품 안에서 마음 놓고 기절해 버리다니. 당신 이 마검의 주인이기라도 한 모양이지?"

"그렇지 않아. 단지 이 녀석이 제멋대로 날 따라오고 있을 뿐이지."

"흐음, 그렇다고는 해도 자신의 의지로 이 정도의 쇠사슬을 부숴 버릴 수 있었다니. 정말 대단하군."

그 녀석은 고개를 끄덕이며 중얼거렸다. 이질리스의 몸엔 붕대가 감겨져 있다. 새하얀 붕대가 이질리스의 몸을 감싸고 있었다. 미드가르드가 벤 어깨는 마검에 의한 상처였기 때문에 아마 완쾌하기까지는 오랜 시간이 걸릴 것 같다.

"맞아. 그 쇠사슬엔 만들어진 이그드라실의 마검인 니블하임의 힘이 담겨져 있었으니까."

시리스는 리프의 말에 응답이라도 하는 듯 중얼거렸다. 니블하임은 미드가르드와 같은 종류의 마검인 모양인데.

"별로 대단한 것도 아니군."

내가 입을 삐죽거리자 시리스가 내 말을 가로막았다.

"만들어진 마검이라는 것은 당신의 생각 이상이에요, 카티스."

쳇, 시끄러워. 이 여자고 저 여자고 잔소리가 너무 많다니까.

"그런데 이질리스는 잠에서 깨어나지 않는 건가?"

"긴장이 풀렸을 테니까. 사슬의 속박에서 풀려 나오면서 이질리스는 정신적인 면에서 충격을 받았을 거야. 그리고 아직 상처도 아물지 않았으니까."

리프 녀석은 상당히 뜸을 들여가면서 말했다. 시리스와 같은 벌꿀색 머리카락과 푸른 눈을 가진 옐 족의 남자인 리프 녀석은 본디 건장한 남자인 내가 보기엔 그다지 마음에 들지 않는다.

"흥, 내가 마검들의 상태 따위를 어떻게 알아?"

내가 말하자 그 말에 대해 시리스가 또다시 토를 달았다. 이 여자, 정말 짜증나네. 너무 똑똑한 것도 피곤할 때가 있다고.

"마검도 기본적으로는 인간과 같다고 생각해요. 그들도 인격을 가지고 있지요. 마검은 인간과는 달리 힘이 강하긴 하지만, 그래도 그들은 자아를 찾지 못하는 애들과 같다고 저는 생각해요."

그 계집애는 붉은 눈을 말똥말똥 뜨고 있는 나에게 설교를 계속했다. 이질리스는 아직도 잠들어 있는 상태였다.

"전 그런 마검을 이 나라의 발전에 이용한다는 것이 별로 마음에 들지 않았어요. 게다가 그들은 나라를 망치고 있다고 생각해요. 라그나와 아시르라는 명목 하에서 그들은 옛날처럼 인간들을 지배하려고 하고 있고, 게다가 자신들의 힘을 믿고 있지요. 물론 저는 마검을 반드시 인도적인 측면에서만 생각하는 것은 아니에요. 하지만 그런 식의 사고방식은 인정할 수 없었죠."

그 말을 듣고 반응한 것은 내가 아닌 이미르였다. 이미르는 자기보다 키가 훨씬 큰 시리스를 올려다보면서 얄미운 꼬마 어린아이처럼 한 글자 한 글자 또박또박 물었다.

"그래서 당신의 어머니인, 아니, 지금의 황제인 시긴을 거역하고 있는 건가요? 역시 그러한 당신의 행동은 사카디온과 관계가 있겠지요?"

시리스는 부드러운 미소를 지으며 이미르의 말에 고개를 끄덕였다.

쳇! 나는 입을 삐죽 내밀었다. 시리스는 나에게 자신의 사상을 관철시키려고 하는 거다. 날 자신의 뜻대로 이용하려고. 미인인 시리스가 적당한 이유를 대가며 부탁해 온다면 흔쾌히 알겠다는 시능을 하면서 도와주었겠지만 지금의 난 그녀가 밉살맞다는 생각이 들었다.

"그래서 나에게 도와달라고 하고 있는 거야?"

"아뇨, 당신이 마음을 잡지 않는다면 사카디은의……"

시리스는 말끝을 흐렸다.

내가 '마음을 잡지 않는다면' 이라니 재미있는 말이로군. 사카디은의 이름만 이야기하면 내가 다 들어줄 줄 알았나 보다, 저 똑똑한 계집애는. 하지만 도와주고 싶지 않다. 그리고 그녀를 이해하고 싶지도 않다. 나는 입술을 질끈 깨물었다.

"사카디은 따윈 나와 관계없어."

"그렇다면 이질리스는? 그는 당신을 따르고 있어요. 주인으로서가 아니라 당신을 동료로서 믿고 있다고요!"

"……"

쳇, 그 딴 마검 녀석이 어떻게 되든 간에 내가 알 바 아니지 않은가.

"그것 역시 난 모르는 일이야. 난 당신들의 그 고귀하고 잘난 사상에는 관심없어. 단지 날 봉인한 멍청하고 건방진 마법사에게 복수를 하기 위해서, 그리고 그 잘난 수다 검 녀석에게 본때를 보여주겠다고 생각하고 있을 뿐이야."

내가 홱 고개를 돌리고 일어섰을 때, 이미르가 약간 토라진 얼굴로 내 앞을 가로막았다.

"아마 그런 식으로 하다간 영원히 잃어버릴 거야."

약간 짜증이 나기 시작했다. 저 계집애는 내가 뭘 해도 반발이다. 알타크나의 패거리들과 한패거리인 주제에 건방 떨긴. 난 저 이미르가 싫었다. 그 아마색 눈으로 나를 바라보는 것도 기분 나빴다.

"허어, 그런 너야말로 누구 편을 들고 있는 거지? 이 계집애, 넌 알타크나의 그 잘난 라그나 집단과 관련이 있지 않았던가?"

이미르의 침착하던 얼굴이 열을 받았는지 호전적이 되었다.

"누군 좋아서 거기 있는 줄 알아?! 착각하지 마. 너야말로 그런 식으로 하다간 친구도, 아군도 모두 너에게서 멀어져 버릴 거야. 넌 착각하고 있는 거야. 분명히 네가 가지고 있는 힘은 인간과는 다르고 강하지. 하지만 그것은 라그나 라그나드의 힘과도, 아시르 인과의 힘과도 같은 것이 아니라고. 거기에 표적이 되고 있는 너 자신이 무언가 할 수 있다고 생각하니? 불가능해. 힘이 돌아왔다고? 백여 년 전 힘을 제대로 깨우치기 전의 나에게 넌 그대로 봉인당한 얼간이야. 그리고 네가 수다 검이라고 놀리며 경시했던 미드가르드, 그는 특별한 마법의 힘 없이도 널 여자로 만들어놓을 수 있단 말야!"

"네가 무슨 상관이야?!"

나는 그 계집애의 말에 적의를 표하며 송곳니를 드러냈다. 말의 내용은 그럴싸하게 잘하지만 나는 그런 식으로 핀잔을 듣는 것은 좋아하지 않는다. 나는 귀를 막아버렸다. 이해하고 싶지도 않았다.

이 내가 약하단 말인가? 미드가르드 녀석 따위를 내가 없앨 수 없다고 말하고 있는 건가? 그 계집애는 내가 화를 내자 한숨을 한 번 크게 내쉰 후, 다시금 큰 목소리로 말했다.

"넌 사카디온이 말했던 것들을 잃어버릴 거야! 넌 잘못 생각하고 있는 거야. 지금 너에게 필요한 것은 독단도, 이기적인 생각도 아냐. 남을 믿는 힘이라고!"

"그게 너 따위와 무슨 상관이야?"

피식, 나는 입가에 조소를 띠었다. 이미르의 손이 날아들었다.

철썩!

젠장, 뺨이 얼얼하다. 이건 손바닥이 아니라 주먹으로 휘갈긴 것 같다. 입술이 이빨과 부딪쳐 찢어지고 피가 입술 밖으로 흘렀다. 피할 수 있었는데 단지 피하지 않은 것뿐이다. 제길.

"사물을 제대로 보는 눈을 키우도록 해. 사검 이질리스는 바보 같은 너를 믿고 있어, 이 고집쟁이야."

그런데 저 계집앤 또 어떻게 사카디온에 대해서 알고 있는 거지? 그 계집애는 화가 난 투로 밖으로 나가 버렸다.

"어딜……"

리프가 걱정스러운 얼굴로 이미르를 말렸지만 그녀는 '걱정 마세요! 멀리 가지 않을 테니까'라고 말하며 문을 열고 쾅! 소리를 내고, 일부러 발자국 소리를 크게 내며 나가 버렸다.

히스테릭한 여자 같으니. 나는 그 계집애에게 가서 맞은 것을 갚아줄 생각이었는데 시리스가 손으로 가로막아 나의 행동을 저지했다.

"카티스, 괜찮아요? 아프지 않아요?"

"아프지 않아. 젠장할!"

날 놀리는 것 같군. 저 계집애나 이 계집애나 순전히 자기 멋대로야, 젠장할. 나는 입술을 질겅질겅 깨물었다.

"당신이 지금 혼란스러운 것은 잘 알고 있어요. 좀 더 쉬세요. 미드가르드에 대한 것들은 당신에겐 참을 수 없는 일이었을 테니까."

젠장할, 빌어먹을! 이미르, 오냐오냐 해주니까 버르장머리라는 것이 없구나. 두고 봐라, 다음에 배로 갚아줄 테니.

"상처는 다른 사람이 치료해 줄 거예요. 방으로 안내해 드릴게 요."

"됐어. 내가 알아서 할 거야."

공갈 검의 검신을 집어 들었다. 이곳에 있고 싶지 않았다. 빌어 먹을 계집애가 있으니까.

"그 검은 그곳에 두……."

"이건 내 거니까 내가 가지고 있는 것이 당연한 거야!"

리프의 말을 가로막으며 나는 그 계집애보다 더 큰 발소리를 내 고, 더 큰 소리로 문을 쾅! 닫으며 밖으로 나갔다.

수다 검 녀석도 그렇고 이미르, 그 계집애도 그렇고 마음에 드 는 이쁜 짓이라는 것을 하는 걸 본 적이 없다. 그 수다 검 녀석이 날 배신하지만 않았더라도 내가 저런 모욕적인 소리를 들을 리가 없다.

그 건방진 녀석, 뭣 때문에 이질리스를, 공갈 검 녀석을 속박에 서 벗어나게 한 거냐!

말해 봐라, 이 건방진 미드가르드!

미드가르드의 허상에서 헤어 나오는 것은 생각 외로 힘든 것이 었다. 그 녀석이라는 존재가 내게 그 정도의 비중을 차지하고 있 었는지는 생각조차 하지 못했기 때문에 의외라는 생각도 들었다.

산과 연결된 수도로 향하는 길은 꽤 길게 늘어서 있었다. 수풀 이 우거진 데다가 사람의 발길도 거의 없는 곳으로 나는 무의식적 으로 향하고 있었다. 아직도 이미르가 때린 내 뺨은 얼얼한 상태였다. 고 계집애 손은 되게 맵네. 쪼그맣게 생겼으면서.

나는 얼마 지나지 않아 산과 맞닿은 호수에 도착했다. 아니, 호수라기보다 산 아래 간헐천이 있는 것 같았다. 따뜻한 물이 넘쳐나고 있는 호숫가를 보니 목욕이 하고 싶어졌다. 평소 때 깨끗한 것을 그리 찾는 성격은 아니지만 계집애의 몸이 되면 유난히도 땀냄새가 싫어진다. 여자들은 그런 거 싫어지게 되는 호르몬이라도 가지고 있나 보지?

나는 입고 있던 귀찮은 옷을 훌렁훌렁 벗어 던진 후 따뜻한 물이 흐르는 그곳에 맨발인 채로 발을 담갔다.

옷! 따뜻해서 마음에 드는군.

온천이 좋아지는 걸 보니 나도 이젠 나이를 들어가는 건가. 김이 모락모락 나는 것을 보면 날씨가 차가워진 탓도 있겠지만 뭐, 물의 온도가 따뜻하기도 하다는 증거다. 나는 그 안에서 몸을 담그고 '후우후우' 한숨을 쉬었다.

이 주위를 돌아다닌 지 벌써 몇 시간이 흘렀을 때였다. 어둑어둑해졌을 무렵이기도 하지만 그건 해가 짧아졌기 때문에 밤이 빨리 찾아온 것이지 내가 그 안에서 오랫동안 있었던 것은 아니다.

게다가 그 녀석이 다가오는 것을 눈치 채지 못한 것도 아니었다.

어둑어둑해진 사이로 푸른 머리카락이 미묘하게 바람에 흩날려왔다. 그러나 익숙해진 쇠사슬 소리는 들리지 않았다. 그런 그 녀석의 존재를 느끼며 나는 여전히 그 안에 몸을 담근 채였다. 이질리스, 역시 그 녀석은 깨어났다. 항상 쇠사슬 때문에 부동이었던 손을 어색하게 내리고 있는 것도 힘든 듯했지만 녀석은 자유로워 보였다.

"여기서 뭘 하고 있는 거야?"

이질리스가 나에게 물었다. 아까는 침대에 누워 있더니 회복력 하나는 뛰어난가 보군. 아마 자신의 검신 안에 들어갔다 나왔기 때문에 그런 것일 테지. 그 녀석은 의외로 안정된 모습이었다. 언제나와 같이 무표정한 얼굴이어서 생각을 읽기 힘들었지만 그래도 녀석이 편안하다는 느낌이 들었다.

"내가 묻고 싶은 말이야, 이 자식아."

쳇, 보면 모르냐? 나는 입을 삐죽 내밀었다. 이질리스는 알겠다는 듯이 고개를 끄덕이다가 그 근처에 큰 나무가 뿌리를 뻗어 삐죽이 튀어나온 곳에 가볍게 걸터앉았다.

"……."

그 녀석은 멍하니 이제 어둑어둑해져 가는 하늘을 바라보았다. 그런 공갈 검 이질리스의 손목에 쇠사슬이 걸려 있지 않으니 어색하다는 생각이 들었다. 빈정거리듯이 녀석에게 물었다. 물속은 따뜻하지만 공기는 차가워져서 기분이 묘해졌다.

"흥, 언제는 끈질기게 그 유디엔의 이름만 부르더니 지금은 용케 그러지 않는군. 신기한걸."

이질리스의 심경에 거슬리도록 나는 빈정거렸지만 녀석은 별다른 반응 없이 날 바라볼 뿐이다. 그러고 보니 저 녀석, 유디엔의 물건이었던 혈석 펜던트를 거부했었지. 이젠 그것을 거부할 수 있을 정도로 마음이 강해졌단 것인가?

"……."

그의 입은 굳게 다문 채다.

"이제 유디엔인지 뭔지는 잊은 거냐?"

조금 궁금하긴 했다. 그렇게 주인을 잊지 못하던 그 녀석이 유디엔의 이름을 잊어버리기나 한 것처럼 입에 올리지 않는다는 것이 신기한 일이었기 때문이다. 이질리스는 잠깐 고개를 숙였다가 눈을 내리깔았다. 사내자식이지만 검푸른 속눈썹이 길게 드리워져 있어서 예쁜 걸 좋아하는 계집애들이 좋아할 만한 우수에 찬 아름다운 소년의 분위기가 잡혔다. 수분이 흐른 후 녀석은 잔잔한 바람에 흐르던 머리카락을 내 쪽으로 격하게 돌리며 입을 열었다.

"잊진 않아. 하지만……."

그 녀석은 겨우 입술을 뗐다. 아까 전까지만 해도 죽은 것처럼 잠들어 있더니 지금은 꽤 쌩쌩한 모습이다. 쇠사슬이 풀린 후유증이라고 했는데 비교적 괜찮아 보인다.

"하지만 뭐……."

그 녀석은 잠깐 한숨을 쉬었다. 차가운 공기 탓인지 하얀 입김이 주위에 보였다.

"단지 이제는 과거가 아닌 미래를 볼 뿐이야. 그가 말했던 것처럼."

이질리스는 그렇게 대답했다. 나는 무슨 말인가 하고 싶었지만 지금은 이질리스에게 말을 걸 만한 분위기가 아니었다. 그 녀석은 멍하니 온천이 흐르는 것을 지켜보고 있었다. 그런 어색한 공기가 싫어서 나는 푸른 눈으로 먼 곳을 바라보는 이질리스 녀석에게 억지로 질문했다.

"다친 덴 괜찮나?"

지금은 괜찮아 보이긴 하지만 얼굴이 새하얀 것이 피가 많이 빠져나가서 창백해 보인다. 저 자식, 정말 괜찮은 거 맞아?

"당신이 걱정할 정도는 아니야."

걱정해 주면 싫은 소리만 하는 멍청한 꼬마 녀석. 쌀쌀맞게 대답하는 것을 보니 그때 그 이질리스가 맞구나 하는 생각이 들었다. 녀석은 멍하니 내 모습을 지켜보고 있다. 저 녀석도 여자 밝힘증이었지, 참.

"당신을 보면… 아르스리르가 생각나."

"뭐야, 그 녀석은?"

그 녀석은 조용하게 중얼거렸다.

"분위기도 얼굴도 별로 닮은 것은 아냐. 단지 생각날 뿐이야. 하지만 그는 항상 나에게 얽매이지 말라고 말했었어."

공갈 겁 녀석답지 않게 꽤 말이 많았다. 그 녀석은 굉장히 낮은 목소리로 말했지만 그 목소리는 나에게 똑똑히 전달됐다.

"그는… 하지만 먼저 떠났어. 어디로 가버린 것인진 몰라. 게다가 이젠 그가 살아 있다고도 생각할 수 없어. 그는 바나 아시르 인이었거든. 하지만 그는 나에게 있어 아버지 같은 존재였어."

"헤에……"

나는 그냥 이질리스의 이야기에 그렇게 대답해 주는 수밖에 없었다.

"그는 내가 자유로워지길 바랬어. 아마 당신에게도 그것을 바라고 있겠지."

아르스리르라는 그 이름은 오래도록 많이 들어온 것 같다. 사카디은은 단 한 번밖에 그 이름을 말하지 않았었지만 말이다. 그 기억은 아직도 생생하게 남아 있다. 나에게는 그다지 의미없는 이름일지도 모르는데 왜 나에게 의미있게 남아 있는지 알 수 없다. 조용한 바람이 불어왔다. 물은 따뜻해서 차가운 바람이 더 더욱 차게 느껴졌다.

"유디엔님도 마찬가지야. 결국 내가 자유로워지길 바랬어."

그것이 마지막이었다.

그 녀석은 더 이상 말하지 않았다. 아니, 더 말할 만한 시간이 주어지지 않았다.

부스럭 소리가 들렸다. 발자국 소리가 없었는데 누군가가 우리들을 바라보고 있다는 생각에 나는 깜짝 놀라서 일어났다. 그러나 어둠 속에서 나타난 것은 백금발 머리카락에 하늘하늘 나부끼는 팔랑팔랑한 옷을 입은 이미르였다.

"여기 있었네?"

아까와는 전혀 다른 미소를 얼굴에 띠고 있었다. 이곳으로 오다가 발을 잘못 디뎌 넘어져, 그 때문에 그만 엉덩방아를 찧고 호수 속으로 발을 담가 버리고 말았는지 몰골이 말이 아니다. 역시 실수투성이 계집애라니까. 트러블 메이커다운 행동이라고 생각된다. 가죽 구두가 흠뻑 물에 젖었지만 그 계집애는 별로 기분 나쁜 표정이 아니다.

"뭐야?"

그 계집애는 따뜻한 물을 발견하고 기분이 좋아졌는지 배시시 웃었다.

"와아, 온천이잖아? 따뜻해서 너무 좋을 것 같아. 어떻게 용케 이런 곳을 찾아냈네. 재주도 좋아."

"잠깐, 너도 들어오려는 것은 아니겠지?"

"그거야 당연하잖아? 그동안 목욕도 제대로 못 시켜준 주제에."

저 계집애가? 지금은 이런 몸이라고 해도 난 원래 남자라고.

에잇, 젠장. 꼬마에겐 원래 관심없던 내가 아닌가. 저 계집애가 이곳에 들어온다고 해서 다를 건 없겠지. 저 계집앤 내 옷 옆에 자신의 옷을 벗어 던지고 물속으로 들어왔다. 따뜻해서 좋다는 소리를 연발하면서.

"아깐 잘도 삐쳐서 나가 버리더니."

아직 뺨이 알알하기 때문에 난 약간 토라져 있는 상태다. 자기가 싫다고 때리고 갈 때는 언제고 배실배실 웃는 모습으로 돌아오다니.

"하지만 난 절대 틀린 말은 하지 않았어, 카티스."

여전히 고집불통. 수다 검의 머리 색과 같은 아마색 눈동자를 빛내면서 손가락을 까닥까닥해 보였다.

"고집불통 계집애."

내가 입을 삐죽했다.

"잘 모르겠어. 내가 왜 너에게 그런 조언을 하고 열을 받았는지. 넌 그냥 단지 남일 뿐인데. 그리고 도구로써 이용할 뿐이고."

"쳇, 솔직하게 말하니까 귀엽지도 않군."

"거짓말을 하는 것보다는 낫지 않아?"

대체 저 계집애는 뇌에 뭐가 들어 있는 거야? 그래서 마법사 이미르답다는 생각이 들기는 하지만.

"난 내숭 떠는 여자가 더 좋아."

나는 내가 당연하다고 생각하는 말을 내뱉었다. 내숭 떠는 여자는 내숭 떠는 맛이 있다. 남자로서 속아주는 척하는 것도 재미있다. 당당하게 말하는 여자는 그것으로 또 좋은 면이 있고 매력적이라고 생각하지만 이미르에게 그런 말은 하지 않으련다. 이미르가 또 생색내는 꼴은 보고 싶지 않았다.

"그러고 보니 이질리스도 있네? 카티나 목욕하는 거 훔쳐보려고 온 거야? 아이, 귀여워라. 많이 회복한 거야?"

그제야 이미르는 이질리스의 존재를 발견하고 손을 흔들었다.

"그런 거 아냐."

공갈 겸 녀석이 이미르의 말에 모처럼 얼굴이 새빨개졌다.

자식, 주제에 자기도 남자라고.

"내가 등 밀어줄까? 난 사카디은을 제외한 다른 사람이랑 목욕하는 것은 처음이거든."

"닥쳐! 이런 몸일 땐 질색이야!"

"부끄러워할 거 없어. 나도 비록 어렸을 때지만 사카디은이 목욕시켜 줄 때는 정말 창피했거든."

그 계집애는 할 말 안 할 말 다 하고 있다. 사카디은, 그 녀석은 이미르가 어렸을 때 함께 있었던 모양이다. 저 말을 들어보니 그 자식은 본래 직업이 고아원 보부이기라도 했었단 말인가!

"쳇! 사카디은, 그 자식은 애들 키우는 버릇이 있었나 보군."

난 사카디은을 생각하면서 입술을 바득 갈았다. 혹시 이미르가 사카디은의 아이인 것은 아니겠지? 나는 그 계집앨 힐끔 바라보았다.

"그는 나의 아버지야. 물론 정말로 날 낳아준 분은 아니지. 너와 같아. 그때의 나는 여자도 아니었지만, 그래도 그는 내 첫사랑이자 동경의 대상이었어. 그래서 얼마나 창피했는지 몰라. 카티스는 그런 적 없었어?"

"없었어."

제법 계집애 같은 소릴 하는군. 나는 그 계집애의 질문 같지도 않은 질문에 건성으로 대답했다. 이미르는 그런 것은 상관하지 않고 자신의 이야기를 계속했다.

"내가 어떻게 태어났는지 아는 사람은 아무도 없어. 내가 기억을 하고 있는 것은 처음 사카디은을 만났을 때부터야."

"너는 그 녀석을 어떻게 만날 수 있었던 거지?"

"글쎄… 그는 나를 기다렸다고 했어. 그리고 나는 그의 손에 이끌려 갔지. 나뿐만이 아니었어. 오빠인 미카미르도 나와 함께였지. 사카디은과 함께 있을 땐 정말 행복했어. 난 아무것도 모르는 아이였거든."

사카디은에게 그런 과거가 있었다니. 역시 그의 본직은 보부였던 것인가. 애들을 주워서 키우는 취미라도 있었던 것 같다. 하지만 그때의 난 그 녀석에게 양육당해야만 할 나이는 아니었다. 혼자 아무것도 못하는 꼬맹이의 나이도 아니었으니 함께 목욕할 이유도 없지.

"그도 마찬가지야. 카티스, 당신이 아르스리르의 소원대로 무엇에도 얽매이지 않는 강인한 사람이 되길 바라는 거야."

"난 아르스리르라는 사람 몰라. 그리고 관심도 없어."

내가 고개를 돌리며 손을 흔들자 이미르가 갑자기 소리쳤다.

"아니, 나도 잘 모르지만 너만은 알아야 해! 사카디은이 소중하게 생각했던 단 하나의 친구니까!"

계집애, 갑자기 센티멘털해져서 금방이라도 눈물을 뚝뚝 흘릴 기세다.

쳇! 내가 입을 삐죽이 내밀고 그 계집애의 얼굴을 외면했을 때, 움직이지 않을 줄 알았던 그 계집애가 나에게 다가왔다. 표정이 금방도 변하는군.

"자, 그런 건 잊어버리고, 어서 등 대. 밀어줄게."

"싫어, 그 손 치우지 못해?!"

이미르의 손이 내 등에 닿았다. 계집애의 손은 희고 따뜻했지만, 내가 여자의 몸이라고 생각했을 땐 어쩐지 닭살이 돋는 것 같았기 때문에 나는 발광했다.

"왜? 어차피 나중엔 만나지도 못할 텐데. 지금 함께 놀아보는 것도 좋은 거라고."

"무슨 소리야? 난 계집애의 몸일 땐 남이 내 몸에 손대는 것이 싫단 말야!"

"그러지 말고 이질리스도 들어와. 우리끼리만 목욕하면 심심하니까."

이미르가 이번엔 이질리스도 끌어들였다. 이질리스 녀석, 아까에 이어 또다시 얼굴이 새빨개지고 말았다.

"……."

이질리스 녀석은 땀을 삐질 흘렸다.

"난… 남자인데?"

저 녀석, 모처럼 귀여워 보이는 말을 했다. 얼굴은 새빨개져 있었고 이미르의 제안에 정색을 한다. 이미르는 이미 알고 있다는 듯 이질리스의 손목을 잡아끌었다. 아직은 불안정해 보이는 손목이었지만 이미르는 신경 쓰지 않았다.

"겉보기엔 남자 같아 보이지도 않는데 뭐."

이 계집애, 자각이 있는 거야! 아니, 왜 남자인 내가 이런 걸 신경 써야 하지?

풍덩!

이질리스 녀석도 이미르에게 당했군. 의외로 이미르는 못 말리는 성격이잖아? 함께 있으면 있을수록 불가사의한 타입이야. 겉으로 보기엔 청순해 보이는 계집애인데. 쩝.

모르겠다. 알게 뭐냐?

                    *   *   *

　낯선 곳에서 생소하게 맞이한 저녁이었다. 이미 태양은 얼굴을
감추고 푸른 구름 사이로 달이 얼굴을 드러냈다. 구름 때문에 흐
릿하게 보였지만 근래 달을 본 것은 오랜만이었다. 창밖으로 엷게
비치는 하늘을 바라보며 시리스는 환한 얼굴로 나를 반겼다. 그녀
는 길게 드리워진 금빛 속눈썹 아래 푸른 눈을 빛내며 나무 의자
에서 일어나 빙그레 웃고 있었다.

　게다가 그 회장 안에 있는 사람은 시리스만이 아니었다. 밸더
그 녀석과 리프라는 시리스의 동생, 그리고 다른 인간들 몇 명이
있었지만 그런 얼굴조차 모두 기억할 이 몸이 아니다.

　"흥, 그냥 아량 깊게 들어보기로 한 것뿐이야. 그래서 너희들은
내가 뭘 하길 바라지?"

　절대로 이미르, 그 계집애의 말을 듣고 마음을 바꾼 것은 아니
다. 단지 시리스같이 아름다운 여성이 하는 말을 무시한다는 것은
나에겐 불가능한 일이 아니던가.

　나의 그런 모습을 보고 시리스는 빙긋이 웃었다. 내 뒤에 서 있
던 이미르가 쿡 웃었다. 나는 흥! 하고 코웃음 치곤 고개를 돌렸
다.

　"고마워요. 내 얘길 들어주기 위해 돌아와 준 것 정말 기뻐요."

　시리스는 리프가 뭐라고 신경질 내려는 것을 막으며 손을 내밀
었다. 나는 그 손을 잡을 생각은 하지 않고 탁자에 걸터앉았다. 나
는 방금 몸을 씻고 와서 개운한 데다가 깨끗해져 있었다.

　"제가 말할 것은 이그드라실, 로키와 다른 라그나들이 손에 넣
으려고 하는 힘에 대한 것이랍니다."

시리스는 다시 걸상에 앉았다. 그녀는 나를 응시하고 있었다. 날 따라온 이질리스 녀석과 이미르도 살짝 의자에 앉았다. 이질리스는 그냥 묵묵하게 서 있을 생각이었던 것 같은데 이미르가 손으로 끌어 앉힌 것이다.

"불사의 왕을 알고 있나요?"

"조금 알고 있어."

시리스의 의외의 질문에 나는 입을 삐죽거리며 적당히 대답했다.

아마 그 녀석의 전설을 모르는 녀석은 없을 것이다. 불사의 왕이 다스리는 불사의 땅에 대한 전설은 이 대륙 사람들이라면 모두 들은 적이 있을 것이다. 이런 나도 예외는 아니었고, 실제로 그 계집애 같은 놈을 만난 일이 있기 때문에 대수롭지 않게 그 사실을 인정했다.

"이그드라실 계획에 불사의 왕이 참여했다는 정보가 들어왔어요."

"그래서 어떻다는 거야?"

"불사의 왕은 무슨 생각인지 모르지만 로키와 앙그라보다의 제안에 승인을 한 것 같아요."

시리스는 내가 반문하는 것에도 상관없이 자신이 아는 것을 나에게 알렸다. 불사의 왕, 생긴 것은 계집애같이 생겼고 또 그 녀석은 그다지 힘도 없어 보였다. 오히려 심복이라고 있는 아뉴라는 녀석이 더 키도 크고 힘도 강해 보였었지. 그런데 그런 그가 왜?

"그런 녀석이 무슨 상관이라고?"

내가 다시 한 번 뿌루퉁하게 물었다.

"그렇게 간단하게 생각할 건 아니에요, 카티스. 그의 힘은 보통 인간이나 아시르 인, 그리고 라그나를 초월하니까요. 그는 불사의 왕, 그가 개입했다는 것은 그 계획의 종국(終局)을 의미하고 있는 거예요."

"종국이라고?"

"이그드라실 계획이 거의 완성되어 가고 있다는 증거지요."

"이그드라실 계획이라… 그런 것 따윈 전혀 들어본 일이 없어."

이그드라실이란 말은 많이 들어봐서 알고 있지만 그 계획이 어떤 것인지는 구체적으로 모른다. 아니, 알고 싶지 않았다는 것이 사실일 것이다.

"거짓말, 잘 알고 있을 것 아냐? 결국 그들이 널 노리고 있는 것도 이그드라실의 계획 때문이라고."

이미르가 하도 한심하다고 생각했는지 그동안 다물었던 입을 열었다. 약간의 신경질적인 어투가 섞여 있었다.

"이그드라실의 계획이 어떤 건데?"

"구체적인 것은 저희들도 몰라요. 그것이 지상에 있는 모든 마검을 모아 그 힘을 빌리는 것이라는 것밖에는."

"헤에?"

마검의 힘을 빌려서 유치하게 이 세상을 손아귀에 넣어 복종시키려는 유치한 짓을 생각하고 있는 것은 아니겠지? 세계 정복이라니, 헝그리나 좋아할 유치한 레퍼토리다. 설마 정말로 그런 것은 아닐 테고.

"하지만 확실한 것은 인간인 저희들에게 불리하다는 거죠."

"불리하다라… 어떤 점이?"

시리스의 말에 약간 흥미가 생겼다. 이그드라실의 마검이라는 말을 들어온 미드가르드, 그리고 숱하게 나를 추적하던 라그나들도 이그드라실을 운운했던 것으로 기억한다.

주위는 조용했다. 밖에서 경비를 도는 인간들의 발자국 소리가 들릴 정도다. 시리스 이외의 다른 사람들은 말없이 그냥 가만히 그녀의 말을 들을 뿐이다. 그녀는 잠시 한숨을 쉰 후 다시 말을 이어 나갔다.

"전 마검의 힘을 빌리는 것은 더 이상 바라지 않아요. 하지만 그들은 마검의 힘을 빌리려고 하고 있어요. 그것을 뭣에 쓰려는지는 정확하게 모르지만, 여왕이신 어머니는 그들에게 속고 계시죠. 로키와 다른 그들이 하는 말은 믿을 수가 없어요."

"누님의 말이 사실이야."

리프가 약간 눈썹을 찡그리며 이야기하는 시리스의 말에 전적으로 동의했다.

"너의 어머니란 작자가 '로키에게 놀아나고 있다'. 이 말이로군?"

하긴 그 녀석은 바람둥이로 보였어. 아마 로키는 시리스와 리프 녀석의 어머니의 정부 같은 것이 아니었을까?

"너!"

모욕적인 말이라도 들은 듯 그 녀석은 얼굴이 새빨개졌다. 정색하면서 금방이라도 주먹다짐을 할 것 같았다. 그러나 시리스는 그 다혈질인 꼬마의 말을 막았다.

"뭐, 그렇다는 뜻도 되지요. 하지만 그녀 역시 아무 생각 없이 그런 건 아니에요. 나름대로 생각이 있으니까 그러는 거죠."

"그런 건 나에게 아무래도 상관없는 일이야."

"아니요, 당신과 상관있는 일도 있어요, 카티스."

여전히 자신만만하군.

"그 사카디은의 이름을 이야기하려는 건가? 그런 것이라면 이제 통하지 않아."

나는 그 지긋지긋한 이름에서 고개를 돌렸다. 그렇다고 사카디은에 대한 것을 잊어버리려고 하는 것은 아니었다. 단순히 그의 이름에 동요하지 않을 생각이었다.

"그런 것은 아니에요. 단지 불사의 왕이 관여한 바르하시온의 프로젝트에서 당신이 자신도 모르는 사이에 핵심이 되어 있다는 거죠."

"난 그런 거 시켜달라고도 하지 않았어."

잠시 주위가 조용해졌다. 다시 시리스가 흐음, 하며 목소리를 가다듬었다.

"그 광검사 녀석과 이상한 여자가 함께 온 것과 무슨 관계라도 있는 건가? 시리스, 너무 초조해하고 있는 것 같은데?"

내가 비웃으며 말하자 시리스는 오히려 얼굴에 미소를 띠었다.

"그건 카티스, 당신에게 말할 이야기는 아니에요. 하지만 이 나라의 존속에 대한 문제죠. 그녀는 얼마 전에 사라진 니센하임, 망국의 여왕이었으니까요."

그 이야긴 조금이지만 알고 있었다. 하지만 더 재미있는 것은, 그 여자에게 광검사 베리우스 녀석이 푹 빠져 있다는 것이다.

"뭐야, 베리우스가 반한 그 별거 아닌 여자를 말하는 거야?"

내가 보기엔 별것도 아닌 여자 같았는데 그렇게 푹 빠질 줄이야. 하긴 마력과 같은 강력한 힘을 가지고 있는 것이 그런 여자의 매력일지도 모르지.

나는 그냥 피식 웃어버렸다. 또다시 주위에 한기가, 아니, 살기가 느껴졌다. 문으로 들어 오고 있던 베리우스 녀석의 목소리가 귓구멍을 쩌렁쩌렁 울리고 있었다.

"너 같은 녀석이 라이네 양을 그런 식으로 말할 자격은 없어!"

그 녀석은 두 눈에 불을 켜고 고래고래 고함을 쳤는데, 나는 녀석이 화가 났다는 것 이외의 다른 것에 놀라 입을 쩍 벌렸다.

"베리우스, 드디어!"

드디어 내가 여자의 몸인데도 카티스로 보이다니, 대단한 녀석! '칼리아, 칼리아' 입에 달고 살던 놈이 어인 일로 개심한 거지?

베리우스 녀석의 얼굴이 홍당무처럼 빨개지더니 약간 목소리의 톤을 낮게 하고 말했다.

"시끄러워, 젠장할. 좋아하던 여자와 비슷한 몰골을 하고 있는 어리석은 녀석아."

베리우스는 머쓱해지자 괜스레 내 탓으로 돌리기 시작했다. 그는 아직도 붉게 상기된 얼굴이었다. 고요하고 정숙하던 방 안이 그의 출현으로 인해서 갑자기 소란스러워지기 시작했다. 아니, 정확하게 말해서 나와 베리우스가 부딪히면서 소란을 일으켰기 때문이지만.

"누가 할 소린데. 그리고 네 눈은 삐었냐? 칼리아와 내 이런 모습이 어디가 닮았냐고!"

이미르도 한심한 듯 손으로 이마를 짚으며 한숨을 푹 쉬었고 시리스는 실소를 터뜨렸다. 내가 베리우스와 유치하게 싸우자 곳곳에서 키득키득 웃는 소리가 들린다. 그런 건 아무래도 좋다고 치자. 베리우스 녀석이 머리카락이 검다는 이유만으로 칼리아와 나를 같게 보는 것은 절대 용서 못한다.

"다 똑같아. 그녀의 검은 머리카락, 작고 새빨간 입술, 하얗고 투명한 살결! 아름다운 얼굴과 단정한 모습! 모두 지금의 너와 닮았어!"

저 자식은 정말 착각 속에서 살고 있군. 그 계집애가 좀 좋은 가문의 인간이고, 새하얗고 검은 머리카락을 가지고 있었던 것은 사실이다. 조금 예쁘장한 용모의 왕족 계집애로 극도로 쾌활했다. 그리고 자기보다도 나이가 많은 남자와 맞먹으려고 드는 당찬 계집애였다. 몸이 마르고 작은 편인데다가 팔다리가 가늘었고 털털하게 사내들이나 입는 옷을 입고 다니지 않았던가. 뭐, 여기까지는 비슷하다고 할 수도 있겠군. 언제나 베리우스는 칼리아에게 당하기만 했다. 칼리아는 장난을 좋아했고 베리우스의 그런 마음을 알고 있으면서도 모른 척했다. 그래도 좋은 점만 생각하는 걸 보면 베리우스는 정말 칼리아를 좋아했나 보다. 아마 그렇기 때문에 그녀를 먹어버린 나를 용서할 수 없었던 거겠지.

베리우스는 그 이야기를 하더니 제풀에 지쳤는지 내가 앉아 있던 곳 옆에 있던 테이블에 걸터앉았다. 그 녀석은 다시금 목소리를 가다듬고 고개를 절레절레 젓는다. 하고 싶은 말을 정리하고 있는 것 같았다.

"흠흠, 여하간 그런 이야기를 하기 위해 이곳으로 온 건 아니니까… 그녀의 부탁대로 난 그녈 돕겠어. 그녀가 말하는 것이라면 무엇이든지 할 수 있어."

그 녀석의 사랑에 빠져버린 녀석처럼 한심한 몰골에 나는 풋, 웃음을 터뜨렸다.

"넉살 좋은 놈. 다른 사람의 일까지 생각하다니 속도 참 넓어서 좋겠군."

자신의 일만큼 중요한 것은 이 세상에 없다. 그것은 인간과는 다른 이종족 베리우스 녀석도 마찬가지다. 인간은 철저하게 이기적인 동물이다. 그건 태어날 때부터 그랬다. 그들이 남을 위하는 이유는 모두 자신을 위해서였고, 소중한 사람이 죽어서 눈물 흘리는 것은 소중한 사람을 잃은 자기 자신이 불쌍해서 우는 것이라고 한다. 그런 이기적인 동물이 남을 생각해 주는 척하고 있는 것이다. 차라리 라그나처럼 충실히 힘에 집착하면 좋을 텐데.

"네가 그렇게 말해도 나에겐 그녀가 소중해. 칼리아, 그녀를 잊을 수 있을 만큼. 그러니까 그녀를 위해 널 돕도록 하지."

베리우스가 자신만만하고 낭랑한 목소리로 눈을 빛내면서 어깨까지 닿는 단발인 은발을 찰랑 움직이며 내 쪽으로 고개를 돌렸다. 베리우스는 그 여자 때문에 알타크나의 무리들에게서 떨어진 것일까? 그런 건 아무래도 좋다. 그보다 나를 도와준다니?

"난 너 따위의 도움을 원한 일이 없어."

"자식, 부끄러워하긴. 걱정 마. 그 일이 끝난 다음에 네 녀석에게 또다시 도전할 테니까. 그땐 죽여주지."

이 자식, 누굴 도와준다는 거야? 난 지금까지 남의 도움을 받은 일이 없어. 사카디은 이외의 인간에게 도움을 받은 경험은 전혀 없다고. 그런데 날 뭘 돕겠다는 거야? 미드가르드 녀석에게 복수하는 일? 마법사 이미르를 죽여주는 것? 그런 것은 남의 도움 없이도 충분히 가능한 일이란 말이다.

"내가 뭘 한다는 거야? 내가 하려는 것은 너와는 관계없는 일이야. 그리고 네 녀석 따위의 손을 빌리느니 지나가던 어린아이의 손을 빌리겠다!"

나는 놈과 가까이 있는 것이 싫어서 테이블 아래로 풀쩍 뛰어내렸다. 뭔가 착각하고 잘난 체하는 베리우스 녀석이 마음에 안 들었다.

"그만 진정하세요. 이 일에 대해선 제가 잘 설명해 드릴게요."

"라이네……"

타이밍을 맞춘 것처럼 라이네라고 불린 여자가 회장 안으로 들어왔다. 시리스와 비슷한 금발이지만 좀 더 타는 듯한 짙은 빛깔이었다. 갸름한 얼굴 선, 다른 사람에 비해 작은 눈만 제외하곤 그럭저럭 미인이라고 할 수 있을 용모였다. 가느다란 목 라인이 드러나는 흰 드레스를 입고 있는 그녀의 모습은 베리우스에게 주기는 아까운 여자였다.

"카티스, 당신이 마검을 가지고 있다는 것은 들어서 알고 있습니다. 부끄러운 이야기지만, 니센하임의 여왕으로 있을 때 들었던 이야기입니다. 불사의 왕에게서 들은 말이었지요."

"헤에……"

그 여자는 조용히 시리스의 옆에 가서 섰다. 발자국 소리는 나지 않았고 교양있는 여성처럼 온화하고 부드러웠다. 그 지나친 부드러움이 작은 나라 니센하임의 여왕으로서 어울리지 않았던 건지도 모른다.

"그는 말했어요. 이그드라실을… 마검의 힘은 마검으로 물리칠 수 없다고. 그리고 당신은 옳지 못한 선택을 한 것이라고 했습니다."

그녀는 마치 그때의 일을 회상이라도 하듯 고개를 들고 먼 곳으로 시선을 돌렸다. 불사의 왕. 시리스에게 왜 그런 말을 지껄인 것인지는 모르지만, 오래 산 늙은이 주제에 참으로 말이 많은 놈이라는 생각이 들었다.

"그래서 이질리스의 힘으로 수다 검 녀석이나 다른 이그드라실의 힘을 이길 수 없다고 너는 말하고 있는 건가? 우습군, 우스워.

그런 이야기를 하려고 목숨을 걸고 이곳에 왔다는 거야? 우습군, 정말 우스워."

나는 픗 실소를 터뜨렸다. 아니, 조소 섞인 큰 웃음이었다. 내가 비웃자 베리우스 녀석이 수족처럼 달려들었다.

"그녀를 욕하지 마!"

금방이라도 달려들 것처럼 여자가 된 내 몸을 내려다보는 놈의 시선은 살기를 내뿜고 있었다.

"닥쳐! 어쨌든 시리스, 네가 말하고 있는 것은 알겠어. 이그드라실의 계획을 막고, 로키 패거리를 물리치고, 인간들의 나라를 만들려고 하는 거지?"

"간단하게 말하면 그렇다는 거예요."

시리스도 간단하게 말했지만 이번엔 수다 검 이래로 나타난 최고의 잔소리쟁이 이미르가 드디어 다물고 있던 입을 열었다.

"단순하게 말하면 그렇긴 하지만 너무 단순한 거 아냐? 그래서 넌 그게 자신있다고?"

조소 섞인 말투로 말하는 이미르, 그 계집애 좀 마음에 안 들었지만 그에 따라 나도 맞받아쳐 주었다.

"어차피 네가 원하는 일이기도 하잖아?"

"아니, 내가 원하는 것은 그런 거창한 것이 아냐. 내 개인적인 일이지. 너도 알고 있잖아?"

물론 알고 있다. 저 계집애는 나를 봉인할 때부터 말했다. '분하다면 나를 죽여. 그것이 내가 바라는 거야'라고. 물론 나도 그렇게할 생각이다.

"너는 내가 반드시 죽인다."

나를 봉인했다는 것만으로도 마법사 계집애를 없애야만 할 충분한 이유가 된다. 나는 이미르에게 복수하기 위해 여기까지 왔고, 거기에 하나의 목적이 추가되었다.

"나도 그러기 위해 너와 함께 있는 거야."

이미르가 만족한 듯 빙그레 웃었다. 주변의 사람들, 특히 리프는 얼빠진 모습으로 입을 헤벌린 채 말을 하지 못했다. 아마 이미르와 나의 행동이 인간들의 상식적인 행동에서 벗어나 있기 때문이겠지만, 인간이 아닌 나에겐 당연한 일인 것이다.

"좋아, 난 이질리스만으로도 갈 수 있어."

이질리스로 그 잘난 수다 검 녀석을 처치해 준다. 그것이 이미르를 죽이는 것에 추가된 나의 목적이었다. 그러나 내가 이렇게 말하고 있는 동안에도 이질리스는 가만히 창문을 응시할 뿐이었다. 밖에 특별한 변화는 없다. 단지 어두워졌고, 이제 곧 밤이 깊어갈 것이라는 것만 알 수 있을 뿐이었다.

내가 이질리스를 들고 자신만만한 자세로 서 있자, 이번에는 시리스의 동생인 리프 녀석이 아니꼽게 비꼬았다.

"고집 부리지 말라고 했잖아. 겨우 마검 하나로 많은 마검의 힘을 당해낼 수 있을 리 없어! 누님의 말을 그렇게 못 알아듣는 거냐?"

"나에게 명령하지 마. 난 내가 하고 싶은 대로 해. 난 지금까지도 그래 왔고, 앞으로도 그럴 거야. 그러니까 나에게 함부로 명령하지 마. 이 누나 그늘에서 헤어나지 못하는 머저리 녀석아."

내가 붉은 눈을 내리깔고 놈을 노려보자 녀석은 심장이 멎은 것처럼 입을 꾹 다물었다.

"윽!"

리프는 내 말에 찔렸는지 약간의 신음 소리가 입 밖으로 튀어나왔다.

"카티스, 당신 마음대로 하세요. 전 그걸 막을 생각은 없어요."

시리스가 조용하게 말했다. 시리스의 선택에 리프는 오히려 이해가 가지 않는다는 듯한 어리벙벙한 얼굴로 시리스를 응시했다.

"사카디은, 그도 그것을 바라고 있었을 테니까요."

시리스의 눈이 묘하게 먼 곳을 바라보고 있다. 아니다. 정확히는 시선을 내 얼굴로 향하고 있었다. 그러나 그 눈은 내가 아닌 다른 것을 응시하고 있는 것 같았다. 정말 묘한 기분이었다.

"우리는 당신을 따를 각오가 되어 있어요. 이그드라실의 모든 열쇠는 당신이 쥐고 있으니 당신은 선택할 권리가 있어요."

왜 내가 그 이그드라실의 열쇠를 쥐고 있다는 건지 알 수 없다.

"제가 그동안 모은 사람들은 많지만 바르하시온에 의해 개조된 인간에겐 이길 수 없어요. 또 공급할 수 있는 건의 양에도 한계가 있어요."

"쳇, 그래서 내가 필요하다는 거냐?"

시리스는 잠시 침묵을 지키다가 다시 유연한 목소리로 말했다.

"저의 정보원의 말에 의하면 곧 이그드라실의 시동이 있을 모양인 것 같았어요. 서두르지 않으면 안 되겠죠."

"그 이그드라실이 움직일 것이라는 말인가?"

"아직 모든 것이 준비되지 않았지만 시범적으로 해본다는 거겠죠. 이그드라실이 뿌리를 내리면 알타크나는 황폐하게 되어버릴 테니까."

시리스의 말을 듣고 거짓인지 아닌지 판단하기 위해 이미르를 바라보았다. 이미르는 자신을 바라보는 나의 시선을 눈치 챘는지 쓴웃음을 지어 보였다.

"이길 수 있는 방법은 없어요. '마검보다 더 뛰어난 어떤 것을 발견한다면 모르지만. 라이네는 그것을 찾아야 한다고 말하고 있지만 아무래도 실현되기 힘든 것입니다. 그건 불꽃의 검의 창조자, 마검의 아버지인 무스펠하임을 만나지 않으면 불가능한 일이라고 생각합니다만, 그건 단지 전설에 불과한 이야기가 아닌가요?"

"그런 건 필요없어. 난 당신들의 말도 듣지 않아. 하지만 이그드라실인지 뭔지… 는 상관없지만 미드가르드가 날 가지고 논 것만은 용서 못해."

나는 들리지 않도록 이를 갈았다. 그 녀석을 생각하면 지금도 염장이 뒤틀어질 것 같다. 나를 놀리고, 계집애의 모습으로 만들어 놓은 것도 모자라서 이질리스 녀석까지 자신의 손아귀에 넣으려고 하지 않았던가.

"그럼 가볼까, 이질리스?"

나는 이질리스에게 제안했다. 공갈 검 녀석이 이 몸을 따르기로 한 이상 나도 이 녀석을 믿을 수 있다고 생각했다. 이전에 유디엔의 이름을 부르며 재수없게 굴던 이질리스의 모습은 마음에 들지 않지만, 특별히 바뀐 것도 없는데 쇠사슬이 풀린 자유로운 모습이 된 녀석은 믿음직스러웠다.

"나도 같이 갈게."

이미르도 일어섰다. 저 계집앤 오지 말라고 해도 잘 따라올 테니 막고 싶은 마음도 없다.

"언제든지 무슨 일이 있으면 오세요. 당신이 쉴 곳은 마련해 줄 수 있으니까요."

시리스가 제안하며 손을 내밀었지만 난 거절했다.

"그런 건 필요없어. 난 약하지 않아."

내가 앞서 나서려고 했을 때 밸더가 걸터앉아 있던 곳에서 일어서며 나를 따라왔다.

"밸더……."

이미르는 밸더의 이름을 불렀다.

"……."

그 녀석은 굳게 다문 입을 여는 것도 귀찮다는 듯 그냥 묵묵히 날 따라올 뿐이다.

"왜 따라오는 거지?"

"그는 죽음을 따라가는 거야."

이미르, 재수없는 소리 하긴……! 죽긴 누가 죽어? 나는 욕구에 충실한 놈이라 개죽음당하는 것은 질색이란 말이다. 발악하며 살아남는 헝그리 같은 놈도 웃기다고 생각하지만 죽으려고 노력하는 밸더도 비정상이란 말이다.

나는 투덜거리면서 밖으로 나섰다. 시리스의 지시로 특별히 나를 막는 사람은 없었다.

"이그드라실이 움직이게 되면 아마 그는 돌아오게 될 거야. 난 느낄 수 있어."

"누님, 대체 뭘 믿고……."

"리프, 자기 자신을 믿는 것은 누구에게나 있어 중요해. 너도 좀 더 너를 믿도록 해."

시리스의 믿음이 지나친 것이라고 믿는다. 난 절대 이곳에 돌아오지 않는다. 목적한 바를 이루기 전까지는 절대 돌아올 생각이 없다. 아니, 이룬다 해도 돌아오지 않을 것이다.

"…알겠습니다, 누님."

"인간들의 세상을 만드는 거야. 그러기 위해서라면……."

시리스는 아직도 나의 뒷모습을 지켜보며 의미가 묘연한 표정을 짓고 있을지도 모르겠다. 그곳을 빠져나와 밖으로 걸어나갈 때 둔탁하게 쿵쾅거리며 나서는 근육 덩어리의 물체가 있었다.

"카티나 양! 저도 같이 가겠습니다."

"넌 오지 마!"

헝그리 녀석! 그 부메랑은 빠지지도 않고 녀석의 등에 짊어져 있다.

"전 도움이 될 거예요!"

몸은 어른인 주제에 표정만은 소년인 척하며 붉게 상기된 얼굴로 최대한 귀여운 표정을 짓는 것이 오히려 역겨웠다.

"네가 도움이 될 리가 없잖아!"

내가 윽박지르지만 헝그리 녀석에겐 무슨 말을 해도 소용이 없다는 것을 이미르나 이질리스는 알고 있었다.

"전 정의의 용사잖아요. 용사가 가는 길엔 역경이 있지만 결국 서광이 비치기 마련이거든요."

으이구, 물어본 내가 병신이지.

나는 헝그리 녀석과 말싸움한다는 것 자체가 어리석은 일이라는 것을 알고 있었기 때문에 아예 입을 다물어 버리기로 했다. 저녁살 좋은 녀석.

결국 내 힘으로도 어떻게 할 수 없는 녀석들이 나와 함께 가게 되었다.

밤은 깊어가고 달은 점점 기울어 갔다.

*   *   *

밤새도록 걸었다는 것은 거짓말이다. 하지만 꽤 오래 걸었던 것은 사실이다. 젠장할, 이럴 줄 알았으면 헝그리 하이브 놈의 샤이치케라도 데리고 올 걸 그랬다. 헝그리 녀석은 그런 것 하나 챙길 줄 모른다니까. 이왕 하는 김에 말 한 마리 더 가지고 오면 덧나냐? 근육 덩어리에 덩치만 큰 못난 꼬마보단 차라리 말이 더 도움이 되었을 텐데.

저벅저벅 걷는 소리만이 들려왔다. 주위는 고요했다. 풀벌레 소리도 이상하리만큼 들리지 않았고 달무리가 져 있다. 아까까지만 해도 날씨가 맑았지만 지금은 상당히 불안했다. 게다가 지금은 마치 결계에라도 들어간 것처럼 고요해져 있다. 이상하다는 것을 눈치 챈 듯 밸더 녀석도 나처럼 신경을 곤두세우고 있다. 이런 상황이라면 어디서 누가 튀어나와도 이상하지 않을 것이다.

이미르는 그러한 고요가 싫었는지 일부러 발자국 소리를 쿵쿵! 냈다. 발자국 소리가 없는 것은 밸더나 나나 이질리스도 마찬가지였기 때문에 조금이라도 정적을 깨고 싶어했다.

모처럼 신경을 곤두세웠음에도 아무 일도 일어나지 않자 지루해졌는지, 이미르는 하품을 쩌억 해대다가 시선을 이질리스의 손 쪽에서 멈추었다. 손에 쇠사슬이 없는 것이 눈에 들어왔던 것 같다.

"이질리스, 지금은 아프지 않아?"

"……."

이미르가 물었지만 이질리스는 그 꼬마 쪽으로 시선을 돌릴 뿐 대답은 하지 않았다. 별다른 말 없이 이질리스는 나를 따라 걸었다. 과연 철그렁거리는 거슬리는 쇠사슬 소리가 들리지 않아서 훨씬 나은 것 같다. 이미르뿐 아니라 공갈 검 녀석, 자신도 손목을 죄어오는 사슬이 없는 게 허전했던 것인지 이상하게 손을 올렸다가 내렸다 하는 버릇이 생긴 것 같았다.

"뭐, 괜찮겠지."

이미르가 이질리스에게 빙긋 웃었다. 이질리스의 일을 걱정할 만한 여유가 저 계집애에게 있었던가? 나는 빈정거리려다가 기척 없이 끼기 시작하는 희뿌연 안개에 신경을 돌렸다.

"안개… 인가?"

나는 이를 악물었다. 시야가 암흑뿐 아니라 어둠에 순응된 상태마저 나를 다시 혼란스럽게 만들었다. 이상한 냄새도 나는 것 같아서 후각이 마비되는 것 같았다.

"조금 스산해지는걸?"

한 치 앞도 보이지 않을 정도로 심한 암흑이 눈앞에 도래했다. 나뿐만이 아니라 나와 함께 있던 다른 녀석의 앞도 마찬가지였다. 당황하지 않는 건 마법사 이미르와 밸더 녀석뿐이었고, 헝그리 녀석은 그러한 암흑 때문에 죽는 시늉을 하며, 눈이 보이지 않는다고 중얼거리면서 소란을 피웠다. 그런 틈을 타서 나에게 찰싹 붙으려고 하는 것을 지그시 밟아주었다.

검은 어둠, 안개 속에서 붉은색의 희끄무레한 물체가 눈앞에 아른거렸다. 밸더가 무의식 중에 손을 뻗어 검을 들었다.

"여기 있었군. 이곳은 우리들의 영지야. 제 발로 들어오다니, 어리석은 녀석들."

밸더가 검을 뽑아 달려들었음에도 불구하고 마치 그 자리에서 마법이라도 쓰듯이 앞에 그림자처럼 나타난 녀석은 끈질길 정도로 짜증나게 쫓아다니던 레스베르그 녀석이었다. 붉은 머리카락에 붉은 날갯깃. 가만히 보니 어둠 속에서 나타난 것은 레스베르그뿐이 아니었다. 그 녀석과 비슷한 날개 빛을 가진, 녀석과 같은 종족들이 어둠 속에 묻혀 있는 것이다.

"레스베르그!"

내가 놈의 이름을 확인하듯이 불렀다. 녀석은 큰 날개를 푸드덕거리며 뒤로 물러서며 빙그레 웃었다. 마치 맛있는 먹이를 찾아내 달려들 태세를 취하는 독수리와 흡사했다.

"붉은 독수리의 영지……."

이미르가 중얼거렸다. 별달리 놀라지 않는 것을 보면 이미르, 저 계집애는 이 사실을 이미 알고 있었던 듯싶다.

"그런 이야긴 빨리 했어야지!"

"난 네가 알고 있을 줄 알았지."

"이 계집애가?!"

이 도움도 안 되는 계집애!

젠장. 참자. 어차피 이 상태에서 저 계집애가 트러블이나 일으키지 않으면 다행이지. 원래 도움받고 싶은 생각 따위도 없었잖아?

어느덧 붉은 독수리의 무리들이 사방을 둘러싸고 있다. 아직도 안개는 그대로지만, 서서히 걷혀져 가는 것으로 보아 저 녀석들의 의도적인 짓이었던 것 같다.

나는 레스베르그가 덤벼들 것에 대비해 공갈 검에서 손을 떼지 않았다. 내가 눈을 부릅뜨고 놈을 노려보자 놈은 오히려 재수없는 미소를 얼굴에 띤 채 빙그레 웃었다.

"카나님의 명령이다. 너를 잡아오라고 하셨어. 어머니의 말을 잘 듣는 착한 아들이어야 하잖아."

"시끄러워! 네 아들이나 간수 잘해!"

그 잔악무도한 짓을 좋아하는 그 녹색 용이나 잘 다스리라고.

자기도 제대로 못하는 주제에 누구한테 잘하라고 푼수 떠는 거야?!

"난 충분히 아들을 잘 키웠어. 단지 매를 너무 아꼈을 뿐이지."

내가 노려보자 그 녀석은 자랑스럽게 말했다. 레스베르그는 우습지도 않은 농담을 끝맺으면서 손끝으로 그들에게 지시를 내렸다. 주변으로 붉은 독수리들이 달려들었다. 밸더는 자로 잰 듯이 정확한 감각으로 자신에게 달려드는 붉은 독수리를 검으로 쳐냈다. 붉은 독수리 중 몇 마리는 밸더의 검을 피했지만 밸더의 검에 맞아 날개가 잘린 놈도 있었다.

그러나 밸더에게 입은 피해는 상관없다는 듯 레스베르그는 나에게만 시선을 집중했다.

"죽이진 않을게. 하지만 날 따라와야만 해."

"흥, 웃기지 마."

이런 식으로 인기있는 것은 질색이다. 난 웬만하면 그 미친 여자나 붉은 독수리가 아닌, 다른 모든 여자들의 품에서 낮잠 자는 것이 좋단 말이다.

손에 자유롭게 쇠사슬이 풀린 이질리스를 들고 그 녀석에게 달려들었다. 저쪽에서 공격하지 않는다면 물론 이쪽에서 가야만 한다. 놈을 상대로 속전속결은 힘들겠지만, 밸더나 이미르가 있는 한 다른 조무래기들을 처리할 순 있을 것이다. 저 도망만 다니는 형그리는 제외하고!

나는 입술을 혀로 쓸어 내리면서 놈에게 검을 들고 도약했다. 붉은 독수리는 하늘 위에서 싸우는 데다가 이곳이 놈의 영지라고 하니 약간 불안한 마음이 앞섰다.

그럴 땐 힘이 풀린 이질리스의 도움을 받는 것도 좋겠지.

"사검의 힘이! 완전히 봉인이 풀린 건가? 정말 놀랍군!"

이질리스가 다급했던 내 마음이라도 알아차린 듯이 나의 주위에 깔린 안개들을 모두 사라지게끔 했다. 투명하게 빛나는 검날 위에 마치 마법처럼 맑은 이슬방울이 튀어 나갔다. 레스베 놈이 말한 대로 이질리스의 힘을 알리는 것이었다.

"하지만 아직 멀었어!"

레스베르그는 마치 니드호그를 연상시키는 잔인한 미소를 띠며 내게 도약했다. 그 붉은빛의 날개가 원호를 그리며 빠르게 나에게 날아왔다. 놈이 뻗은 손가락에 몸이 닿기 전에 나는 이질리스를 흘끗 보았다.

"이질리스!"

"알았어."

이질리스 녀석은 팔짱을 낀 채 묵묵히 있었는데, 녀석의 발 아래부터 바람이라도 밀려오듯 머리카락이 밀려 올라갔다. 이질리스가 눈을 감자 동시에 푸른 안개가 저변에 깔려왔다. 또, 밸더가 죽인 붉은 독수리 일족을 깨워서 자신의 힘으로 자유자재로 조종하기 시작했다.

과연 안개는 이질리스 녀석의 특기다. 저렇게 자유자재로 힘을 사용할 수 있다니!

마검의 힘이란 정말 우습게 볼 것이 아니란 말인가! 이질리스의 안개와 바람이 레스베르그를 덮쳤다. 레스베르그는 입술을 깨물며 나에게 다가오려고 했지만 이질리스의 힘은 그 녀석의 능력을 상회하고 있었다.

잘한다, 이질리스! 그동안 하등 도움될 만한 일도 하지 않더니, 지금부터는 조금 쓸 만한 짓을 하는구나!

내가 마음속으로 쾌재를 불렀을 때 레스베르그가 고개를 돌렸다.

두둥!

자연적인 지진이라도 일어나듯 땅이 조금씩 울리기 시작했다.

이곳은 화산이 있던 지형인지라 지진이 있을 법도 하다. 그러나 조금 이상하다는 생각이 들었다. 진동은 점차로 강해지기 시작했다. 마치 땅에서 무엇이 솟아 나오려는 듯 땅이 위로 솟기 시작했다.

"이런, 이그드라실의 움직임이로군……."

밸더와 함께 조무래기들을 해치우고 있던 이미르가 손등으로 땀을 닦으며 말했다. 그 계집애의 말과 함께 땅이 솟아올랐다. 나는 풀쩍 뛰어 그것을 피했다. 거대한 나무줄기와 같은 것이 나타나 땅 위까지 길게 뻗어났다. 마치 도로 공사라도 하는 것처럼 쭉쭉 길게, 금세 자라나 몇백 미터 떨어진 곳까지 밀려 나갔다.

뿌리와 같은 나무줄기만은 아니었다. 멀리 떨어진 공간에서부터 순식간에 뻗어나기 시작한 줄기는 하늘 높이 솟아나, 마치 나무가 고속으로 자라듯이 사방으로 가지가 뻗어 나갔다. 그 나무의 성장은 눈으로도 확연히 알 수 있을 정도로 빨랐다.

"뭐야, 이건. 솟아오르고 있잖아?!"

헝그리 녀석은 눈을 휘둥그레 뜨고 하늘을 응시하고 있다. 이질리스의 푸른 안개가 걷히기 전엔 잘 알 수 없었지만 안개가 걷히자, 검은 하늘을 더욱더 검게 만들 정도로 커다란 가지가 자라나 검은색의 잎사귀를 뻗었다.

"하늘을 감싸는 검은 가지……?"

가지들은 점점 늘어나 하늘을 완전히 메울 정도로 뻗어 나갔다.

알타크나의 성벽에서부터 뻗어 나온 가지였지만, 정확히 그것은 알타크나 성에서가 아니라 인근 지역이 시발점인 것 같다. 그 순식간에 자라난 가지, 그것은 나무의 형상을 하고 있다. 검고, 마치 죽음을 연상시킬 정도로 마른 가지에다가 하늘을 메울 정도로 무성히 많은 잔가지들과 거기에 달린 죽음의 잎사귀들……

"세계수……"

이미르는 하늘을 멍하니 바라보고 그렇게 말했다. 깜짝 놀란 것은 비단 이미르뿐만이 아니었다. 레스베르그와 그 일당들도 함께 하늘을 바라보고 있었다.

"이그드라실이 시동되어 가는 건가?"

레스베르그는 고개를 든 채 중얼거렸다. 바르하시온의 이그드라실 계획은 저 커다란 나무와 관련이 있는 건가? 아니, 저 나무 자체가 이그드라실이라고 불리고 있었다.

"피를 부르는 검은 마검……"

이미르가 불안한 얼굴로 이질리스를 바라보았다. 그것이 어떤 의미가 담긴 표정인지 잘 알 수는 없지만, 그 계집애는 이질리스의 일이 걱정이라도 되는 듯 어깨를 부르르 떨고 있었다.

이질리스는 세계수의 가지를 보고 있었다. 나뭇가지에 숱하게 많은 나뭇잎들이 달려 있지만, 다른 나무들처럼 생명의 빛을 띤 생생한 녹색이 아니라 죽음을 알리는 검은빛을 띠고 있었다. 게다가 멀리 있어서 잘 보이지는 않지만 살아 있지 않은 뻣뻣한 가지들은 바람에 쏠릴 때마다 마치 비웃는 것과 같이 스산한 소리를 냈다. 달빛은 그 거대한 나무에 가려져서 보이지 않고 세상은 어둠으로 싸이게 되어버린 것이다.

"이질리스?"

이미르의 불안한 목소리와 함께 이질리스의 몸이 가느다랗게 떨리고 있었다. 다른 녀석들은 아무렇지도 않는데 이질리스는 마치 괴로운 듯 자신의 목을 붙잡았다.

"괴로워. 숨이 막혀오는 것 같아."

이질리스의 입에서 괴로움에 찬 목소리가 흘러나왔다. 숨 쉬기 힘들 뿐 아니라 생명이라도 갉아먹히고 있는 듯이 이질리스의 얼굴은 파리해져 있었다. 이질리스의 힘은 계속 반감되었고, 이질리스의 힘으로 움직이던 시체들이 픽픽 땅 위에 쓰러져 버렸다.

"이질리스……."

그 녀석은 원인 불명으로 갑자기 쓰러질 듯이 토악질을 해댔다. 먹은 것이 없으니 뱉을 것도 없지만 속을 게워내는 듯 심하게 기침을 하고 죽을 듯이 파리해졌다.

"저 거대한 나무가 무언가……."

어떻게 손쓸 힘이 없어서 이미르는 난처하게 이그드라실을 바라볼 뿐이다. 그 모습을 보고 잠깐 어리둥절하던 레스베르그가 상황이 이해가 된 듯 손바닥을 마주했다.

"마검의 힘을 빨아들이고 있는 마검의 나무 이그드라실이라… 후후후……."

그 녀석의 말을 듣고 이미르가 입술을 깨물었다.

"저건 죽음을 불러일으키고 있는 나무야."

밸더는 그 말을 잇듯이 조용히 중얼거렸다. 그 녀석은 마치 어떤 것에 홀린 것처럼 그 새까만 나무를 바라보았다. 이제 빛은 거의 사라져서 보이지 않았다. 하늘을 완전히 뒤덮어 버린 것이다. 간간이 빛이 나무 틈 사이로 보이긴 했지만 조금만 있으면 그것도 보기 힘들어질 것이다. 사방은 어둠으로 뒤덮였다. 헝그리 하이브는 자신이 어떻게 해야 할 것인지 몰라 부메랑 검을 던지는 시늉만 하고 있었다. 레스베르그는 그런 헝그리를 보며 얼굴에 미소를 띠고는 다시 손을 들어 지시를 내리려고 했다.

"밸더?"

그러나 밸더의 시선은 어둠에 먹혀 버린 어떤 존재를 향하고 있었다. 그 존재는 어둠처럼 까만 날개로 날갯짓을 하고 있었다. 아니나 다를까, 그건 미드가르드였다.

레스베르그가 그쪽으로 시선을 돌려 보니 미드가르드가 사뿐히 그곳에 내려섰던 것이다.

"미드가르드?!"

건방진 녀석! 역시 그 녀석은 나에게 아는 척도 하지 않았다. 레스베르그만을 바라보면서 그놈을 질책할 뿐이었다. 그 녀석은 여유있는 모습이었다. 웃고는 있지만 얼굴의 반은 어둠 속에 묻혀 정확한 표정은 알 수 없었다.

"곤란합니다, 레스베르그. 너무 성급하지 않습니까? 카나님께서는 지금 당신이 돌아와 주시길 바라는데요."

그러나 레스베르그는 미드가르드의 그런 여유있는 얼굴이 마음에 들지 않았는지 손톱을 세웠다.

"네가 뭘 안다고! 이그드라실의 마검 따위가……!"

레스베르그가 성을 냈지만 미드가르드는 그럴수록 더욱더 냉정해지기만 했다.

"그렇기 때문에 더 잘 알지요. 이그드라실은 피를 원하고 있습니다."

미드가르드는 레스베르그의 손톱을 가볍게 날갯짓하여 피하면서 그의 귀에 속삭이듯이 말했다.

"모든 것은 당신의 뜻에 달려 있죠."

미드가르드는 잘은 들리지 않았지만 목소리를 잔뜩 내리깔고 말했다. 그러자 레스베르그의 안색이 바뀌었고 조금 후엔 다시 침착해졌다. 그 녀석은 날갯짓을 하며 자신의 뒤에 있던 붉은 독수리 일족을 불러 세웠다.

"카라트, 뒤를 부탁한다."

"알겠습니다, 수장."

레스베르그의 오른팔로 보이는 붉고 짧은 머리에 붉은 날개를 가진 녀석이 그 녀석의 지시에 수긍했다. 레스베르그는 어둠 속으로 날아올랐고, 조금은 분한 표정이었다. 레스베르그가 날아가자 다른 녀석들이 나와 밸더들에게 공격을 가하기 시작했다. 그러나 미드가르드는 가만히 있다가 날갯짓을 하며 날아가 버리려는 것이 아닌가.

저 자식, 날 잔뜩 놀려놓고 또 도망가려는 거냐?!

"잠깐 기다려!"

나는 그 녀석이 날아가는 데로 달리기 시작했다. 그 녀석의 날개는 비정상적으로 커서 조금만 날갯짓해도 멀리 달아나 버릴 테니까.

"카티스!"

내가 다른 놈은 관심없이 공갈 검의 검신을 들고 달리기 시작하자 이미르가 다급하게 외쳤다. 그러나 나는 그녀의 말을 무시했다.

"미드가르드, 당장 거기 서!"

내가 고래고래 소리치자 얼마간 장난치듯이 날아가던 녀석은 뒤돌아 조용히 내려섰다. 조롱이 가득한 얼굴로 그는 나를 내리깔아 본다.

"무슨 용무라도 있는 거야, 카티나?"

"당연한 말 하지 마, 이 수다 검 녀석!"

나는 숨이 차지는 않았지만 성이 나서 얼굴이 새빨갛게 달아올라 있었다.

"만난 지 그리 오랜만은 아니잖아. 난 엿보는 것을 그다지 좋아하지 않았는데… 카티나가 그럴 줄은 몰랐지."

미드가르드는 이질리스에게 자신과 손을 잡자고 권하고 있을 때 내가 엿보았다는 걸 알고 있었다. 저 녀석은 대체 무엇을, 어디까지 알고 있는 거지?

내가 녀석에게 흥분해 있던 순간 이질리스의 푸른 머리카락과 함께 검신에서, 아까는 아파서 쓰러지려다 검신에 들어갔던 이질리스의 모습이 드러났다.

"이질리스, 건강한 모습을 보니 기뻐. 이전에 내 제안을 거절했었지? 안타까워, 정말. 이그드라실은 더 많은 힘을 요구하고 있는데. 그리고 이것도!"

미드가르드의 손 안에서 혈석 펜던트가 딸랑거렸다. 이질리스는 애써 태연한 체했지만 얼굴이 너무나 창백했다. 미드 녀석, 이질리스에게 빈정거리고 있다니.

"이그드라실? 그런 건 몰라. 알고 싶지도 않아! 단지 날 가지고 논 네 녀석을 처치하기 위해서 온 것뿐이다."

"허어, 그래? 그래서 나를 어떻게 할 건데, 죽이려고? 봐, 넌 내가 이렇게 가까이 있어도 죽일 수 없잖아?!"

그 녀석은 장난치듯이 바로 내 코앞에 얼굴을 가져다 댔다. 빠르다! 이 녀석이 이렇게 빠른 스피드를 낼 수 있었던가? 내가 금방 피하지 못할 정도로!

그 건방진 녀석은 숨소리가 들릴 정도로 나의 가까이에 있었다. 그 녀석의 능글맞고 빈틈있어 보이는 행동에도 불구하고 나는 압도당해 숨을 쉬기 힘들 정도였다. 그러나 나는 그 녀석에게 압도당하고 싶지 않았다.

"죽일 수 없긴 왜 없다는 거야?! 내가 네 녀석을 죽이는 것은 쉬운 일이야!"

손 안에는 싸늘한 공갈 검의 검 손잡이가 잡혔다. 금속 감촉과 함께 그것은 슈욱— 공기를 가르는 소리를 냈다. 그러나 정작 있어야 할 목은 그 자리에 없었고, 미드가르드는 검날을 살짝 피한 채 가증스러운 미소를 짓고 있었다. 목은 멀쩡했다. 미드가르드가 내가 휘두른 검날을 저리도 쉽게 피할 수 있었다니.

"왜냐고? 넌 아직 너무 어리거든. 성장하지 못했다고 할 수 있을까?"

미드가르드의 몸은 가벼웠다. 지나치게 큰 날개일 텐데도 녀석의 몸은 중력을 거스르듯이 가벼웠다. 바로 그런 점이 더 마음에 들지 않는다. 그렇기 때문에 나는 본능에 몸을 맡겨 그 녀석을 공격했다.

"이 자식!"

네놈이 나이만 많으면 다냐! 그 딴 것은 하나도 안 부럽단 말이다.

나는 사검 이질리스를 크게 휘둘렀다. 크르릉— 소리와 함께 미드가르드의 손 안에는 검은 검날이 있었다. 크르릉— 소리는 녀석의 주변에서 들려왔는데, 마치 미드가르드의 몸 안에 늑대라도 있는 것 같았다. 포효 소리가 들릴 때마다 섬뜩해져서 몸을 제대로 가누기 힘들었다. 나는 절대 뒤로 물러서지 않으며 도약했다. 몸이 가벼워진 마당에 그걸 최대한 이용해야겠다는 생각이 들었다. 나의 송곳니가 서고 날카로운 손톱이 불쑥 튀어나왔다.

내가 마검 이질리스를 사용하자 사검의 힘이 솟구쳐 올랐다. 마치 이질리스가 나의 옆에 있는 것처럼 뛰어난 힘이었다.

거참, 공갈 검 녀석, 쓸 만하군.

"과연 람검의 힘과 사검의 힘이 합해지니 정말 탐나는걸."

수다 검 녀석의 얼굴은 반쯤 그늘이 져 있었는데 정적인 움직임으로도 잘도 내 검날을 피하고 있었다 저 재수없는 녀석! 난 빙글빙글 검을 돌려 녀석의 명치를 치려고 했지만 허사였다. 그 녀석은 가볍게 날아, 검으로 막지도 않고 그것을 피하면서 가볍게 땅에 착지했다.

그 녀석의 눈 안엔 내가 아닌 다른 것의 얼굴이 비쳤다. 내 뒤에 있는 푸른 물결과 같은 머리카락을 가진, 유난히 흰 살결의 소년이었다. 망할 놈의 나무가 자란 이후 좀 더 핏기 없어진 얼굴의 이질리스가 미드가르드의 눈동자 안에 거울과 같이 비치고 있었다.

"다시 한 번 제안할게, 사검 이질리스. 나와 함께 가자. 저런 멍청하고 도움도 되지 않는 인간 같은 녀석에게 빌붙어 있을 이유는 없잖아? 너는 어차피 자유로운 것을 바라지 않았던가?"

이질리스는 지금 지쳐서 힘들게 몸을 지탱하고 있는 상태였다.

마검의 대부분은 자기 회복 기능을 가지고 있어서 웬만한 일이 아니면 다시 건강하게 변할 수 있을 텐데 지금의 이질리스는 금방 쓰러지더라도 이상할 것이 없는 창백한 얼굴이었다. 그럼에도 불구하고 그는 미드가르드의 제안에 두 번 생각하지 않고 즉시 대답했다.

"난 이 나무의 영양분 따위가 되고 싶은 생각은 없어."

이질리스 녀석, 의외로 고집이 세군. 나로선 입가에 미소가 도는 것을 감출 수 없었다. 젠장, 내가 왜 이런 일 가지고 입이 찢어져라 웃고 있는 거람.

이질리스의 대답이 기대한 대로라는 듯 미드가르드는 한숨을 내쉬었다. 녀석의 손 안엔 검은 검날의 마검이 들려 있었고, 마치 짐승의 보호를 받는 듯한 그 으르렁거리는 소리가 공기를 통해 울려왔다. 음습해진 주변 분위기와 어울려서 그런 미드가르드의 모습은 꽤 그로테스크한 분위기를 연상시켰다.

"그렇다면 죽어라."

수다 검 녀석의 검신에서 주변을 살라먹고 있는 검은 기운을 배가시켰다. 답답해 올 정도로 강한 살기가 검을 타고 흘러내렸다.

"누구 마음대로!"

물론 이질리스 녀석을 마음대로 죽이게 두고 싶진 않았다. 이질리스 녀석이 딱히 예뻐서 그런 것이 아니라 수다 검 녀석이 마음에 들지 않아서 그런 것이었다. 난 단지 그런 것일 뿐이다라고 마음속으로 외치면서 온 힘을 다해 녀석의 검을 받아낼 만반의 태세를 갖추며 이질리스의 앞으로 나섰다. 나답지 않게 긴장한 탓인지 약간 숨이 차왔다.

나의 머리 위로 검은 그늘이 엄습해 온다. 나는 기합 소리를 내면서 검으로 원호를 그었다. 그때 이질리스의 푸른 검날로부터 나온 새하얀빛의 안개가 미드가르드 녀석이 내뿜은 숨 막히는 기운을 가시게 했다. 이질리스 녀석은 나의 앞에 서 있었다.

"이질리스?"

이질리스가 쳐준 방어막은 얼마 가지 않을 것이다.

미드가르드의 몸 안에서 검은색의 늑대, 이전에 보았던 그 괴물개가 나타났다. 이름이 펜리르라고 했던 것 같은데, 그런 이름 따위 이런 상황에선 관계없었다.

괴물 늑대의 형체는 어둠에 묻혀들어 버렸고, 그 형체나 크기는 잘 알 수 없었지만 그 살기는 이곳에 있는 모든 공간을 가득 채우고도 남을 정도였다.

펼쳐져 있던 수풀들이 땅으로 누워버린다. 미드가르드의 움직임이 빨라졌다.

슈우욱—

거친 바람 소리가 났다!

이질리스가 바람의 힘에 저항하기 위해 반쯤 눈을 감았다.

"크읏……!"

"크르렁!"

어둠 속에서 야광과 같이 두 눈을 빛내는 괴물 늑대. 그것은 미드가르드의 지시에 따라 이질리스를 노리고 있었다.

미드가르드의 손 안에서 뿜어 나오는 지능을 가진 짐승, 거대한 늑대의 모습을 한 펜리르가 이질리스를 덮쳐 왔다. 날카로운 이빨은 이질리스의 어깨를 노렸다. 한순간의 일이었기 때문에 내가 별달리 손쓸 방도가 없었다. 이질리스의 주위를 감싸던 물의 기운이 폭발하며 튕겨 나갔고, 커다란 늑대 펜리르의 이빨이 그 녀석의 어깨를 파고들었다.

이질리스를, 그 큰 입으로 삼키려는 듯이 이질리스의 어깨를 덮쳤다. 아니, 아니었다. 어깨를 덮치려고 한 것이 아니라 목을 물어뜯으려고 한 것이었으나 이질리스가 피하는 바람에 어깨를 물고만 것이다.

"이질리스!"

붉은 선혈! 마검의 핏빛이 저리도 붉은색이었단 말인가?!

이질리스는 바르르 떨리는 입술을 질끈 깨물고는 푸른 검날에서 수기(水氣)를 드러냈다. 내 손에 들려 있던 검날에서 수기가 드러나고, 이질리스의 주위에 작고 투명한 물방울들이 그 녀석의 몸을 보호하고 있었다. 마치 그것은 마법사의 마법과도 흡사했다. 나는 그것을 확인한 후 그 늑대에게 달려들었다. 그 늑대를 이질리스에게서 떼어놓을 생각이었다.

"꽤 괜찮은 힘이로군."

미드가르드는 나를 조롱하듯 말했다. 나는 공갈 검의 힘을 이용해서 펜리르에게 공격했다. 펜리르는 내가 녀석의 어깻죽지를 찔렀는데도 불구하고 마치 이쑤시개에 맞은 것처럼 별다른 반응을 보이지 않은 채 이질리스만을 노리고 있었다.

다행이라고 할 수 있는 것은 이질리스가 정신을 잃지는 않았다는 것이었다.

"크르릉!"

게다가 이질리스가 가느다랗게 눈을 뜬 것을 보면 뭔가 생각이 있는 듯했다. 항상 쇠사슬이 걸려 있던 물리지 않은 쪽 어깨의 손목이 파르르 떨렸다. 이질리스의 주위에 안개가 드리워지면서 펜리르의 오른쪽 어깻죽지에 꽂은 푸른 검날이 마치 모든 것을 비추어 버릴 정도로 투명하게 되었고, 그 검날이 주축이 되어 거대한 폭발을 일으켰다.

화약과도 같이 불꽃을 내는 폭발은 아니었지만 펜리르 내부에서부터 생긴 폭발인지라 그 괴물 늑대의 살점이 곳곳으로 튕겨 나갔고, 한순간 펜리르의 이빨이 둔해졌다. 그사이에 이질리스는 몸을 빼냈다.

"윽……!"

그와 동시에 반동과도 비슷하게 방어막이 분산되었고, 힘이 솟구치면서 미드가르드에게로 뻗어 나갔다. 빙글빙글 회오리라도 불어오듯이 거세게 밀려오는 힘의 파동 때문에 미드가르드의 모습도 잠시 어둠 속에서 사라졌다. 그 미드가르드조차도 그 힘에 밀려나 버린 것이었다.

이질리스는 휘적휘적 고장난 인형처럼 중심을 잡으려고 애썼지만 그것은 쉽지 않은 일이었다. 이질리스는 옷도 다 찢겨 나갔고 살점이 떨어질 정도로 너덜너덜해져 있는 데다가 다리도 풀린 상태였다.

"크흐!"

이질리스의 어깨는 피투성이였다. 만일 이질리스의 힘이 방출되지 않았다면 더 큰 상처를 입었을 것이다. 하얀 뼈가 드러날 정도로 찢기고, 물리고, 상처 사이로 샘솟듯이 붉은 피가 흐르고 있다. 얼굴은 아까 전과 마찬가지로 창백했다. 몸 밖으로 피가 많이 빠져나와서 그런가 보다.

"이질리스!"

이질리스의 힘이 잠잠해졌을 때, 녀석은 낙엽이 스러지듯 힘없이 쓰러져 버렸다. 나는 녀석의 몸을 받았는데, 이질리스의 몸이 쓰러지면서 내 몸이 전과 같은 남자의 몸으로 변화되어 가는 것을 느꼈다.

어라? 나는 내 몸이 다시 카티스의 몸으로 돌아가는 것을 보고 의아하게 생각되었다. 손과 발은 커졌고 몸집도 훨씬 커졌다. 저주가 풀린 것처럼 내 몸은 다시 남자의 몸으로 돌아가고 있었다.

"아르스리르……!"

거의 반쯤 눈을 감은 이질리스는 변해가는 내 얼굴을 보고 중얼 거렸다. 숨을 헐떡거리고 있는 것은 아니었지만 어깨가 들썩이고 체온이 올라가는 것으로 보아 나름대로 많이 아팠나 보다. 조금 더 있으면 끙끙 앓고 기절이라도 할 것 같았다.

이렇게 내 몸이 돌아왔다는 것은 수다 검에게 이상이 생겼다는 증거일 텐데, 그렇다면 그 녀석도 이질리스의 힘을 받아 타격을 입었다는 말이로군. 이질리스의 상처는 컸지만, 아마 마검 안에 들 어가면 나아지지 않을까 하는 생각이 들었다.

내가 입고 있던 옷이 작아져서 불편하고 귀찮았다. 이럴 때를 대비해 큰 것을 입고 있긴 했지만 그래도 옷으로써의 기능을 충분 히 하지 못했기 때문에 나는 셔츠를 벗어 이질리스의 어깨를 감싸 주었다. 피가 번져 나와 금세 밝은 계열의 옷을 피로 붉게 물들여 놓았다. 건방진 녀석 같으니. 감히 이 내가 입었던 옷을 피로 물들 여 놓는단 말이냐? 나는 가슴이 조금씩 뛰는 것을 느꼈다. 그것은 기대가 되어서도 아니고 즐거워서도 아니었다. 그럼 이 감정은 뭐 란 말이냐?

"괜찮냐? 그러기에 마음대로 나선 놈이 바보인 거다."

평소보다 더 비꼬는 목소리로 나는 놈에게 말했다. 멍청한 녀석. 나는 그런 너의 멍청함이 싫다. 생명체라면 무엇보다도 자신의 목 숨을 우선시하는 것이 당연한 것 아니던가.

"아무렇지 않아. 조금 다친 것뿐이야."

이질리스는 다친 어깨까지 으쓱대면서 괜찮은 척했다.

자신은 조금이라고 하지만 녀석의 어깨에 입은 상처에서는 여 전히 피가 솟아나고 있다. 물어뜯겼다면 더 흉측한 몰골이 되어 있었겠지만 다행히 물린 상처 외의 다른 상처는 잔상처뿐이었다.

만일 검신 안에만 들어간다면 마검이니까 자기가 치유할 수 있겠지.

그런데 정말 그럴 수 있을까?

이질리스의 현재 상황이 생각보다 좋지 않다는 것을 나는 알고 있었다. 저 덩치 큰 이상한 나무가 자라나 버리면서 이질리스 녀석의 몸 상태가 나빠진 데다가 지금은 상처를 입지 않았던가.

"크르르……."

아직도 짐승의 울음소리가 계속되는 것으로 보아 수다 검 녀석은 이질리스의 힘에도 멀쩡하게 살아 있다는 뜻이리라. 펜리르 역시 아직까지도 멀쩡해 보였다. 이질리스의 힘의 파동으로 인해서 주위의 나무들이 꺾여 나가 있었고, 그 사이로 칠흑과 같은 어둠 속에서 검은 옷을 입은 남자가 그림자처럼 뚜벅뚜벅 걸어나오는 것이 보였다.

나는 숨을 죽였다.

그 녀석이 그렇게나 두렵게 보인 것은 처음이었다.

미드가르드 녀석의 몸엔 공갈 검의 힘으로 인한 상흔이 남아 있었다. 그 외에 다른 부분은 멀쩡해 보였다. 그 녀석은 나에게 걸어오고 있었다. 나는 옆에 떨어진 공갈 검을 집으면서 언제라도 뛰쳐나갈 수 있도록 만반의 태세를 갖추었다.

"돌아왔네. 조금 아쉬운데?"

여전히 자신만만한 녀석이었다. 조금 타격을 입었나 했더니, 왼쪽 뺨에 약간 스친 상처가 나서 한줄기의 피가 흐르는 것을 제외하곤 바람에 찢겨진 상처로 급소는 맞지 않은 것 같다. 미드가르드는 무언가 나에게 던져 주었다.

"너, 지금 옷이 없으면 곤란할 거 아냐?"

이 자식이……

그가 던진 것은 말 그대로 옷이었다. 미드가르드는 함께 여행을 했었던 만큼 나의 사이즈는 잘 알고 있었다. 게다가 놈과 나의 체격은 비슷하니까 아마 자기 옷의 여분을 던져 준 것일 것이다. 옷을 준비해 왔다는 것은 내가 이렇게 될 것을 알고 있었다는 것인데, 그 덕에 나는 께름칙한 생각이 들어 다시금 놈에게 그것을 던져 주고 싶은 생각이 들었다. 그러나 아직 정상이 아닌 이질리스를 보니 섣불리 공격할 수도 없었기 때문에 그저 입술만 깨물고 있을 수밖에 없었다.

"다시 돌아온 것은 유감이긴 하지만… 어쩔 수 없잖아?"

미드가르드 녀석이 눈웃음쳤는데, 난 금방이라도 뛰쳐나가 녀석을 치고 싶은 것을 억지로 참았다. 게다가 어둠 속에서 발자국 소리와 함께 빛이 비추었다. 그것은 바나 인의 마법의 힘이었다.

"카티스!"

"이미르?"

이 계집애는 수다 검과 내가 마주 보고 있는 순간 나타난 것이다. 이미르는 내가 부축하고 있는 이질리스가 흘린 어마어마한 양의 피를 보고 깜짝 놀랐다.

"이질리스!"

이질리스를 보고 이미르가 달려왔는데, 그러다가 미드가르드를 발견하고 흠칫 놀라 걸음을 멈추었다.

"아아, 로드도 오랜만이로군. 그런데 왜 그런 모습으로 있는 거죠, 네?"

"미드가르드, 여긴 왜……?"

이미르는 불안한 얼굴로 난감해하고 있었다. 이 계집애는 마치 무엇이라도 들킨 사람처럼 파리해진 얼굴인데다가 그 작은 손을 덜덜 떨고 있었다. 내가 커지고 보니 이미르의 존재가 더욱더 작게 느껴졌다.

"로드야말로 그 자리를 원하고 있지 않았을 텐데요."

미드가르드는 이미르를 보고 생글생글 웃는다. 그러나 이미르는 대답이 없었다.

"시끄러워! 이 자식, 네 녀석이야말로!"

나는 미드가르드 녀석에게 소리쳤다. 이젠 몸이 돌아왔다. 이젠 저 녀석을 칠 수 있을 것이다. 그때 이미르가 휙 고개를 돌려 나의 곁으로 왔다. 내가 반라가 되어 있는 것을 보고도 아랑곳하지 않으며 이질리스에게 다가가 상태를 묻는다.

"카티스, 이질리스의 상탠 어때?"

이질리스는 지금 겉으로 보기에도 상당히 힘들어 보인다. 이질리스는 아직 눈 뜨고 있었지만 그것을 언제 감아도 이상하지 않은 상태다. 하지만 베인 것은 오른쪽 어깨인데다가 심장—마검의 심장이 어디 있는지는 잘 모르겠지만—과도 거리가 멀 테니 괜찮을 것이다.

"이 녀석은 괜찮을 거야."

괜찮아야 한다. 괜찮아야만 한다. 그렇게 이 녀석은 지금까지 살아오지 않았던가. 그리고 피는 많이 흘렸지만 마검들이라면 그 정도로 죽거나 산산조각이 나거나 하진 않을 것이다. 아니, 어떤 이유이든 이 녀석은 죽어선 안 된다. 반드시 살아야만 한다. 그것이 내가 원하는 일이니까.

"으으……"

이질리스는 신음 소리를 냈다. 그 순간은 미드가르드도 미드가르드의 개도 가만히 있었다. 그 개의 울음소리는 이미 사라진 지 오래다. 언제부터인가 펜리르의 그르렁거리는 소리가 들리지 않았다. 그 늑대야말로 죽어버렸나?

이미르가 이질리스의 지혈을 하는데 미드가르드는 빈정거리며 뒷짐을 진 채 나오는 반대쪽으로 핑글 돌아봤다. 녀석은 눈을 아래로 내리깐 채로 싸늘하게 말했다.

"이질리스, 아직 죽어선 곤란한데……."

"수다 검, 네놈 무슨 생각을 하고 있는 거냐!"

"난 특별한 생각은 하지 않았어."

미드가르드가 나를 돌아보았는데 역시나 소름 끼치는 모습이었다. 짐승이 몸에 들어서 그런지 몰라도 예전의 부드럽기만 한 녀석과는 달라 보였다. 그 녀석의 모습은 마치 살기와 암흑으로 뒤덮여 있는 것 같았다. 나와 저 녀석을 두고 볼 때, 내가 아니라 저 녀석이 라그나라고 해도 믿을 정도였다.

"손님이 왔군."

수다 검은 빙글 자신의 검을 돌리며 비스듬하게 그것을 꺾었다. 미드가르드의 팔을 통해 날아온 묵직한 어떤 것이 부딪침을 느꼈다.

은발 머리! 어둠 속이라 잘 보이지 않지만 덩치 크고 초점없는 푸른 눈을 한 남자였다.

"밸더!"

"아아, 이제 다른 떨거지들까지 오는 거야? 즐겁기도 하고 약간 씁쓸하기도 하군."

미드가르드 녀석은 여전히 여유있었다. 그러한 여유 사이에서 밸더의 거센 공격은 계속되었다. 미드가르드도 밸더의 실력은 이미 알고 있는 터였다. 저 녀석은 빠른 데다가 살인 기계와 같이 정확하다는 것을 잘 알고 있었다.

"기다리고 있었다, 널!"

밸더는 기계와 같이 감정없이 말했다.

"뭐?"

"넌 나와 같은 눈을 하고 있으니까."

미드가르드의 물음에 그는 녀석답지 않게 주저하지 않고 말했다. 미드가르드는 녀석의 말에 입을 다물고 폴짝 뛰어, 커다랗게 뻗어 나온 이그드라실의 나뭇가지 위에 서서 동쪽을 바라보았다.

"사인의 바람, 별로 달갑지 않은 말을 하는군. 보고만 있으시면 어떻게 합니까? 제가 너무 불리할 것 같지 않습니까, 로키님?"

역시 혼자는 아니었군, 미드가르드. 나는 이를 으득 갈았다. 아직도 이질리스 녀석의 몸에선 열이 끓고 있다.

"그 잘 돌아가는 혀는 여전하군. 결국 자기 혼자 모두 상대할 수 있으면서 그렇게 말하다니 역시 미드가르드다운걸? 하지만 이그드라실의 힘이 최고 치가 된 이상 네 힘도 그만큼 뛰지 않았던가?"

"그렇게 과대평가하시면 불쾌합니다. 그래 봐야 전 로키님의 반도 못 살았지 않습니까?"

"네가 하는 말은 항상 겸손인지, 아니면 나를 놀리려고 하는 것인지 잘 모르겠군."

'놀리다니 당치 않아요' 라는 투로 미드가르드는 양손을 활짝 펴고 손바닥을 보였다.

"로키……."

로키가 나타난 후로 이미르는 안색이 한층 더 파리해져 있었다.

그 은흑발의 남자가 어둠 속에서 얼굴을 드러냈는데 무거운 갑옷 같은 것을 걸치지 않은 편한 정장 차림으로 눈앞에 나타났다. 그는 이미르를 이미 알고 있다는 듯이 바라보고 있었다.

"이미르, 이런 곳에 있을 줄은 몰랐군. 아니, 이미르의 반쪽이라고 해야 맞는 말이던가? 바나 인의 마법이라는 것은 무궁무진하니까 말야."

"로키, 난……!"

이미르의 어깨가 흔들렸다. 그러나 어둠 속에서 바라보는 로키의 눈은 이미르의 움직임을 얼어붙도록 만들기에 충분한 것이었다.

"배신하는 건가, 마법사 이미르?"

로키의 물음에 이미르는 더듬거리던 말을 멈추고 화를 내기 시작했다.

"배신 같은 것은 처음부터 없었어. 그렇다면 반신을 남겨두고 올 리가 없잖아?"

"알고 있어. 정색하면 예쁜 얼굴이 일그러지기 마련이지."

그런 이미르가 마음에 들었는지, 로키는 능글맞게 빙글빙글 웃으며 무언의 압력을 넣었다. 로키가 자신을 놀리고 있다는 것을 알고 있었던지 이미르의 얼굴은 시무룩해져 있다. 심통나서 부은 얼굴로 대답하지 않다가 이질리스의 상처에 자신의 손을 가져다 댔다. 아무래도 이질리스의 치료가 급하다고 생각한 모양이다.

"괜찮아. 이제는 아프지 않아."

이질리스는 이제 일어날 수 있다는 듯 이미르의 손을 뿌리쳤지만 난 놈의 머리를 쥐어박았다.

"고집 부리지 마, 이 자식아."

네 녀석이 죽으면 난 네 녀석을 평생 저주하면서 살아갈 거다. 멍청하게 죽어버리는 것만큼 기분 나쁘고 가슴에 남는 일은 아마 없을 테니까.

이질리스가 누워 있는 가운데 로키가 조용히 바닥에 내려섰다. 그 녀석은 여전히 기분 나쁜 웃음을 만면에 띠고 빌어먹을 나무가 가려 버린 모든 것을 보면서 흐뭇한 표정을 지었다. 그 뒤에는 얄미운 수다 검 녀석이 있었다.

"세계수 이그드라실을 배경으로 만나는 것도 그럭저럭 낭만적인 일이로군."

"어떤 낭만 말입니까?"

수다 검 녀석도 이해가 가지 않았는지 상식적이지 못한 로키의 혼잣말에 반문했다.

"이를테면 생명을 갉아먹는 소리라고나 할까. 그런 소리가 들리는 것 같아 기분이 좋아지는 것 같아."

역시 미친놈들, 이질리스의 일이 아니었다면 후려갈겨 버렸을 텐데.

"로키님, 그러니까 마치 모든 것이 끝나기 직전에 마지막 보스가 주인공에게 모든 것을 이야기해 주기 직전의 모습 같네요."

거기에 대고 뭐가 기분이 좋은지 수다 검 녀석이 난처한 표정을 지으며 웃어넘겼다. 그러고 보니 녀석의 주변에 있던 짐승의 기운이 묘하게 사라져 버려 이미 흔적조차 남아 있지 않았다. 펜리르라고 했던가, 그 괴물의 모습은 전혀 보이지 않는다. 심지어는 기운조차 느껴지지 않았다.

"그런가? 난 이것이 끝은 아니라고 생각하고 있는데."

이질리스의 상처에선 여전히 피가 흘러나오고 있었다. 지혈을 해서 그 양이 적어졌지만 이질리스 녀석은 빈사 상태에 빠진 듯 눈을 뜨지 못했다. 초조한 마음이 불현듯 들기 시작했다. 암흑이라고 말할 수 있을 정도의 짙은 어둠이 깔렸고, 이질리스의 거친 숨소리가 귓가에 들려왔다.

수다 검에게 달려들었다가 오도카니 서 있던 밸더는 마치 무엇에 홀린 사람처럼 로키의 모습을 응시하고 있었다. 그 로키라는 녀석은 검은 잔가지가 뻗어 가려진 하늘을 그 푸른 눈에 담아내고 있었다. 은흑발의 싸늘한 얼굴. 그 녀석이 응시하고 있는 곳에선 두 마리의 까마귀 형상이 느껴지고 있었다.

두 마리의 까마귀를 데리고 다니는 녀석 하면 생각나는 것은 당연히 오스키 녀석이다. 그 애꾸 놈이 이 근처에 있는 것을 로키는 알고 있었던 듯싶다. 그리고 또 다른 한 가지, 헝그리 녀석의 모습이 보이지 않는다. 그 녀석은 길이라도 잃은 것이 아닌가 하는 것이 내 생각이다.

이미르의 손에선 여전히 희뿌연 빛이 발산되고 있다. 이질리스 녀석의 다친 어깨를 치료하고 있는 이미르의 얼굴도 덩달아 창백해져 있었다. 겉으론 당당하고 태연한 체하지만 그 계집애도 속으론 불안한지 손이 떨리고 있었다. 아마 저 녀석들이 나타났다는 것만으로도 정신적인 충격을 받았나 보다.

그런 사이에 나도 급한 대로 수다 검 녀석이 준 옷을 입고 이 기분 나쁜 상태에 대처했다. 잠시간 아주 조용했다.

푸드덕—

새들의 날개 소리가 들리며 고요의 시간은 깨져 버렸다. 이미 폭풍 전의 고요는 사라져 버린 것이다. 그러나 정작 그 애꾸의 모습은 나타나지 않았다. 붉은 독수리 일당의 잔재도 남아 있지 않은지 암흑 속으로 사라져 버렸다.

"...으... 음......"

정적이 흐른 후 이질리스의 입에서 반가운 신음 소리가 들려왔다. 가느다랗게 벌린 입술은 메말라 있었고 고통으로 인해 약간 떨고 있었다. 푸른 머릿결은 땅으로 흘러내려 검은 풀잎과 뒤섞여 엇갈려 있었다. 이미르는 그런 이질리스를 바라보며 이마를 닦아 내렸다.

"조금 괜찮아지긴 했는데 여전히 무리하면 안 될 것 같아."

이미르는 한숨 돌리면서 눈을 감고 있는 이질리스 녀석을 바라보았다. 나 역시 이질리스의 숨소리가 이전보다 고른 것을 보고 약간 안심했다. 내가 그러한 이질리스의 상태를 보고 있었을 때 밸더와 로키는 의외의 만남을 시작하고 있었다. 밸더를 바라보는 로키의 눈은 반가우면서도 기쁨을 드러내고 있지는 않았다. 뭐랄까, 기쁨이 아니라 증오가 눈에 서려 있었다고 하면 좀 더 그 상태를 잘 표현할 수 있을까.

"밸더, 오랜만이로군."

"......"

밸더는 자신을 잘 알고 있는 로키가 마음에 걸렸는지 공허하게 로키를 응시했다. 그의 앞에 로키의 이죽거리는 얼굴이 떠올랐고, 밸더는 머리라도 아픈 듯 이마에 손을 가져다 댔다.

"아니, 넌 나를 기억 못하겠지. 난 네가 태어났을 때를 기억하고 있지만."

"......"

검을 뽑아 달려들 태세. 밸더는 로키를 적으로서 인식하고 있었다.

"성급하게 굴면 못쓰지. 나는 네가 이렇게 배회하고 있을 줄은 몰랐다."

"…넌 나를 알고 있는 건가?"

굳게 다물었던 입을 연 밸더에게 로키는 싸늘한 미소를 보이며 은빛 날의 검, 마검 아스가르드를 꺼내 들었다. 아스가르드의 몸이 담긴 그 검날은 그의 손 안에서 빛나고 있었다.

"알다마다. 네가 그렇게 원하는 죽음도 내가 선사해 주지."

로키는 무엇이 그렇게 즐거운지 터져 나오는 웃음을 참을 수 없다는 표정을 지으며 은색의 검 아스가르드를 들었다. 밸더는 특별한 말은 하지 않았지만 로키의 도전을 받아들일 생각인 것 같았다.

"근래 니드호그가 보이지 않는군."

밸더의 공격 신호를 보고도 로키는 여유를 보이며 니드호그를 찾고 있었다. 헤에, 그렇다면 로키는 니드호그의 부재의 이유에 대해서 모르고 있었단 말인가? 혹시 미드가르드가 그 사실을 말하지 않았단 말인가.

그의 말을 듣고 있던 미드가르드는 어깨를 으쓱했다.

"그는 자유 분방한 성격이니 어디선가 잔인한 걸 찾아다니고 있겠죠."

저런 뻔뻔한 녀석! 니드호그를 데려가 버린 것은 미드가르드, 네 녀석이 아니었던가.

미드가르드의 말에 로키는 약간이지만 눈살을 찌푸렸다. 그러나 미드가르드는 시치미 뚝 떼고 있었다. 로키도 증거가 없으니 더 이상 그에게 물어볼 수 없었다.

미드가르드는 고개를 돌리고 나에게 말했다.

"자, 난 이질리스와 너에게 용무가 있어."

"뭐야?!"

이 녀석이 웃는 것을 보면 오히려 불안하다. 녀석이 나에게서 떨어져 적이 된 후부터는 더욱 그렇다. 그 녀석은 나에게 손을 내밀었고, 나는 그것을 철저히 무시하고 있었다.

"그만 나와 함께 갈래?"

닥쳐라, 웃기는 녀석!

"하지만 네가 그걸 바라고 있지는 않을 테니……."

미드가르드 녀석의 그 말과 함께 녀석과의 승부는 시작되었다.

그 녀석과 싸운 것이 처음은 아니었다.

미드가르드와 처음 싸운 것은 이미르가 그를 마검으로써 손에 들고 있을 때였다. 미드가르드는 그때 마법사의 검이었다.

그러나 지금은 자력으로 싸우려 하고 있었다. 검술 실력이나 그런 것을 떠나서 그 녀석은 아시르 인에게 뒤지지 않는 마법을 사용할 수 있는 마검이 아니던가. 이것은 나에게 불리한 싸움이었다. 나의 푸른 검날과 미드가르드의 검은 검날이 마주하면서 나는 그 녀석의 얼굴을 노려보았다.

"스승님!"

이 목소리는… 헝그리 녀석이 등장한 것인가!

헝그리는 잔뜩 폼을 재면서 달리며 눈앞에 나타났다. 그리고 높은 곳으로 폴짝 올라가더니 어설프게 정의의 용사 흉내를 내기 시작했다. 그러나 근육 덩어리가 되어버린 헝그리의 그림자진 얼굴은 그로테스크한 데다가 괴기스럽기까지 했다.

"스승님! 이 제자이지만 청출어람이 되어버린 정의의 히어로 헝그리가 등장했습니다. 마음 푹 놓으십시오!"

크흑, 저 미친놈!

"자, 내가 있으니 악당은 모두 문제없다. 자, 빛의 검을 든 나를 따르라!"

더 이상 듣기 힘들 정도로 유치해져만 가는군. 수다 검 녀석도 헝그리 녀석의 작태에 그만 웃어버리고 말았다.

"누가 너 같은 놈을 따른단 말이냐!"

그러나 헝그리는 자칭 스승인 나의 말에도 전혀 반응을 보이지 않았다. 검은 나뭇가지 사이로 명마 샤이 치케의 모습이 보였다. 저 말은 언제 저기서 나타난 걸까? 윤이 반질반질 흐르고 토실토실한 것을 보니 엄청 먹어대긴 했던 모양이다. 그래도 명마는 명마인지 헝그리의 말을 주인의 명령으로 알아듣고는 그 녀석을 따라오고 있다.

"푸하하하하!"

역시나 로키는 웃음을 터뜨렸다. 밸더는 진지한데 로키 그 자식은 여유가 있었다.

"난 악을 응징하러 온 정의의 용사다! 네깟 것이 웃는다고 해서 이 정의의 용사 헝그리가 동요할 줄 아느냐?! 정의는 분명히 승리한다. 빛과 어둠에서 마지막에 이기는 것은 빛이기 때문이다."

어느 영웅전에나 나올 것 같은 말을 줄줄이 읊어 내리는 헝그리 녀석의 말에 웃어서는 안 되는 때인데도 불구하고 이미르도 웃어버렸다.

"스승님, 전 영원히 정의의 편입니다. 이 세상을 절대 악에 물들도록 하지 않겠습니다."

헝그리 녀석이 전혀 믿음직스럽지 않은 말을 하며 부메랑 마수 검을 하늘 높이 치켜 올려 세웠다. 가느다란 빛이 들어와 마수 검에서 광채가 나더니, 그것은 헝그리의 도약과 함께 로키에게로 달려 들어갔다.

그러나 그 모습을 본 로키는 위화감없이 빙긋빙긋 웃을 뿐이다.

그렇겠지. 헝그리 놈의 정신 나간 모습을 보고 제정신으로 심각한 표정을 하고 있을 놈은 세상에 아무도 없을 테니까. 헝그리는 나날이 갈수록 그 증세가 심각해져 가는 것 같다. 게다가 자기자신은 더 더욱 확고한 신념의 사나이가 되어가는 것 같아서 더욱더 엽기적이라는 생각이 들었다.

"하하하하! 정의는 승리한다! 아침이 되면 달이 지듯 태양은 승리하는 것이다! 난 정의의 용사 헝그리! 무적의 그 이름을 칭송하라!"

어디서 허접한 영웅 소설이라도 읽었던 모양이로군.

"정말 여전하군."

미드가르드 녀석도 황당한 얼굴을 웃음으로 감추고 있었다. 그런 외중에도 검은 검날과 푸른 날의 사검의 검신이 부딪쳤다. 수다 검 녀석이 약간 크긴 하지만 키와 체격은 비슷비슷하지 않은가! 힘이라면 나도 놈에게 지지 않는다고 생각한다. 헝그리 녀석은 로키 때문에 피떡이 되든, 밥이 되든 알아서 하겠지. 다시 수다 검 놈과 나는 본론으로 들어가게 되었다.

헝그리 녀석이 나타난 후 다소 긴장감이 떨어지고 있는 것 같던 분위기는 다시 무거워졌다.

수다 검 녀석과 검을 맞대게 된 것이다. 로키 이상의 여유를 가진 녀석에게 나는 꼭 물어보고 싶었던 말을 물어보았다.

"네 녀석, 이럴 목적으로 나에게 다가왔던 거냐?"

미드가르드는 대답할 의사가 없는 것처럼 싱글거리기만 할 뿐이었으며, 내 공격을 가볍게 받아낼 뿐이다. 마치 등에도 눈이 있는 것처럼 어느 장소가 자신에게 유리한지 꿰뚫고 있었던 것이다.

"대답해!"

"너에게 말할 이유는 없을 것 같은데?"

빙긋 웃으며 이질리스의 검날을 받아내는 수다 검 놈은 정말 얄미웠다.

"이 자식!"

평소에는 잘도 나불거리면서 이유조차 말해 주지 못한단 말이냐, 이 수다 검 녀석!

"난 네 곁에 있겠다고 약속하지도, 말하지도 않았어. 사람에겐 나름대로의 길이 있지. 나에게는 이그드라실의 마검으로서의 길이, 너에겐 가넬이자 아시르 인으로서의 길이 있는 거야. 그 길에는 교차로도 있고 갈림길도 있어. 그리고 어쩌면 같은 장소에서 만나야 할 운명일지도 모르지."

"돌려서 말하지 말고 똑바로 대답하라고!"

그런 식의 대답을 듣는다 해도 결코 시원하게 생각되지 않았다. 물론 대답을 듣고 '아아 그랬냐?' 라고 말할 성격도 아니었고, 화가 다 풀어질 리도 없었다. 그리고 저따위 식으로 대답하는 미드 녀석은 절대 용서 못한다. 날 배신한 대가는 톡톡히 치르게 해주겠다.

"내 대답은 틀리지 않았어."

"그래서, 그래서 이질리스에게 저런 식의 상처를 입힌 건가? 날 계집애의 모습으로 만들어놓고 즐거웠었냐, 이 이상한 성격의 마검 녀석!"

이질리스에게 상처를 입힌 녀석이 증오스러웠다. 사지를 갈기갈기 찢어버려도 시원치 않을 정도다.

"그건 마음대로 생각해도 좋아, 어리석은 카티스."

"이 자식이?!"

나는 수다 검 녀석을 죽일 각오로 달려들었다. 그런데 의외의 부러진 마검이 날아오는 바람에 잠깐 멈칫하고는 뒤로 폴짝 뛰어올랐다.

"엥?"

뭐지? 헝그리 녀석의 부메랑이 왜 이쪽을 향하고 있던 거지? 목표를 맞추지 못한 부메랑 검은 핑글핑글 돌아서 헝그리의 손에 들어가 있었다. 헝그리는 고개를 푹 숙인 채 온갖 폼은 다 잡고 있었다.

"헝그리, 네 녀석?!"

그 녀석은 고개를 들고 나를 노려보았다. 녀석의 눈에는 눈물이 글썽글썽하다.

"스승님, 그것이 사실인가요?!"

그 얼굴에 눈물 글썽이지 말아라, 두렵다.

"닥쳐! 지금 이 상황에서 뭘 물어보려고 하는 거야?"

"사실입니까, 스승님이 절 이용하고 있는 악당이라는 것이?!"

뭐야, 이것이 보자보자 하니까 못하는 말이 없네.

"닥치고 저리 가라고 했잖아!"

"만일 그것이 사실이라면 전 스승님, 아니, 이젠 스승님도 아니야. 당신을 용서하지 않을 겁니다!"

"이 자식이?!"

저 미친 녀석이 신경질나는 걸 더 돋우고 있군. 게다가 내 말은 원래 들을 필요도 없이 녀석의 심지는 굳어져 있는 것 같았다. 필시 로키에게 무슨 세뇌라도 당한 모양이다.

"가넬이라는 인간의 피를 빨아먹는 무시무시한 라그나 라그나드인데도 불구하고 순진 무구한 로열 히어로인 나를 이용하려고 했다니, 전 정의의 편에 가서 붙겠어요!"

그게 무슨 귀신 씨나락 까 먹는 소리냐! 대체 로키에게 무슨 말을 들은 걸까? 게다가 너무 유치해서 어느 장단에 놀아나야 할지 대체 알기가 힘들었다.

"이 악당! 로열 히어로의 힘을 보여주겠다!"

저 얼간이, 헝그리 녀석이 부메랑 마검을 들고 달려들기 시작했다. 로키, 헝그리 녀석을 잘도 세뇌했군! 말이 세뇌지, 보나마나 헝그리 녀석을 그렇게 만드는 것은 쉬웠을 것이다. 알고 보면 용사 이야기만 하면 부려먹기 쉬운 비극의 용사 마니아니까. 나는 달려오는 헝그리를 발로 차서 한 방에 날려 버렸다.

얼굴에 신발 자국이 난 헝그리는 뒤로 나자빠져 버렸고 헤롱헤롱한 얼굴로 뒤집어져 있었다.

젠장, 이제 조용하네. 나중에 시간 나면 저 녀석을 절벽에 버려야겠다. 그런 헝그리의 모습을 보고 수다 검 녀석은 심각한 표정으로 말했다.

"어차피 네 편은 없어, 카티스."

저런 건 원래 내 편이 아니었어. 그리고 난…….

"내 편 따윈 필요없어!"

그러나 미드가르드는 조용히 웃었다. 난 저 녀석이 이러한 상황에서 무슨 생각을 하고 있는지 도저히 알 수가 없었다.

"하지만 난……."

미드가르드의 힘이 짓눌러 왔다. 이질리스의 검은 현재 정신이 빠져나가 있는 상태이기 때문에 아무런 힘도 없었지만 가까이 있는 것만으로도 마검 미드가르드에게는 힘이 넘쳐흐르는 것을 알 수 있었다. 저 거대한 나무 이그드라실이 뻗어 나온 후부터 수다 검 녀석의 힘은 더욱더 강대해지고 있었던 것이다.

"이그드라실은 혼을 마시지. 그래서 생명을 완성하는 거야."

그는 웃었다. 그 녀석의 웃음은 무언가를 아는 듯 의미를 담은 웃음이었다. 나는 쓸쓸해졌다. 미드가르드는 그렇게 말하면서 가볍게 손 안에 있던 이그드라실의 마검을 조종했다. 그 녀석의 손 안에 있는 마검은 인간이 쓰는 것과는 전혀 다른 능력을 발휘하고 있었다. 그 능력은 가까이 다가가는 것만으로도 움직이기 힘들어지는 그런 것이었다.

게다가 마검이 다가올 때마다 나는 통증을 느꼈다. 칼끝에 찔리지도 않았는데 보이지 않는 힘이 더 길게 뻗어 나가 베인 상처가 생겨 버린 것이다.

"큭……!"

팔과 어깨, 그리고 얼굴에도 피가 흐른다. 지금 바로 공격한 부분은 왼쪽 허리였고, 급소에서 벗어난 곳이었다.

"죽지 않을 정도로만 공격하는 거야. 죽으면 곤란하다고 로키님께서 말씀하셨거든."

마검이 쓰는 마검은 가넬이나 인간이 사용하는 마검과는 질적으로 달랐다. 자칫 잘못하면 죽음이 무엇인지 알게 되겠구나 하는 생각이 들어버린다. 제길.

내 검 안에는 이질리스의 본신도 없는데…….

"그에게 손대지 마!"

내가 그렇게 생각한 순간 이질리스의 목소리가 들렸다. 내 앞에 창백한 이질리스의 모습이 나타났다.

"이질리스……."

이 녀석이 무슨 생각으로 이렇게 일찍 싸움에 끼어든단 말인가! 상처는 아직 아물지 않은 것처럼 보인다.

"그는 아르스리르… 아니, 내가 지켜야 할 자다."

이질리스는 이를 악물었다. 그 녀석은 나를 지키겠다고 바둥거리고 있었다.

웃기는군. 누가 지켜준다는 거야. 보호를 받아야 하는 건 오히려 네가 아니던가?! 나는 최강의 라그나 라그나드가 아닌가. 단지 최근에 멍청할 정도로 약해진 것뿐이다.

"어리석군. 그렇게 집착할 필요는 없을 텐데."

수다 검의 머리카락이 중력을 무시하듯 공중에 떠올랐다. 검은 나뭇가지가 덮쳐 오기 시작했다. 이질리스는 입술을 악물고 자신의 힘과 슈하린의 힘을 밖으로 방출시켰다.

"이질리스!"

"그렇다면 죽을 수밖에 없어, 귀여운 공갈 검."

그 녀석은 웃었다. 심한 힘의 사용으로 인해 공갈 검 녀석의 몸에선 상처가 터져 피가 흘러나오고 있었다.

쿨럭.

이질리스의 입술을 타고 붉은 선혈이 뿜어 나왔다.

"카티스, 조심해!"

이미르는 섣불리 도와줄 수 없는 입장이었기 때문에 응원의 말을 해주는 것이 전부였다. 간간이 소리로써 도와줄 뿐 이미르의 모습조차 찾기 힘들었다. 하지만 이질리스가 일어나도록 도와준 것은 이미르였던 것 같다.

"지키지 못했어. 난 유디엔님도… 그리고 에셀휜도… 그러니까……."

이질리스는 입술을 악물고 중얼거렸다. 자유로워진 손을 가슴 쪽으로 모으면서 온몸에 푸른 기운을 드러냈다.

"이번엔 지키겠다는 건가?"

미드가르드는 검은 날개를 푸드덕거리며 살짝 뒤로 물러섰다. 커다란 날개가 땅에 드리울 정도로 우아하게 내려앉았다.

"무리야, 그건."

수다 검 녀석이 귓속말하듯이 나지막이 말했다.

안개를 동반한 푸른 바람이 밀려왔다.

이질리스의 힘은 한계에 달해 있었다. 아니, 힘이 아닌 이질리스의 몸이 한계에 달해 있다고 해야 옳을 것이다. 이질리스의 힘은 수다 검 녀석을 막기엔 충분하지 못한 것이었지만 냉철한 표정으로 입가에 미소를 머금고 있는 미드가르드 쪽은 오히려 여력이 있는 듯했다.

검은 검날의 마검은 시리도록 투명하게 사물을 비추었고 푸른 날의 이질리스와 부딪치며 하얀 섬광을 토해냈다. 이질리스는 버티기 힘든 듯 양손을 늘어뜨리고 구형의 방어막을 펼치고 있었다.

"이질리스, 무리하지 마!"

새하얀 어깨를 적시는 붉은 피가 선명하게 드러났다. 그 앞으로 검은 날개를 늘어뜨린 미드가르드의 형상이 눈에 들어왔다.

힘과 힘의 대결이라는 것은 이루 말로 설명하기 힘든 것이다. 이질리스의 푸른빛, 마치 자신을 표현하듯이 푸른색의 형상을 이

룬 구체는 어둠 속에서도 빛을 발하며 그 녀석의 힘을 전반적으로 드러내고 있었고, 좀처럼 땀을 흘리지 않던 이질리스의 이마에 맑은 땀방울이 맺혔다. 그것은 매우 투명해서 마치 몸의 일부인 것 같아 보일 정도였다.

그러나 그때였다.

이그드라실의 가지들이 수다 검 쪽으로 향한 것이다.

마치 수다 검 녀석이 명령이라도 내린 듯 이그드라실의 그 징그러운 검은색의 가지는 정확히 나와 이질리스를 향하고 있었다. 그속도는 아주 빠른 것도, 아주 느린 것도 아니었지만 주변의 공기를 바꾸는 데에 한몫을 하고 있었다.

어둡고 습한 공기로 싸여진 나의 주변이 마치 희미한 빛이라도 새어 들어오듯 밝아졌다. 그러나 그 빛은 부드럽고도 차가운 빛이었다.

"이질리스!"

수다 검 녀석은 그 짐승의 힘을 사용하지 않고도 저 정도의 힘을 낼 수 있었단 말인가. 마치 저 이그드라실이 미드가르드의 수족이 되고 있는 것 같다. 이그드라실의 마검이라는 것은 저런 의미였단 말인가?

"쿨럭."

이질리스는 입 밖으로 밀려오는 붉은 선혈을 막을 수 없었는지 한 손으로 입을 막았다. 피가 새어 나왔다.

"이질리스!"

그러나 이질리스의 그런 틈을 타서 수다 검 녀석이 마검으로 이질리스를 공격했다. 나는 그놈의 검을 막을 틈도 없이 이질리스가 오른쪽 허리에 상처를 입는 것을 보았다. 겨우 급소를 피해서 찢겨 나간 상처였지만 참을 수 없는 듯 이질리스는 그것을 붙잡고 거친 숨을 내쉬었다.

"이런, 손이 빗겨 나갔어. 아무래도 이그드라실의 양분이 되는 것보단 비켜서는 것이 좋지 않을까, 이질리스?"

"이질리스!"

이질리스 녀석의 상태가 좋지 않았다. 미드가르드 놈! 이그드라실이 자라난 후부터 이질리스의 몸이 예전과 다르다는 것을 알고 있었다. 그렇기 때문에 쇠사슬이 풀린 이질리스를 두려워하지 않았던 건가!

"쿨럭."

붉은 선혈이 어둠 속으로 떨어졌다. 이질리스는 멈추지 않고 입에서 피를 쏟아냈다. 마검의 피는 붉었다. 여전히 몸이 좋지 않은 것은 이그드라실의 탓이기도 했다.

"위험해! 위험하다고!"

아무 도움도 되지 않는 주제에 이미르는 소리쳤다. 이질리스의 상태는 눈 뜨고 볼 수 없는 것인지 그녀는 손으로 자신의 입을 막았다. 차마 볼 수 없어서 눈까지 가리려고 하는 이미르의 모습은 금방이라도 무너져 내릴 것 같은 느낌이 들었다.

"이질리스, 넌 무리한 힘을 쓰면 안 돼! 수다 검 녀석 정도는 이 몸 정도면 충분히 상대할 수 있단 말이다!"

내 말을 듣는 둥 마는 둥, 이질리스는 새하얗게 변해서 이젠 유령과 같아진 모습으로 나를 응시했다.

"안 돼. 당신은 아직 멀었어."

뭐가 멀었다고 말하면서 허세를 부리는 거냐?!

거의 너덜너덜해진 어깨에 머리도 풀어져 버려서 귀신같이 산

발을 하고 있는 주제에. 게다가 그 꼴은 또 뭐냐? 금방이라도 넘어져 버려도 이상하지 않을 것 같았다. 겨우 지탱하고 있는 두 다리를 보니 곧 쓰러져도 이상하지 않다. 그러니까 이질리스, 네놈이야말로 허세 부리지 말란 말이다!

"당신이 아르스리르를 따라가려면 아직 멀었다고!"

그 지긋지긋한 이름이 또 한 번 이질리스의 입을 통해 들려왔다. 아르스리르!

나의 아버지였던 남자라고 들었다. 게다가 그는 이질리스와 아는 사이인 것 같았다. 특히 내가 계집애가 되었을 때 이질리스가 항상 부르는 이름이기도 했다.

"시끄러워! 여긴 내가 맡겠다고 했잖아!"

로키나 밸더의 상황은 어둠 속이라서 전혀 보이지 않는다. 내가 알고 있는 것은 헝그리 하이브 놈이 내가 발로 차서 기절해 있다는 것과 이미르가 손도 쓰지 못한 채 우리를 지켜보고 있다는 것이다.

"이그드라실은 사검의 힘을 기쁘게 받아들일 거야, 이질리스."

수다 검 녀석은 싸늘하게 웃었다. 주위는 냉기라도 뿜어져 나올 듯 어둠으로 뒤덮였다. 더 이상의 빛은 보이지 않았다. 이질리스가 주변의 영롱한 푸른 기운을 지워 버렸기 때문이다.

"드디어 그럴 마음이 생긴 건가?"

"……"

이질리스는 미드가르드에게 대답하지 않았다. 이질리스 녀석의 두 눈은 빛나고 있었다. 철철 흐르는 피 때문에 이질리스의 행동이 매우 부자연스럽게 보였지만 양쪽으로 늘어뜨린 양팔엔 응축된 기운이 숨겨져 있었다.

나는 이질리스의 움직임과 함께 검을 들고 미드가르드를 향해 겨누었다. 양측으로 갈라진 후 한 녀석의 주의를 흩뜨리자는 것이 주된 관권이었다. 수다 검의 머리카락이 가볍게 흩날렸고, 죽어 널 브러진 것만 같았던 헝그리 녀석의 몸이 스윽 일어섰다. 사검의 인간의 몸을 조종하는 힘인 것이다. 헝그리의 몸을 이용해 수다 검의 뒤편을 공격하고자 한 이질리스 녀석의 생각이 참 좋았다고 나는 생각했다.

"넌 내 손에 죽어라!"

나는 헝그리 녀석이 뒤에서 공격해 오는 것을 눈치 채고 약간 얼이 빠져 있던 수다 검 녀석의 목을 정확하게 겨냥했다. 그러나 미드가르드 녀석이 그 커다란 날개로 날갯짓을 해대는 바람에, 날 개 바람 때문에 눈을 뜰 수 없는 상황이 되었다.

젠장, 저 날개가 저런 용도로 사용하려고 있었던 건가!

이질리스는 기회를 잡았다는 듯 폴짝 성인 남자 하나 정도의 높 이를 뛰어 올라갔다. 수다 검 녀석에게 피해를 입히기 위해서라는 것을 나는 알고 있었다.

"……!"

수다 검 녀석은 내색하지 않았지만 약간 의외였던 듯 날갯짓을 했다. 이질리스의 손 안에서 푸른 형상을 띤 마검의 힘이 드러났 다. 빛을 발한 그것은 원호의 형태로 수다 검 놈을 노렸다. 그러나 이질리스의 행동보다 미드가르드의 행동이 더 빨랐다.

"너무하잖아. 3대 1은 비겁하다는 거 잘 알면서. 난 라스트 보스 도 아닌데."

미드가르드는 장난기 어린 목소리로 말했지만 그의 얼굴은 전 혀 그런 기색이 없었다. 별로 움직인 것 같지도 않았는데 빠르게 움직이는 검은 검날의 마검이 내가 휘두른 검을 퉁기고 이질리스의 한쪽 어깨를 갈랐다.

"욱!"

이질리스는 고통에 겨워 신음 소리를 냈다. 거의 뼈가 드러날 정도로 깊은 상처를 입고 검은 날을 타고 붉은 피가 흘러내렸다.

미드가르드의 마검은 피를 마시고 있었다.

이질리스는 곧장 그것을 뽑아냈다. 그러나 몸을 지탱하지 못하고 쓰러졌다.

"이질리스!"

난 이질리스의 상처가 걱정돼서 그 녀석의 이름을 부르며 그곳으로 달려갔다. 이질리스가 넘어졌고, 그와 동시에 헝그리 녀석의 육중한 몸도 쿵! 소리를 내며 쓰러졌다.

"괜찮아."

"괜찮은 상태가 아니잖아!"

그런 식으로 창백한 얼굴을 하고 있으면 곧 죽어도 이상하지 않은 것이다. 그 녀석은 거친 숨을 내쉬면서 내 어깨를 잡고 일어섰다. 이질리스의 눈은 수다 검을 향하고 있었다.

마치 무언가 할 말이라도 있는 것처럼 미드가르드를 바라보고 있었다.

이질리스는 일어섰다.

"좋아, 그래야 마검이라고 할 수 있지, 사검 이질리스. 마검 슈하린도 마찬가지였어. 너처럼 끈질겼었지."

미드가르드 녀석은 무엇을 말하고 있는지 몰라도 이질리스는 심각한 표정으로 그것을 받아들였다.

"난 그 사건에 참여하지는 않았지만… 그 자리에 있었던 것은 사실이니까 잘 알고 있어."

미드가르드는 빙그레 웃었다. 이질리스의 아버지였던 슈하린이라면 한 번 보았던 일이 있는 그 마검이었다. 이질리스는 자신의 아버지에게 배신자라고 소리쳤었지만, 지금은 자신의 아버지가 그랬다고는 생각하고 있지 않은 것 같았다.

"……."

이질리스는 특별히 대답하진 않았다. 그러나 눈은 수다 검을 향해 있었다. 수다 검 녀석은 여유있는 모습이었고, 입은 상처도 잔 상처뿐이었다. 손에 들고 있는 검에선 피가 떨어졌고, 그것이 이질리스의 피임을 나는 잘 알고 있었다.

탕!

바람을 가르는 소리와 함께 들려온 공기를 울리는 그 커다란 소리에 나는 눈을 질끈 감았다. 아니, 감은 것이 아니었다. 감을 수밖에 없었던 것이다.

"건?"

미드가르드는 자신도 모르는 일이라는 듯 총성이 들려온 자신의 뒤편으로 고개를 돌렸다. 그곳에는 놀랍게도 깨어난 헝그리 녀석이 긴 막대기를 들고 있었던 것이다. 그 막대기에서 연기가 나는 것으로 보아 확실하다.

하지만 내 몸엔 상처가 없다. 한순간 내 눈이 보이지 않았던 것은 그럼 무엇 때문?

그것은 이질리스의 몸이었다. 그것이 내 시야를 가렸던 것이다. 이질리스는 내 앞에서 왜소한 몸을 웅크리고 있었다. 헝그리의 총에 맞았던 것이다!

"헝그리, 네 녀석!"

헝그리 녀석은 의기양양한 모습으로 땀을 비질비질 흘리고 있다.

"정의는 이긴다!"

아직도 저런 쓸데없는 소릴! 지금이라도 달려가 그 얼굴을 박박 긁어버리고 싶은 생각이 들었지만 이질리스의 상태가 먼저였다. 이질리스가 배를 움켜잡고 있는 것으로 보아 헝그리 녀석이 낮게 겨냥했던 것 같다. 그런 주제에 부메랑 마검으로 인해 닦인 사격 솜씨를 가지고 있었을 줄이야!

"정말 유감이로군!"

"이 자식!"

난 미드가르드에게 달려들었다. 이질리스 녀석은 혼자서 일어날 수 없을 정도로 고통이 엄습해 오고 있는 듯했다. 이질리스는 이를 악물고 신음 소리를 내지 않으려고 했지만 고통으로 인해 신음 소리가 나올 수밖에 없었다.

"죽어! 헝그리 저 녀석은 다음에 죽여 버리겠어!"

나는 성급하게 미드가르드에게 달려들었다. 이성을 잃어버린 것이다. 눈앞에 있는 어떤 것이라도 다 날려 버리고 싶은 그런 심정이었다. 특별히 피를 마시고 싶은 것은 아니었다. 단지 울컥하고 가슴에서부터 어떤 것이 밀려오고 있다는 것을 느낀 것이다. 헝그리 녀석이 두려웠는지 그런 나를 보고 발 하나는 빨라서 도망가고 있었다.

밉살스러운 미드가르드 녀석! 그리고 헝그리 녀석까지 모두 갈기갈기 찢어버리고 싶은 느낌을 받았다.

"어서 정신 차리시지. 아직 멀었어!"

검은 마검의 손잡이가 가볍게 내 뺨을 강타해 얼얼해질 정도로 부어오르며 몸이 반대 편 나무 기둥으로 나가떨어지고 말았다. 수다 검 녀석은 의기양양하게 나를 내려다보았다.

"너무 어리석으면 곤란해. 그럼 나의 재미도 떨어지고 마니까."

그 녀석을 죽이고 싶었다. 힘이 없는 것은 아니었는데, 난 왜 저녀석에게 밀리는 것인지 상식적으로 이해가 가지 않았다.

이것이 바로 감정인 것일까. 빌어먹을!

내가 감정에 치우치고 있는 것이다.

이질리스 녀석은 나라는 존재에게 너무 크게 자리 잡고 있었던 것 같다.

내가 이질리스를 리아드에게서 강제로 탈취했을 때 들었던 그 느낌을 나는 아직도 선명하게 기억하고 있었다.

"아직도 지키고 싶어?"

수다 검 녀석이 구두 끝으로 이질리스의 다리를 툭툭 찼다. 이질리스의 푸른 계열의 옷은 피와 땀으로 뒤범벅이 되어 있었다.

"무리야. 포기하는 것이 어때?"

미드가르드의 말에 나는 놈에게 빚을 갚아주어야 한다는 생각으로 몸을 일으켰지만 제길, 수다 검 녀석이 칼집으로 내 얼굴을 날렸을 때 나무에 부딪혀 갈비뼈가 부러져 버린 것 같다. 조금 있으면 회복할 정도의 수준이 되겠지만 지금으로썬 무리다. 일어나는 것조차도 힘에 겨웠다.

"포기해. 이대로 이그드라실의……"

이질리스가 미드가르드의 손을 뿌리쳤다.

푸른색의 작은 회오리바람이 미드가르드를 덮치는 바람에 미드가르드 놈은 뒤로 물러섰다. 약간 당혹한 표정이지만 곧 그 녀석은 즐거운 표정을 지었다.

"지켜. 지키겠어!"

이질리스 녀석의 눈은 독한 자신의 의지를 반영하고 있었다.

"그게 나의 의지니까."

미드가르드는 그런 말을 한 이질리스가 마음에 들지 않았는지 검은 검날로 이질리스의 왼쪽 어깨를 그었다. 이질리스의 어깨에서 피가 튀었고 살점이 떨어져 나갔다. 그러나 이질리스의 눈빛만은 변하지 않았다. 그리고 그 녀석이 내뿜고 있는 마검의 힘도 변하지 않았다.

"정말 끈질기군."

미드가르드가 혀를 차면서 말했다.

이질리스는 심호흡을 했다. 떨어져 나간 어깨에서 억수와 같은 피가 흥건히 바닥을 적셨고, 검은 풀은 그 피를 단비처럼 마셨다.

이질리스의 시선은 멍청하게 쓰러져 있는 나에게로 옮겨졌다.

"아직까진 말하지 않았지만……."

이질리스의 입은 희미하게 웃고 있었다. 그렇게 피투성이가 되어 창백한 얼굴로 투명해져서 곧 사라져 버릴 것 같은 얼굴로 이질리스는 웃었다. 금방이라도 피를 토하고 쓰러질 것 같은 그 얼굴로 웃고 있었다.

"그땐… 고마웠어."

그 녀석은 그 입으로 그렇게 말했다. 이질리스의 얼굴에는 각오한 빛이 비쳤다.

"이질리스!"

나는 이질리스의 이름을 불렀다. 이질리스는 더 이상 뒤를 돌아보지 않고 미드가르드의 팔을 잡았다.

"이질리스!"

돌연 이질리스가 자신이 팔을 잡자 미드가르드는 쓴웃음을 지으며 이질리스의 멱살을 잡았다. 후두두하고 살점이 떨어져 버릴 것 같은 어깨에서 피가 모래처럼 흘러내렸다. 이질리스의 얼굴엔 희미한 미소가 남아 있었다. 수다 검 녀석은 날개를 폈다. 하늘로 날아가려는 새처럼 날갯짓을 하기 시작한다.

그리고 그 녀석은 검은 마력이 가득한 하늘로 이질리스를 끌고 올라갔다. 수다 검 녀석은 무언가 알고 있는 듯한 당황한 얼굴이었지만 이질리스의 목을 잡았을 때부터 속삭이던 말은 끊지 않았다.

나는 일어섰다. 그렇지만 욱하는 신음과 동시에 목구멍에서 핏덩어리가 밀려 나왔다.

"수다 검 녀석, 뭐라고 말한 것 같았는데!"

그러나 나는 그 말을 전혀 듣지 못했다. 단지 입 모양만을 보고 그렇게 추측했던 것뿐이다.

나는 이런 내 자신이 한심했다. 수다 검 녀석이 이질리스를 끌고 하늘로 날아간 후, 바람에 밀려온 공갈 검의 핏방울 한 방울이 나의 뺨에 떨어졌다. 나는 그것을 만져 보았다. 아직은 따뜻했다. 그러나 푸른 검날의 검은 내 손 안에서 싸늘한 감촉을 남기고 있었다.

"이질리스!"

수다 검 녀석이 높이 날아오름과 동시에 폭발 음이 들려왔다.

마치 불꽃놀이라도 하는 것처럼 거대한 불빛이었다. 잠시 동안 눈을 뜰 수 없도록 그것은 화려하게, 검게 가려진 하늘의 태양처럼 빛났다. 그것은 마검의 힘이었다. 사검 이질리스의 마지막 힘이었다.

모든 것을 산산조각 내는 죽음의 힘. 그 힘에 맞는다면 그 곁에 있던 어떤 것도 살아남지 못했을 것이다.

이질리스는 생명을 불살라 자신이 가진 극한의 힘을 끌어올린 것이다.

마검의 무덤을 선택하는 의식, 마검의 사지(死地).

자신의 모든 것을 태워 멸망시키는 사검(死劍)의 의지(意志).

"카티스! 안 돼. 안 된다고!"

제길, 제기랄! 나에게는 아무것도, 아무것도 남아 있지 않잖아……!

나는 눈을 가렸다. 그렇게 하니까 아무것도 보이지 않았다. 갑작스러운 커다란 빛 때문이기도 했지만 뜨거운 어떤 것이 눈을 가리고 있기 때문이기도 했다.

흰색의 반쯤 타버린 이질리스의 머리 끈이 오른쪽 손끝에 잡혔고, 투명했던 이질리스의 검날은 다 타버린 초의 심지가 재가 되어 사라지듯이 파스락 소리를 내며 흩어졌다. 바람과 함께 사라져버리는 푸른 가루…….

이질리스의 마검 손잡이도 흔적도 없이 사라졌다.

말 그대로 영원한 안식이었다.

가슴속이 허전하고 무언가 물밀듯이 밀려온다.

뜨겁도록 무언가 맺히고 있다.

주먹을 쥐고 손톱을 세워 검은 풀들을 뜯어보았다.

아픔도 어느 것도 느낄 수 없어서 나는 눈을 가린 채 다리를 쭉 뻗고 앉아 있었다. 백색 금발의 그녀가 내 옆에 앉을 때까지 나는 아무것도 느낄 수 없었다.

푸른 재 가루는 바람에 날려 사라졌고, 곧 이어 사물은 어둠으로 돌아왔다.

공갈 검과 수다쟁이 검XIII:마지막 이야기

고마워라고 말해서 다행이다.

그렇지 않았으면 영원히 그 말을 전해주지 못했을 테니까.

Katis

카티스

어린 마검이 밖으로 나가는 것은 위험한 짓이라고 나는 들어왔다. 하지만 그는 나를 데리고 나가 푸른 벌판과 아름다운 하늘을 보여주었다. 그것을 보고 그는 더 이상의 사랑스러운 것은 존재하지 않는다는 표정을 지으며 나에게 말했다.

"어때, 이질리스? 아름답다고 생각하지 않아?"

그의 말대로 처음으로 본 세상은 너무나 아름다워서 눈이 부셨다. 눈물이 나올 것만 같았다.

"너는 제발 네 마음대로 살아줘. 남에게 얽매이는 삶… 얽매이는 삶은 괴로운 거야. 넌 그렇게 살았으면 좋겠어, 이질리스. 자유롭게… 아스타르와 나, 슈하린과 같은 삶이 아닌 너만의 삶을 말야."

그 말을 이해할 수 없었다. 온통 새하얀 남자 아르스리르가 바람결에 흩날리는 하얀 머리카락을 잡으며 먼 하늘을 바라보면서

했던 말은 알 수가 없었다.

나는 아스타르에게서 마검으로서 해야 할 일을 들어왔지만 그것은 아르스리르가 말하는 삶과 너무나 달랐기 때문이다.

"이 세상은 너무나 아름답지? 하지만 세상은 겉으로는 이렇게 아름다운데 때론 추악하기도 해, 이질리스."

그는 마치 내가 아닌 다른 존재에게 하는 말처럼 먼 곳까지 들리도록 말했다. 살랑살랑 잔디가 다리를 간질였다.

"정해져 있는 것을 그대로 나아간다는 것은 어리석은 일일지도 모르지. 아니, 어쩔 수 없이 그렇게 나아가게 되는 걸지도 몰라. 나의 예쁜 누님이 그랬던 것처럼……."

나는 아르스리르가 무엇을 말하는지 알 수 없었다. 그는 마치 술이라도 마셔서 푸념하는 사람처럼 말을 계속했다. 그러나 그의 목소리는 맑았고 그의 생각도 예전과 같았다.

"하지만 후회를 하지 않는다면 그것으로 된 걸지도 몰라."

그는 슬픈 미소를 입가에 띠고 나를 보며 웃어주었다. 그는 왜 그렇게 슬픈 미소를 나에게 보이는 걸까? 바나 인이라고 불리는 최강의 마력을 가진 그가 어째서 그렇게나 슬프게 나에게 말하는 걸까.

"절대 후회하지 않을 일을 해줘, 이질리스. 그것이 너의 길이야."

그의 목소리는 한없이 슬펐다. 미래시(未來視)의 능력이 있는 바나 인, 그는 사람의 미래를 보고, 그 배로 괴로워하게 된 것이다. 그의 친구 사카디온과 오랜만에 재회했을 때도 그는 그렇게 슬픈 미소를 지었다고 들었다.

"후회하지 않는다고……?"

"그래. 후회하지만 않는다면 꺼져 가는 촛불에도 삶의 의미가 있는 거야, 이질리스."

나는 아직까지도 그 말을 기억하고 있었다.

그의 부드러운 목소리와 은백의 머리카락, 투명해서 사라져 버릴 것 같은 그의 모습이 아직도 뇌리를 지배하고 있었던 것이다.

내가 그를 따라간 것은 그의 의도를 알고 있었기 때문인지도 모른다. 그가 나를 부르고 있었다는 것, 그리고 반드시 가야 한다는 것을 나는 알고 있었다.

"나를 따라온 거야? 착하군. 착한 아이야, 사검 이질리스."

나는 대답하지 않았다.

"잘됐어. 난 마검의 힘이 많으면 많을수록 좋다고 생각하거든?"

"미드… 가르드……?"

미드가르드는 어깨를 으쓱했다. 이전의 그라면 느낄 수 없을 것 같았던 강한 기운이 그에게서 뿜어져 나왔다. 그가 카티스와 함께 보냈던 시간은 무엇일까. 왜 그는 저렇게 차가운 눈빛으로 저곳에 서 있는 것일까.

"아직도 그대로인 모양이로군. 그 바보 같은 마검 꼬마가 죽은 후 변한 줄 알았는데… 역시 아직, 아직은 어린아이였잖아?"

그는 에셀휀에 대해서 그렇게 말하고 있었다.

"에셀휀에 대해서 그렇게 말하지 마!"

그런 것은 참을 수 없었다. 에셀휀과는 오랜 기간 동안 같이 있었던 것은 아니었다. 그러나 그애는 나의 가슴속에 남아 있었다. 그 얼굴, 그 말… 그 기억들이 생생하게 나에게 남아 있는 것이다.

"그러니까 네가 어린애라는 소리를 듣고 있는 거야, 이질리스."

미드가르드는 빈정거리면서 말했다. 그가 너무나 오랜 세월을 살아왔기 때문에 그 카티스도, 나도 그에겐 어린아이로 보이는 것이 당연할지도 모른다. 그러나 그의 말은 납득하고 싶지 않았다.

"넌 아직도 깨닫지 못한 거야? 넌 여전히 속박당하고 있는 존재야, 이질리스. 새장 문이 열려 있는데도 무서워서 혼자 날지 못하는 새에 불과하다고. 그래서 너의 몸도 자라지 않는 거야. 너보단 그 어린 마검이 그런 면에서 훨씬 뛰어나. 멍청하게 죽.어.버.린. 것만 제외하고는 말이야."

그는 나를 흥분시키고 있었다. 그가 한 말은 사실이었을지도 모른다. 나는 어리석게도 그의 말처럼 하늘을 나는 것을 회피하고 있었던 것일지도 모른다.

"에셀휀은 멍청하지 않아! 나보다 훨씬 뛰어난 마검이었어!"

"어때?"

도발당한 나는 그의 행동에 놀랐다. 그가 나에게 자신의 오른손을 내밀었던 것이다.

"나의 손을 잡아. 유디엔과 에셀휀의 복수를 해주고 싶지? 엄연히 에셀휀은 로키 때문에 죽은 거고 유디엔의 죽음도 그것과 아주 관계가 없지는 않으니까. 원한다면 원수를 갚을 수도 있어. 너도 자유를 만끽해야 하잖아? 카티스가 너의 주인인 것도 아니고, 넌 더 이상 피를 마실 수 없는 마검이 되어버렸잖아?"

"......"

그의 말은 사실이었다. 에셀휀이 죽고… 또 리아드가 사라진 후로 나는 피를 마실 수 없었다. 자유로워졌다고 생각했는데도 내 몸은 옛 습관에서 헤어 나오지 못하고 있었던 것이다.

"자, 내 손을 잡아. 나에겐 네 힘이 필요해. 나에게 손을 빌려준다면 그것 이상의 대가를 보장하지. 그 거추장스러운 쇠사슬도 풀어줄게."

알고 있었다. 그가 말한 것. 그의 손을 잡았다면 나는 안식을 얻었을 것이다. 하지만 후회할 것이라고 나는 생각했다.

"나의 선택은 이미 되어 있었어."

나는 그를 노려보았다. 에셀휜은 나를 위해서 죽었다. 유디엔을 죽인 것도 바로 이 나다. 그 두 사람을 죽인 것은 어쩌면 모두 내가 아니었을까? 그 때문에 나는 나 자신에 대한 회의를 느꼈었다. 내가, 내가 원하던 대로 나아가지 않았기 때문에 그런 결과를 초래하게 된 것이다. 그래서 나는 선택했다.

"그것이 너의 선택이냐?"

그는 약간 입가에 미소를 띠었다. 그는 나의 선택을 이미 알고 있었던 듯한 눈치다. 나는 처음으로 그의 미소에 두려움을 느끼고 있었다.

"아쉽군. 너무 조건이 약했던 것인지도 모르겠군. 내가 너무 어리석었어."

미드가르드가 이마를 손으로 짚으면서 허탈하게 웃었다. 그는 상의 주머니에서 어떤 것을 꺼냈다. 그의 손 안에서 반짝이는 것은 붉은 펜던트였다.

"이걸 기억해?"

그것은 피로 만들어진 것 같은 혈석 펜던트였다. 그것은 딸랑 소리를 내면서 미드가르드의 손 안에서 춤추고 있었다.

"이건 네 쇠사슬을 푸는 열쇠야. 내가 아나리드의 유적지에서 주운 거지."

미드가르드의 목소리에는 여전히 감정이 없었다. 그러나 반면 나는 초조해지고 있었다. 아나리드라면 유디엔님이 다스리던 나라가 아닌가. 나는 입술을 깨물었다.

"유디엔… 님의……."

"역시 머리가 좋구나, 이질리스."

수다 검은 메마른 웃음을 입가에 띠었다.

"난 너의 그런 점이 마음에 들어. 이 펜던트는 너의 쇠사슬을 풀어줄 수 있을 거야. 너를 옭아매는 쇠사슬을 만든 것은 니블하임이었고, 이 쇠사슬 안에는 유디엔의 혼이 담겨져 있으니까."

나는 유디엔의 이름을 듣고 동요했다. 솔직히 나에게 그 이름은 아직까지도 손목을 죄어오는 사슬과 같이 나를 옭매고 있었던 것이다. 유디엔님의 혼이라니… 그렇다면 나의 주인이었던 유디엔은 지금도 자유롭지 않다는 건가?

"그렇게 놀랄 것 없어. 유디엔에 의해서 속박되었던 감정이 유디엔에 의해서 풀어지는 것도 당연하잖아."

그는 그렇게 말하면서 다시 한 번 손을 내밀었다.

"나만 따라온다고 하면 이걸 너에게 주겠어."

미드가르드의 목소리는 이상한 마력을 지니고 있었다. 나는 입술을 질끈 깨물었다.

유디엔님의 혼을 해방시키기 위해서는 나는 그의 손을 잡아야만 했다. 나는 선택의 기로에 놓여 있었던 것이다.

"자, 손만 잡으면 돼. 넌 편해질 수 있어."

미드가르드는 달콤한 목소리로 나를 꾀어내고 있었다. 이그드라실이라는 존재는 마검의 힘을 갈구하고 있었고 미드가르드는 그것을 충실히 지켜 나가고 있었다.

그는 나에게 점점 더 가까이 다가왔다. 혈석 펜던트는 신비한 빛을 내뿜으며 나의 마음을 동요시키고 있었다. 나는 허망한 감정을 감추지 못했다. 만일 내가 예전과 같은 마음을 가지고 있었다면 유디엔을 선택했을 것이다.

내가 만일 미드가르드의 손 안에 있는 혈석 펜던트만 잡는다면 유디엔은 자유의 몸이 될 수 있었을 것이다. 그런데도 나는 망설였다. 유디엔을 구하고 싶었지만 아르스리르의 말이 생각났다.

"후회하지 않는 삶을 살았으면 좋겠어."

나는 한 발자국 뒤로 물러섰다. 마검인데도 불구하고 내 이마에는 투명한 땀이 맺혀 있었다. 나의 그런 행동을 보고 미드가르드는 입가에 허탈한 미소를 띠었다.

"아쉽게 되어버렸군. 난 더 이상의 기회를 줄 수가 없는데."

어느덧 그의 손 안에 미드가르드, 자신의 검신이 들려 있었다.

"이질리스!"

누군가의 목소리가 들려왔다. 피가 터져 나왔다. 붉은 피가 공기 중으로 솟구치고 동시에 나의 쇠사슬이 풀려 나갔다.

그것은 분명 자유로운 선택이었다.

처음으로 선택이라는 것을 해야 했던 것은 아니었다. 그렇지만 그렇게 선택을 강요받은 것은 처음이라고 할 수 있었다. 실제로 선택을 해야 할 이유도 없었고, 지금까지는 그냥 그렇게 살아왔던 것이다.

처음으로 선택했을 때는 그때였다.

리아드에게서 나를 데리러 온 카티스가 손을 내밀었을 때였다. 나는 그의 손을 잡았고 리아드가 아닌 그를 선택했던 것이다. 그 사실은 지금까지도 변하지 않는다.

"이질리스, 내가 죽는다면 어떻게 하겠니?"

유디엔님의 질문이었다. 나는 대답하지 않았다. 아니, 생각도 해보지 못한 일이었기 때문에 대답할 수 없었던 것이다.

"그렇게 되면 너는 나 외의 어떤 주인도 섬기지 마라. 그리고 나의 피 이외의 어떤 것도 마시지 않아야만 해."

나는 그가 나를 생각해서 한 당연한 말이라고 생각했다. 하지만 그것은 선택이 담긴 말이었던 것이다. 나는 그 선택을 거부해 왔고 그날 카티스가 손을 뻗었을 때 선택을 강요당했다.
그리고 나는 선택했다, 자유라는 이름의 그것을.
마검을 처음으로 만들었다는 마검의 창시자도, 마검의 아버지라고 불리는 무스펠하임도 그것을 원하고 있었을지도 모른다.

"좀 더 살고 싶었어요. 리스 형의 웃는 모습을 지키고 싶었거든요. 내가 죽지 않으면 리스 형은 더 많이 웃었을 텐데……."

에셀휜이 말했었다. 자신은 죽어가면서도 그렇게 말했던 것이다.

"마검은 자신이 죽을 장소를 정하죠. 미안해요, 리스 형. 난 정말 예쁜 여자애가 되고 싶었는데… 남겨두고 가서 미안해요."

그래, 너도 했던 선택이었다. 나라고 못할 것은 없었어. 에셀휜,
난 너처럼 선택을 해야 했던 거야.

"하지만 웃어줄 거죠……?"

그때 난 웃어주었다. 그리고 지금도 웃고 있다. 뭐가 만족스러운
것일까, 이 삶이?

"사슬에 매인 채론 힘을 발휘할 수 없어요. 그 팔목에 있는 상처를
씻어주고 싶었는데……."

에셀휜이 사라질 때 아쉬워했던 그 말을 들었을 때…….
좀 더 살고 싶었다는 그애의 말이 조금씩 이해가 가기 시작했
다.
아무것도 없는 검은 방 안에서 겨우 램프를 발견했는데…….
발견과 동시에 쓰라린 선택이었다.
하지만.

어지러울 정도로 하얀 하늘. 실제로 어둠에 뒤덮여 있어서 검었
음에도 불구하고. 이그드라실이 뒤덮인 후 나에겐 아무것도 잘 보
이지 않는다.
쇠사슬이 끊겼음에도 나는 제대로 그를 도울 수 없었다.
"끈질기군."
미드가르드가 혀를 차면서 말했다.
나는 길게 심호흡했다. 떨어져 나간 어깨와 함께 억수 같은 피

가 흥건히 바닥을 적셨고 검은 풀 위에 그것이 떨어졌다. 나는 알고 있었다. 이것이 마지막이 될 것을. 그렇기 때문에 꼭 그 말을 해야 한다고 생각했다.

어지러웠다……

그때의 일, 아직까지 하지 않았던 말, 리아드의 사건 이후 나에게 손을 내민 카티스. 그는 리아드의 목을 깨끗이 떨어뜨리고 결국 나를 도왔던 것이다.

그런데도 나는 제대로 말하지 못했던 거다…….

"아직까진 말하지 않았지만……."

나는 고통으로 머리가 빠개질 것 같음에도 입으로 웃었다. 그래야만 할 것 같은 느낌이 들었기 때문이다.

"그땐… 고마웠어."

이 말을 했을 때 나는 사라지게 되리라는 것을, 나는 그때부터 알고 있었다. 아르스리르가 끝까지 걱정하던 그 녀석을 지키겠다고 생각한 것도 그때부터였다. 독단적이고, 이기적이고, 자신이 생각한 대로만 행동하는 고집 덩어리에 색마임에도 나는 그가 싫지 않았다.

일면에 아르스리르의 부드러움을 마음에 담고 있었고, 또 그가 나를 소중하게 생각해 주고 있다는 것을 알고 있었으니까.

"이질리스!"

마치 내가 무너져 버릴 것처럼 그는 나의 이름을 불렀다. 하지만 나는 더 이상 뒤돌아보지 않았다. 미드가르드와 마지막으로 할 이야기가 있었기 때문이다.

미안. 남겨진 자의 괴로움은 누구보다도 내가 잘 아는데.

남겨두고 가서 미안해.

미드가르드의 입은 웃고 있었지만 눈은 진실을 말하고 있었다.

미드가르드는 쓴웃음을 지으며 나의 목을 잡았다. 마치 모든 것이 사라져 버릴 것 같았다.

나의 아버지 슈하린, 그는 잘 알고 있겠지. 이러한 나의 기분을. 나는 그의 아들이었으니까.

아르스리르를 지키기 위해 자신의 몸을 불사른 나의 아름다운 어머니 아스타르.

그녀와 똑같은 길이다. 하지만 후회는 하지 않아요, 아르스리르. 당신의 말처럼.

내가 무엇을 하려는지 미드가르드, 그는 잘 알고 있었다. 그렇기 때문에 나를 데리고 높은 곳까지 올라간 것이다. 그렇다. 이곳을 나는 사검의 영지로 삼을 생각이다.

나의 자유를 지키기 위한 일이었다.

"어리석어. 그렇게 해서라도 지키고 싶은 건가?"

미드가르드의 입술이 약간 떨리고 있었다.

"당신이 원했던 일이잖아."

나는 가볍게 대답했다. 통증이 겹쳐 왔다. 피가 목으로 넘어오고 숨이 가빠졌다.

"맞아, 그랬어."

그는 조용히 대답했다. 미드가르드와 함께 있던 시간은 적었다. 하지만 그는 오랫동안 안 사이처럼 친근하게, 또 같은 것을 바라보고 있었던 것이다.

"이제 멀어졌어……."

미드가르드는 웃으며 대답했다. 지금의 내 힘이 영향을 끼친다면 저곳에 있는 카티스나 밸더, 로키에게까지 그 힘이 미칠 것이다. 그것을 방지하기 위해 미드가르드는 손수 이곳까지 날아오른 것이다.

"그래… 현명한 선택이야."

미드가르드는 특별히 막을 생각도, 무엇도 없는 듯 쓸쓸한 웃음을 입가에 띠었다.

"그것이 내가 주는 최고의 선물이라고 생각하니까."

의미를 알 수 없는 말, 아니, 의미 같은 것은 아무래도 좋았다. 미드가르드의 손에서 검은 마검이 튀어나와 나의 심장을 관통했으니까. 그와 동시에 나의 힘은 발동했다.

모든 것을 새하얀 재로 만들어 버릴 물과 바람의 어리석은 마검의 힘이 발동될 것이다.

나는 피를 토했다. 이젠 통증도 느껴지지 않는다. 눈앞에 있던 미드가르드의 형상이 점점 사라져 간다.

그래…….

고맙다고 말해서 다행이다.

그렇지 않았으면 그 말을 전하지도 못하고 떠날 뻔했으니까.

영원한 안식으로 떨어지는 잠.

어째서 유디엔의 모습이 멀어지는 걸까.

에셀휜, 웃는 얼굴이 눈앞에 보인다. 이런 나의 행동에 그는 만족했을까?

나는 그렇게 사라져 버렸다.

영원히 잠들어 버렸다.

아주 고요하고 고통이라는 것도 없는 편안한 안식의 잠을.

바람도 없고,

태양도 없고,

달도 없는 공간…….
그 안에서 아무것도 될 수 없고,
아예 에셸휜과 마찬가지로 소멸되어 버리겠지만,
아르스리르, 당신의 말처럼
후회하지 않는다면 그것으로도 삶의 의미가 있는 것이다.
나는 후회하지 않는다.
마지막까지,
결코.

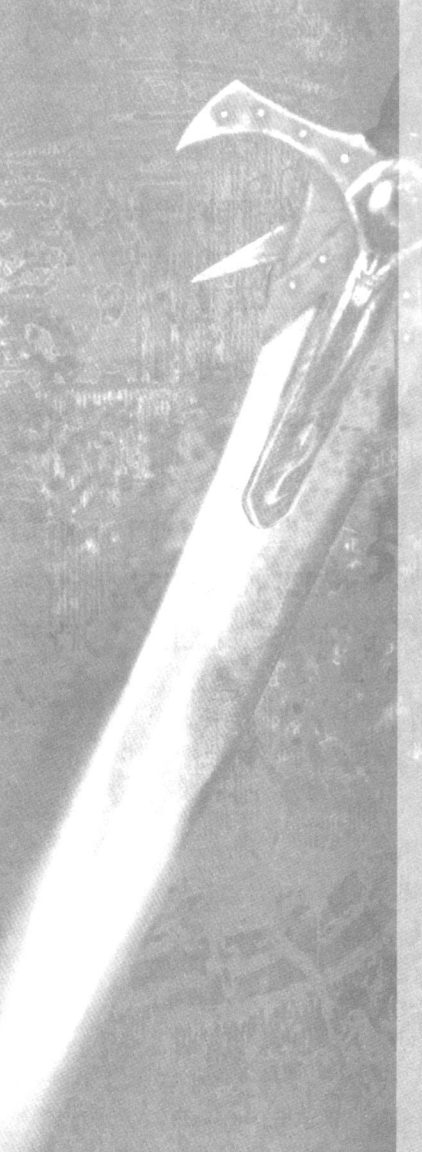

Chapter 34

마검의 창시자(創始者)

마검은 어떻게 태어났던 걸까.

그들은 원래 그렇게 멸망하기 위해서,

멸망의 길을 걷기 위해서 태어났던 것일까.

그건 알 수 없었다.

이미 그것을 만든자, 그것을 보아온자가 아닌 한

그 이유를 알 수 없을 것이다.

무스펠하임의 불꽃 속에서 태어난 마검들,

그들은 멸망의 길을 걸었고, 결국 마지막 남은 마검조차 사라져 버렸다.

전통 속에서 그래 왔던 것처럼 마검은 사라져 버린 것이다.

Katis 카티스

아무것도 보이지 않을 정도로 온통 새하얀 밤에 나는 울고 있었다. 왜 울고 있는지는 알 수 없다. 하지만 무엇인가 아주 서러워 구석에서 쭈그리고 앉아 있는 것이다. 누군가 말을 걸어주길 기다리는 어린 꼬마처럼, 아니, 꼬마처럼은 아니었다. 내 몸은 작아져 있었고 너무 어려서 꼬마 그 자체였던 것이다.

"울지 마……"

"울지 않아!"

나는 그 목소리에 반문해 보았다. 그것도 큰 소리로. 마치 자신이 소중하게 생각해 왔던 장난감이라도 망가진 양 얼굴을 찡그리고 있었다.

"괜찮아, 내가 지켜줄 테니까."

물고기처럼 하얀 손이다. 사라질 것처럼 투명한 머리카락과 손가락, 마치 유령과 같은 모습이다. 그 얼굴은 하얗디하얀 미소를 입가에 가득 띠고 있었다.

"내가 지켜줄 수 있는 기간은… 별로 오랫동안은 아니겠지만……."

그는 말을 계속했다. 내 작은 손에 비해 녀석의 손은 컸고, 내 머리카락을 쓰다듬는 손길은 부드러웠다.

"언제까지나 함께 있을 수는 없지만……."

내가 더 이상 물어보지 않았는데도 그는 부드러운 손길로 내 머리카락을 쓰다듬으며 작은 몸을 껴안아주었다.

"지켜줄 수 있을 때까지 지켜줄게. 함께 있을 수 있을 때까지 함께 있어줄 거야."

아마도 지금의 나라면 '그런 것 따위 필요없어! 꺼져!'라고 말했을 테지만 너무나 외로운 마음에 그런 말조차 달갑게 느껴지고 있었다.

"괜찮아. 넌 '카티스'니까 자유로울 수 있을 거야."

그는 알 수 없는 말을 중얼거리며 따뜻하고 부드럽게 나를 끌어안았다. 그의 품 안은 포근했다. 지금까지 어떤 인간에게도 그런 대우를 받아본 일이 없는 나로선 신선한 충격이었다.

"어떤 형태로든 너의 곁엔 사람이 모이게 되겠지. 하지만 그것을 다 잃게 되는 일이 있을지도 모르지. 아니, 결국 모두 떠나가 버릴 거야."

확신하듯, 내가 듣든 말든 그는 중얼거렸다. 마치 예언처럼 그 낮고 유한 말은 그의 입으로부터 계속해서 흘러나오고 있었다.

"하지만……."

암흑 속에서 나를 잡아주던 손.

쫓기던 때 나에게 손을 내밀어주던 그 하얀 손이다.

나는 포근한 느낌이 들어서 눈을 감았다.

*　　　　*　　　　*

조용하고 까만 밤. 밤은 아니었음에도 어둠은 살며시 세계를 덮었다. 정적과 고요함은 큰 폭발이 있은 후로 계속된 현상이었다. 실제로는 정적과 고요, 암흑이 세상을 모두 덮어버린 것은 아닐지도 모른다. 나만 그렇게 느끼고 있을 수도 있다.

내가 무슨 생각을 하고 있는지, 내가 만지고 있는 이 사물들이 진짜 본질의 물질인지, 아니면 나의 상상이 만들어낸 모조품인지 도저히 분간할 수 없을 정도로 사고는 마비되어 있었던 것이다.

"카티스."

나를 조용하게 불러보는 것은 이미르의 목소리였다. 처음으로 나의 이름을 부른 것은 아니었다. 몇 번이나 그 계집애는 내 이름을 입에 올렸을 것이다.

나는 아무것도 들을 수 없었고, 한순간 눈앞이 깜깜해지는 바람에 아무것도 볼 수 없었다.

그러나 차갑고 건조한 공기가 내 뺨을 식히고 있고, 내 손 안에 있는 검은색의 풀은 검게 엉겨붙은 피와 함께 구분이 되지 않을 정도로 나를 엉망으로 만들고 있었다.

"이질리스……."

이질리스의 이름을 얼마나 되뇌고 있는지 나도 세어보지 않아서 알 수 없다.

"어두워. 아까보다 더 어두워졌어."

실제로 어두워진 것은 아니었다. 하지만 이미르가 그렇게 느끼는 것은 커다란 빛이 하늘을 가득 메웠다가 다시 암흑이 깔렸기 때문에 그렇게 느껴졌던 것이다. 다시 말하자면, 상대적으로 어둡게 느껴진다고 해야 옳았다.

"이렇게 어둡게 돼버리다니……."

이미르는 중얼거리며 내 어깨 위에 조그맣고 따뜻한 손을 올렸다. 나는 그것을 거부하거나 기분 좋게 받아들일 마음의 준비가 되어 있지 않았다.

"미드가르드는… 어떻게 되었을까?"

미드가르드의 이름이 귓전에 맴돌자 나는 치가 떨리는 것을 느꼈다. 그 녀석에 대해 이렇게 분노할 수 있게 되다니, 그것도 다 녀석의 노고 덕이다.

"미드가르드도 죽어버린 걸까?"

이미르는 조용하게 중얼거렸다. 어둠 속에서 헝그리 녀석의 모습이나 로키, 밸더의 모습은 보이지 않았다. 아마도 헝그리, 그놈은 그 빠른 발로 도망가 버린 것이리라.

"그 자식은……!"

이질리스의 마지막 얼굴이 떠올라 버리는 바람에 나는 더 이상 말할 수 없었다. 이질리스 녀석, 마지막에 웃고 있었다.

그 녀석이 방금 사라져 버렸다는 것… 그것은 믿을 수 없는 일이었다.

아까까지만 해도 이곳에 있었는데……!

사검의 검신은 산산조각이 되어 사라져 버리고, 더 이상 그 형체도 찾아볼 수 없게 되어버렸다.

"이질리스는 이그드라실에 속하지 않게 되었구나."

이미르는 자그맣게 중얼거렸다. 그 계집애가 무슨 말을 하는지 잘 알 수 없었지만, 나는 공갈 검 녀석이 이제 나의 손안에 없다는 것이 더 믿을 수 없었다.

현실과 꿈.

그것이 구분하기 힘든 것이라는 걸 안 것은 지금이 처음이었다.

미드가르드 녀석과 함께 있었던 큰 폭발. 그것은 푸른 빗방울이 되어 검고 암흑 속으로 빨려 들어가 버릴 것같이 강하게 대지를 적셨다.

"미드가르드……"

이미르는 그 이름을 조그맣게 읊조렸다.

"크르르릉—"

소리가 들려온다. 이전에 보았던 그 짐승의 목소리다! 공기를 크게 울렁이는 그 소리가 들리는 것을 보면 역시나 수다 검 녀석, 살아 있었던 것 같다.

내가 그렇게 생각한 순간 검은 날개가 하늘로부터 내려왔다. 그것은 검푸른 날개이지만 빛을 조금 잃고 있었다. 약간 꺾이듯 뒤로 젖혀 있는 것이 뼈가 부러진 것 같았다. 수다 검 녀석의 단정했던 옷은 상당수 찢겨 나가 볼품없는 꼴이었지만… 그래도 녀석은 살아 있었다.

"카티스."

그 녀석은 조용히 내 이름을 불렀다. 젠장, 얼굴을 보면 틀림없이 죽도록 패주고 목을 졸라 뽑아버리고 싶다는 생각이 들 것이라고 생각했었다. 그런데 이질리스가 사라져 버린 후 내 몸은 예전과는 달리 잘 움직이지 않았던 것이다. 아무래도 잠시 동안 쇼크를 받았던 것인가.

나는 입술을 깨물면서 그 녀석을 한껏 노려보았다. 그 녀석의 머리카락은 엉망이 되어 있었고, 그 검은 제복도 찢겨 나갔으며 왼쪽 팔이 심하게 꺾여 있는 것으로 보니 이질리스의 힘의 여파가 녀석에게도 크게 미쳤다는 것을 잘 알 수 있었다. 그러나 녀석은 찢어진 이마에서 흐른 피를 스윽 닦으며 나에게 저벅저벅 다가왔다.

"크르렁!"

공기가 울리는 소리는 여전히 들려왔다. 짐승의 울음소리, 그 짐승, 펜리르는 미드가르드를 수호하고 있는 건가!

내가 그 녀석에게 덤비려고 했을 때 이미르가 내 팔을 조금씩 끌어당겼다.

하지 말라는 뜻인 듯했다.

미드가르드의 얼굴은 예전처럼 위선과 가식으로 뒤덮인 웃음 짓는 얼굴은 아니었다. 고요하고 조용한, 그리고 피 냄새가 나는 것 같은 그런 얼굴이었다. 그 녀석은 나에게 중얼거리듯, 아니, 나에게만은 똑바로 들리도록 입을 열었다.

"네가 소중히 하는 모든 것을 빼앗아주겠어."

건방진 녀석!

그 말을 들은 나는 울화가 치밀어 오름을 느꼈다. 만들어진 마검 주제에! 제까짓 게 대체 뭔데 나의 소중한 것을 빼앗겠다고 운운하는 거냐!

게다가 이질리스는…….

그렇다면 그런 건가? 이질리스를 빼앗은 것은 나에게서 소중한 것을 빼앗기 위함이었던가?

그렇다면 틀렸어. 내게 소중한 것 따윈 없어. 내가 소중하게 생각하는 것은 오로지 나 자신뿐이야. 젠장할.

그런데 왜 울화가 치밀어 오르지? 역시 내게 인간의 감정이 있기 때문인가.

"카티스……."

나의 마음을 읽은 사람처럼 이미르가 중얼거렸다. 싸늘한 미드가르드 녀석의 눈빛과 나의 분노의 눈길이 강하게 부딪치고 있었다. 피투성이가 된 모습임에도 미드가르드 녀석에게는 빈틈이라는 것이 없었다. 아마 그 녀석의 주변에 깔려 있는 짐승의 기운이 완벽하게 그 녀석을 방어해 주고 있었기 때문이기도 했을 것이다.

"미드가르드, 너는 뭘 생각하고 있는 거지?"

이미르는 다가오는 미드가르드 녀석의 모습에서 두려움을 느낀 사람처럼 몸을 부들부들 떨면서 조심스럽게 물어보았다.

"특별히 당신에게 말해야 할 이유는 없습니다."

싸늘한 목소리, 그 목소리에선 이미 예전의 장난기와 상냥함은 찾아볼 수 없었다. 그 녀석에게 죄책감 따위는 없었다. 오로지 자신이 원하는 것만을 쫓는 기계와 같은 모습이었던 것이다.

화가 치밀어 오른다. 저 녀석의 저런 싸늘한 모습을 보고 있는 것이 신경질났다.

그리고 이질리스 녀석의 마지막 미소가 떠오른다.

이질리스, 그 멍청한 자식! 어째서, 어째서 그런 바보 같은 얼굴로 미소를 지으며 고맙다는 말을 건넸느냔 말이다! 복수해 달라고 했다면 난 저 녀석을 죽이기 위해 혈안이 되어버렸을 텐데. 차라리 마음이 편했을 것을!

탕!

공기를 강하게 밀어 치는 굉음!

건의 울림이다.

"아, 시리스 왕녀인가?"

수다 검 녀석은 마치 술이 깬 사람처럼 팽글 고개를 돌리며 한숨을 내쉬었다.

"그럼 이만 난 사라지겠어. 다음에는 널 알타크나의 성도에서 만날 수 있겠지."

그 녀석은 히죽 웃었다. 살기가 사라진 얼굴이지만 그때까지 기다릴 수 없다는 것이 나의 생각이었다. 주먹으로라도 녀석을 쓰러뜨리고 말겠다. 원래 무기 따윈 어떻게 돼도 상관없는 것이 아니었던가?!

나는 넘어질 듯 일어나 커다란 나무뿌리를 밟고 녀석에게 도약했다.

"…아!"

녀석의 주위에는 정체를 알기 힘든 장막이 쳐져 있었다. 젠장할! 그렇기 때문에 이질리스의 힘에도 살아남았던 것이다. 저 용의주도한 녀석이!

그 녀석은 더 이상 말하지 않고 비웃음의 얼굴로 꺾였지만 아직도 건재한 그 두 날개를 움직였다. 놓치고 싶지 않다. 녀석을 죽여야 한다! 그런 마음으로 나는 달려갔지만 허사였다. 그 녀석이 날갯짓을 시작하고 나서 강한 바람이 불어 그 반동으로 오히려 뒤로 퉁겨 나가 버렸다.

"가버렸어."

이미르도 황당한 얼굴로 자리에서 일어서지 못하며 중얼거렸다.

젠장할, 젠장!

나는 피가 나올 정도로 세게 입술을 깨물었다.

이질리스는, 이질리스 녀석은 무엇 때문에 자신의 목숨을 태워

버려야 했을까. 이해할 수도, 인정할 수도 없는 일이었다.

"카티스, 괜찮아?"

"시끄러워, 이 계집애야!"

나는 소리쳤다. 울화가 치밀어 올라서 근처에 있던 나무인지 뭔지를 주먹으로 쾅쾅! 내려쳤다. 나무는 마치 썩어서 쓰러지는 것처럼 내 힘에 못 이겨 뒤로 넘어가 자빠져 버렸고 나는 치밀어 오르는 화를 도저히 가라앉힐 수 없었다.

조금 있으면 시리스도, 밸더도 이곳으로 오겠지.

이런 한심한 꼴이라니, 이질리스조차 지키지 못한 한심한 꼴이라니……!

"카티, 울고 있어?"

"닥쳐! 울지 않아, 꺼져 버려!"

나는 그 계집애에게 소리쳤다. 이젠 내 눈 높이가 높아져 버려 이전보다 더 왜소하고 작게 보이는 꼬맹이가 걱정스러운 눈으로 내 모습을 올려다보고 있었다.

"울어, 차라리. 울면 되잖아!"

이미르는 나의 울분을 터지는 행동에 휘두르려던 오른팔을 필사적으로 붙잡고 소리쳤다. 이 계집애는 나에게 울 것을 강요하고 있었다.

"울어. 울고 싶을 때 울지 못하는 것도 바보야! 이질리스가 사라져서 가장 가슴이 아픈 것은 너일 거 아냐?!"

이 계집애가 나를 보면서 그렇게 말하고 있었다.

"울어. 내가 얼마든지 어깨를 빌려줄 테니까. 울어버리면 그만이니까."

"시끄러워!"

젠장할……! 운다니. 그렇게 나에게 어울리지 않는 일을 나더러 하라고 말하고 있는 거냐? 이 계집애, 나에 대해 자신이 뭘 안다고!

이질리스를 잃어서 가슴이 아프다고?! 흥, 웃기지 마라. 그냥 내 소유의 어떤 물건이 사라져 버린 것뿐이야. 망가져서 다시는 못 쓰게 된 것뿐이라고. 그런 것뿐인데 네가 나더러 그렇게 왈가왈부할 필요는 없어. 없다고!

나는 그 자리에 주저앉아 버렸다.

"내가 있으니까 울어. 안심하고……."

이미르의 작은 손이 마치 꿈에서처럼 내 머리카락을 간질였다.

"그래 봐야 내 곁에 있을 것도 아니면서……."

어차피 사라져 버린다. 이질리스는 죽어버렸다. 남아 있는 것은 아무것도 없었다. 함께 있어주겠다고 말했던 사카디은도, 그리고 아르스리르도 이미 이 세상에 없지 않은가…….

그렇게 내 곁에는 아무도 남아 있지 않았다.

혼자라도 좋다고 생각했다. 내 마음대로, 내 멋대로 행동한다면 이렇게든 저렇게든 살 수 있다고 생각했다. 그리고 자유롭다고 생각했다.

착각이었을까. 함께 있으면서 깨달았던 걸까.

사카디은이 말하길, 인간은 무리를 지어서만 살 수 있는 동물이라고 했다. 다른 동물도 마찬가지다. 하지만 난 라그나, 가넬이었다. 인간처럼 정을 느끼며 살아갈 수는 없는 것이라고 생각했다.

하지만 어느 순간, 나와 함께 있던 사검 녀석이 내게는 소중하게 느껴지고 있을 줄은 몰랐다. 그렇기 때문에 웃으면서 죽어버린 녀석을 절대 이해할 수 없다. 아니, 이해하고 싶지 않다. 절대로.

뜨거운 것, 아니, 차가운 것일지도 모른다. 어떤 것이 내 눈을 통해서 흘러나왔다. 많은 양은 아니었고, 내가 의식할 수 있을 만한 양도 아니었다. 그것이 확실히 인간들이 말하는 그것인지는 잘 모른다. 지금의 나에게 있어 느껴지는 것은 오로지 이미르의 그 작은 손의 촉감뿐이다. 지금까지 안아왔던 여자들과는 다른 어린아이. 하지만 아이이기만 한 것은 아닌 작은 마법사……

"내가 곁에 있어줄게."

이미르는 더 이상 말을 하지 않았다.

이런 걸 안심이라고 해야 하는 건가…….

그렇게 약간의 시간이 흘렀다.

어둠 속에서… 보낸 시간은 길지도, 짧지도 않았다.

이질리스, 그 녀석의 이름을 잊기엔 턱없이 부족했지만, 그래도 시간은 흐르고 있었다.

검은 하루의 정적은 계속되었다. 시간이 흐르는 데는 오랜 시간이 걸리지 않았다. 아니, 그 자체가 모순이라고 할 수 있었다. 이미르의 숨소리가 조용하게 울려왔다. 나는 눈을 떴다.

이미르의 따스한 몸이 나의 목을 감싸주고 있었다.

그것은 신기루도, 꿈도 아니었다.

단지 현실이라는 차가운 벽이 내 앞을 가로막고 있을 뿐이었다. 나는 이미르의 어깨를 밀쳤다. 이미르도 감았던 눈을 뜨고 나를 바라보았다. 약간 머쓱한 느낌이 들어 길게 늘어뜨린 머리카락을 위로 쓸어 올린 후 나는 미려한 얼굴로 긴 속눈썹을 늘어뜨리고 나의 눈을 응시하고 있는 이미르의 아마빛 눈동자를 바라보았다.

"젠장할! 얼마나 시간이 흐른 거지?"

"건 음(音)이 들리고 한참 지난 것 같은데……?"

"음……."

시리스들의 무기인 건의 소리가 들린 후 꽤나 시간이 흐른 것 같다. 주위는 마치 어두운 비단 베일에 싸인 듯이 부드럽고도 아찔할 정도로 조용했다. 정적을 깬 나의 목소리와 이미르의 목소리가 오히려 너무 조용하기까지 한 주위와는 이질적으로 느껴졌다.

"일단 가봐야 할 것 같아. 이제 기분은 좀 풀렸어?"

그녀는 여전히 작은 여자 아이의 몸이다. 이미르의 몸은 저리도 작고 여려 보이는데 어디서 그런 강한 힘이 나오는지 알 수 없다. 그것이 바로 여자의 힘이라는 걸까. 그런 것인지도 모르지. 여성에게는 남자에게는 없는 불가사의한 힘이 있으니까.

"괜찮아. 아무렇지 않아."

그런데 저 계집애가 했던 말은 사실이었을까?

나는 아주 어려서 확신할 수는 없지만 아르스리르에게 그런 말을 들은 일이 있다. 시릴 정도로 선명하면서도 투명한 회색의 눈동자를 가진 아르스리르가 나에게 그런 말을 했던 것 같은 희미한 기억이 남는데, 아마 그것은 꿈으로 남아 있었던 것 같다.

사카디은, 그자는 나와 함께 있어주겠다고 약속했었다.

"가자. 그녀가 기다리고 있을 거야."

"……."

이것은 꿈과 같은 현실이다.

내 손안엔 아무것도 남아 있지 않다. 이질리스의 차가운 검신도 이젠 마치 재처럼 미세한 가루가 되어 흩어져 버렸다. 아마 녀석은 말 그대로 소멸되었을 것이다. 그런데 나는 무엇을 하고 있는 거지?

"어서 가자니까."

이미르가 나에게 손을 내밀었다. 작고 고운 손이다. 마치 지금까지 고생 한번 안 해본 것 같은 하얀 손, 티끌 하나 없이 매끄러워 보이는 손이지만 그와 달리 그녀의 눈동자는 그동안의 고민을 말해 주듯 신비하지만 처량한 느낌이었다.

"응?"

바스락 소리가 들려왔다. 마치 의도적으로 자신이 있는 곳을 알리는 듯한 인간의 발자국 소리다. 이곳에 왔다면 시리스? 아니, 다른 녀석일 수도 있다. 나를 노리는 다른 존재이거나 이미르를 노리는 알타크나의 졸개들일지도 모른다.

나는 금방이라도 손톱을 세워 달려들 기세로 고개를 돌려 소리가 난 쪽으로 몸을 꺾었다. 그곳에는 마치 계집애처럼 종종걸음으로 걷고 있는 인간이 있었다. 긴 은발을 허리까지 늘어뜨리고 입가에 모은 두 손은 마치 여자처럼 희고 고왔다.

"불사의… 왕?"

불사의 왕, 그 계집애 같은 모습을 하고 있는 것은 다름 아닌 불사의 왕이 아닌가?! 그 뒤로 멀대같이 키가 훌쩍 큰 아뉴의 모습이 나타났다. 그 둘은 의도적으로 나에게 모습을 드러낸 것 같은 느낌이 강했다.

"오랜만이지?"

내가 알고 있는 저들, 이라고 하지만 적일 수도 있는 법이다. 시리스에게 듣기로 불사의 왕은 알타크나의 정신병자 사이코인 바르하시온과 손을 잡았다는 말이 있었기 때문에 절대로 긴장을 풀 수 없었다.

"당신이 왜 여기 있는 거죠?"

이미르도 같은 생각이었는지 조용한 목소리로 그에게 물었다. 아크는 눈을 가늘게 뜨고 이미르의 존재를 확인했다. 조금 안다는 듯이 고개를 절레절레 흔드는 것으로 보아 자기가 귀엽게 보이기를 바라는 것 같다, 저 불사의 왕 녀석은.

"그렇게 말하면 섭하지. 그런데 그 귀여운 이질리스는?"

"그건 물어보지 마, 이 계집애 같은 녀석!"

나는 이질리스의 이야기를 들으니 흥분해서 녀석이 원래는 무서운 녀석이라는 사실도 잊어버리고 소리쳤다. 내가 흥분하는 것이 재미있었는지 아크 녀석은 깔깔 웃어댔다.

"역시 그랬던 건가?"

그 녀석은 약간 의미있는 미소를 입가에 띠었다. 재수없는 녀석! 그 계집애 같은 면상을 갈겨주고 싶다는 생각이 굴뚝같아졌다.

"아니, 미안해. 화내지 말아줘."

아크는 빙그레 웃으면서 사과했다.

"방금 재미있는 구경을 했어. 밸더라고 했나? 그 녀석이 죽음을 바라고 있더군. 웃기지 않아?"

그 녀석은 미안한 기색 없이 여전히 깔깔거렸다. 그런 아크 녀석의 모습에 민망했던지 아뉴라는 그 무뚝뚝하게 생긴 녀석이 아크에게 눈치를 주었다.

"웃을 일이 아닙니다, 아크님. 이번 일이 끝나면 반드시 정무를 보러 고국에 돌아가기로 약속하신 겁니다."

"딱딱하게 굴면 재미없어, 아뉴. 이럴 줄 알았으면 아뉴에게 잡히지 않는 건데."

"아크님, 그 말은 무슨 뜻이죠?!"

저 두 녀석은 묘하게 틀어진다. 정말 이상한 녀석들이라는 생각이 든다. 여하간 중요한 것은 그게 아니다. 저 녀석, 절대 방심할수 없다. 불사의 왕은 말 그대로 불사의 왕. 저렇게 계집애같이 가녀린 얼굴을 하고 있다 하더라도 결국 늙은이는 늙은이. 팍삭 늙은 녀석인 것이다. 절대 방심했다가는 큰코다칠 녀석이라고 할 수 있을 테니까.

나는 내가 왜 이미르를 막아주는지 알 수 없지만 그 계집애가 다치지 않도록 그 계집애의 앞에 나섰다.

"그런데……."

아크는 깔깔거리다 말고 약간 흥분한 아뉴를 무시한 채 뭔가 생각났다는 듯 어둠 속에서 사파이어와 같은 눈을 반짝이며 두 손을 마주했다.

"걱정하지 마. 난 지금 너희들 편이니까."

그걸 무슨 수로 믿겠냐?

"지금은 너희 쪽에 붙을 생각이야. 저쪽은 너무 강해져서 재미없어졌거든."

뭐냐, 이 계집애 같은 녀석이 변덕스럽기까지 하네.

"무슨 말이죠, 그건?"

"다시 말해서 알타크나 쪽에 붙는 것은 지긋지긋하단 말이야. 이쪽이 더 재미있을 것 같아. 약하니까."

아크가 즐거운 어투로 손가락을 까닥까닥거리면서 말하자 아뉴는 머리가 아프다는 듯 이마를 손으로 짚었다.

"난 핀치에 몰린 쪽이 마음에 들거든."

아크가 손가락을 까닥거리면서 말한다. 저 계집애 같은 놈! 내가 화를 버럭버럭 내면서 그 계집애 같은 얼굴에 주먹을 날리려고 했을 때 이미르가 내 손을 막았다.

"무슨 말이에요, 그건?"

"정말 모른단 말야, 아가씨?"

아크의 말에 이미르는 입술을 깨물었다.

"이그드라실, 이제 곧 발동될 거야. 몇 개의 키워드만 있으면 이 나무는 자라나서 이 세계를 먹어버릴지도 몰라. 이 나무는 혼을 먹는 새로운 마검이니까."

"마검……?"

나는 붉은 눈을 크게 뜨고 모처럼 진지하게 말하는 아크를 바라보았다. 여전히 주위는 차가운 바람이 감싸고 있었고, 어둡고 건조했다. 아크는 계집애같이 찰랑 앞으로 흘러내린 머리카락을 뒤로 넘기고 빙그레 웃었다.

"정말 몰랐던 것은 아니잖아, 이미르?"

"……."

이미르는 꼬마의 모습에서 오래 살아온 사람의 경륜이 묻어나는 얼굴로 아크를 올려다보았다.

"이그드라실은 거대한 마검, 마검의 혼까지 흡수한 거대한 마검의 형체라는 것을."

거대한 마검, 그것을 위해서 알타크나의 미친놈, 바르하시온은 마검들을 모으고 있었다는 말인가? 그 자식, 정말 미친놈이군. 저렇게 가지 많고 기분 나쁜 거대한 나무를 위해 내가 이 고생을 하고 있다니. 게다가 그 키워드라는 것은 뭐지?

"여하간 이러다간 바르하시온의 생각대로 되어버릴지도 모른다는 말이지."

"넌, 왜 그런 것을 가르쳐 주는 거지?"

내가 생각해도 참으로 식상한 질문이었다. 하지만 아크는 신선한 질문을 받은 사람처럼 빙글빙글 웃으면서 그 가벼운 입을 열었다.

"그거야 그래야 레벨이 비슷해지고 재미있어질 테니까."

이 자식은 자신의 일이 아니라고 마음대로 정보를 흘리고 다니는군. 아무래도 무책임하게 오래 살아온 녀석이라 재미있는 것을 찾아다니는 것 같았다.

"마검의 종말이야. 보러오는 것은 당연하지. 저 이그드라실에는 나의 피도 섞여 있으니까."

그 녀석은 유해 보이는 얼굴을 모처럼 강한 인상으로 바꾸며 중얼거렸다. 거대한 세계수 이그드라실, 그것의 정체는 거대한 마검이었던 것이다. 그 거대한 마검의 등장을 어째서 마검의 종말로 보는지는 알 수 없지만, 이질리스의 죽음과 에셀훤의 죽음 등을 보아온 나에겐 왠지 마음에 와 닿는 말이었다.

마검의 종말, 그 말은 새로운 시작을 의미하는 걸까.

나는 이질리스의 모습을 생각하면서 입술을 질끈 깨물었다.

이질리스는 무엇 때문에 그렇게 나를 지킬 수 있었던 걸까.

어째서 단지 유디엔만을 바라보던 그 녀석이 그렇게 강해질 수 있었고, 결국 그런 선택을 해야 했던 거지? 나는 입술을 질끈 깨물었고 피가 목구멍으로 넘어가는 것을 느꼈다.

"가자. 시리스들을 찾고 있는 거였지?"

아크의 말에 나는 그 녀석의 말은 아예 그냥 한 귀로 듣고 한 귀로 흘려 버리기로 마음먹었다. 저처럼 자기 멋대로인 녀석에게는 무슨 말을 해도, 무슨 말을 들어도 소용없는 것이다.

"어서 가자. 그녀는 너를 기다리고 있을 거야."

아크는 먼저 앞장섰다. 저 불사의 왕 녀석이 내 앞으로 나선 것도 뭔가 어두운 주변과는 어울리지 않고 이질적인 것이었지만, 그 녀석의 존재가 사라지기 전에 나는 그 뒤를 따랐다.

"괜찮을 거야, 카티스."

이미르의 그 말이 없었다면 지탱할 수 없었을 것이다.

나는 불사의 왕 녀석을 따라갔다.

시리스는 멀지 않은 곳에 있었다. 건의 소리가 그처럼 가까이 들린 것은 그녀와 그녀의 부하들이 가까이 있었기 때문인 것이다. 먼저 나와 이미르를 발견한 것은 리프였다. 리프는 이젠 본디 모습을 찾은 내 모습을 보고 놀란 눈을 했다.

"어디 다친 덴 없는 건가?"

나를 언제 봤다고 걱정하는 건지, 단정한 얼굴의 리프는 나에게 그렇게 말을 건넸지만 난 완벽하게 무시해 버렸다. 리프는 얼빠진 표정 반, 기분 나쁜 표정 반으로 나를 째려보았지만 난 남자의 걱정의 말 따위는 받을 생각이 없다.

"리프님, 왕녀님이!"

"무슨 일이야?"

한 부하가 나타나 리프에게 보고했다. 꽤나 다급한 모습인 것으로 보아 시리스가 뭔가 일을 벌인 모양인데……?

철썩!

내가 그렇게 생각한 순간 뺨 맞는 소리가 들려왔다.

"그렇게 죽고 싶다면 제가 죽여줄 수 있어요!"

시리스의 목소리였다. 시리스는 무사하고 밸더의 왼쪽 뺨이 부어오른 것으로 보니 밸더가 시리스에게 한 대 맞은 것 같다. 밸더의 눈은 평소의 멍한 눈이 아닌 약간의 충격을 받은 듯 동공이 작아져 있었다. 푸른 눈은 오랜 세월을 살아온 불사의 왕, 아크의 눈동자보다 더 심연의 푸른색이었다.

"호오! 터프한 여자네, 시리스 왕녀."

아크가 휘파람을 불었다. 그녀는 약간 상기된 얼굴로 자기보다 키가 훨씬 큰 밸더를 올려다보고 있었다.

"다시 말하지만, 죽고 싶다면 내가 얼마든지 죽여주겠어요. 그러니까 그 딴 소리 앞으론 내 앞에서 하지 말아요."

시리스는 밸더를 노려보고 있었다. 그다지 분노한 얼굴도 아니었고 평소대로 침착한 시리스의 얼굴이었지만, 그녀의 눈동자가 흔들리고 있는 것으로 보아 밸더의 어떠한 언행에 분노한 듯했다.

"어째서……."

"그런 말을 하는 거냐고요? 당연하잖아요!"

시리스의 눈동자는 밸더에게 고정되어 있었다.

"저는 자기 자신이 쓸모없다고 생각하며 살아가는 사람이 싫으니까요."

흐응, 시리스의 말에 약간 흔들리는 밸더 녀석. 과연 여자에게 안 넘어가는 남자가 없다는 말은 사실인 것 같다. 시리스 같은 미인이 눈물을 글썽이면서 부탁한다면 안 넘어가는 녀석이 없었겠지만, 저렇게 당돌하게 남을 설득할 수 있는 것도 시리스만의 매력이었다.

"저쪽도 해결되어 가는 것 같고, 그럭저럭 건도 준비되어 가는 모양이로군."

아크가 휘파람을 불면서 말했다. 저 계집애 같은 놈은 알기 힘든 말만 중얼거린다. 그곳에 모여 있던 사람들은 모두 그런 아크의 행동에 말없이 응시하고 있었다. 아무래도 불사의 왕이라는 존재에 대해 의식하고 있는 것 같다. 저렇게 별것 아닌 것 같아 보이는 녀석이 저렇게나 위압감을 주는 존재라니.

"이젠 무스펠하임만 모이면 다 된 건가?"

푸른 눈을 빛내는 불사의 왕, 그가 말한 무스펠하임이라는 것은 마검에 대해서 잘 모르는 나이지만 마검의 창시자, 최초의 마검이라고 하는 존재가 아니던가.

"무스펠하임의 불꽃에서 마검은 나타났지. 그로 인해 인공적으로 만들어진 것, 그것이 세계수 이그드라실인 거야."

마치 노래처럼 아크의 입으로부터 옛 시구와 같은 말이 귓가를 맴돌았다.

이그드라실은 만들어진 마검들의 결정체, 많은 마검의 힘을 이어 나간 인간이 만들어낸 피조물인 것이다.

"붉은 날개의 존재, 무에서 유를 창조해 내는 자. 그는 이곳에서 가까운 곳에 있어."

그의 목소리와 함께 마치 짜 맞춘 것처럼 차가운 바람이 불어닥쳤다. 바람은 검은 까마귀의 날갯짓 소리를 함께 실어다 주었다. 마치 하루 만에 죽음의 대지가 되어버린 검은 나무의 숲, 사라져버린 사검의 모습, 그 안에서 나는 인간들이 말하는 쓸쓸함을 느꼈다.

붉은 날개를 가진 것, 무에서 유를 창조해 내는 것.

마치 시와 같은 그 음률에 나는 잠시 말을 할 수 없었다. 창조된 존재가 흔히 인간들이 말하는 고독과 쓸쓸함을 느낀다. 고요하고도 아름답고도 메마른, 순식간에 척박한 땅이 되어버린 이 대지를 밟고 서 있는 것만으로도 쓸쓸함이 전해져 왔다.

검은 까마귀의 날갯짓 소리는 아마도 오스키가 근처에 있다는 것을 알리는 소리였을 것이다. 아무것도 보이지 않을 정도로 황량하고 깜깜한 밤을 밝히는 것은 인간들이 들고 있는 몇 개의 횃불과 등이었다.

"아크님……!"

고개를 올려 하늘을 바라보는 아크에게 먼저 입을 열어 말을 꺼낸 것은 아크의 심복이라고 할 수 있는 아뉴였다. 멀대같이 큰 키로 아크를 내려다보며 그의 어깨를 톡톡 쳐댔다.

"아무래도 뒤쪽인 것 같은데요."

아뉴의 허망한 목소리에 아크는 아차 하는 얼굴로 뒤를 돌아보았다. 녀석뿐만이 아니었다. 밸더도 그에 맞추어 예의 그 멍한 얼굴로 아크의 뒤쪽을 바라보았다.

마치 무언가를 밝히는 듯한 화려한 불빛, 아니, 화려하다고 하는 말조차 틀린 것이었다. 밤의 정령의 숨결을 거부하는 이질적인 존재였다, 그것은.

마치 넘실넘실 불길이 춤을 추고 있는 것과 같은 커다란 날개는 마치 세상에서 가장 아름다운 불꽃을 모아놓은 것처럼 크고 이색적이었다.

"오랜만이로군, 아크."

기척조차 느낄 수 없었던 그의 존재에 놀라는 것은, 보통의 인간들뿐만이 아닌 밸더도 마찬가지였다. 마치 새로운 생물을 보듯이 호기심이 가득한 눈을 한 채 그는 그 불꽃색의 이질적인 존재에게 시선이 향해 있었다.

마치 타오르는 것과 같은 불꽃의 색, 강렬할 정도로 타오르는

색이어서 가까이 다가가면 모든 것이 타버릴 것 같은 느낌이 들었지만 묘하게 차가운 느낌이 가해져 있었기 때문에 이질감이 느껴지기도 했다.

"너야말로, '에즈마'."

절대로 오랜 친구의 느낌이 든다기보다는 상투적인 인사말에 불과한 딱딱한 겉치레가 오갔다.

"아름다운 불꽃의 색은 여전하군. 아니, 빛을 잃으니 어둠 속에서 빛을 발하는 건가? 묘한 느낌이네."

아크의 넉살 좋은 인사말에도 이름없던 여행자 에즈는 딱딱한 얼굴로 대꾸도 하지 않았다. 아크에 대해서 썩 좋은 감정도, 나쁜 감정도 가지고 있지 않은 얼굴이다.

"당신은……?"

리프가 수상한 기운을 느꼈는지 불꽃의 날개를 가진 자에게 물었다. 이윽고 불꽃은 사그라지고 은은하게 주위를 밝히고 있던 횃불과 등불만이 외로이 남아 어둠과 계속해서 대항하고 있었다.

"재미있군."

에즈는 특별히 리프를 보고 비웃음을 보낸 것은 아니었다. 비웃음 섞인 말도, 조롱도 아닌 단순한 호기심에서 한 말인 것 같았다. 그의 시선이 리프가 가지고 있던 기다란 건Gun에 고정되어 있으니까.

"그 건이라고 했던 물건에 약간 호기심이 동한 것뿐이다."

차분한 목소리였다. 내가 지금까지 보아왔던 여느 때의 여행자와 같은 모습이다. 그런데 기묘하게 그의 존재 자체에 힘이 있었던지, 그가 한마디 한마디 할 때마다 그 녀석의 목소리에 수상한 힘이라도 실린 양 인간들은 몸을 움찔댔다.

그것은 밸더라고 예외는 아니었다. 그 여행자 녀석이 나타난 이후로 밸더는 크게 뜬 눈을 감추지 못했다. 눈앞에 있는 존재에 경이로움을 표하고 있는 것 같다.

"에즈마, 오랜만에 모습을 보니 반가운데. 어서 자기소개나 하지 그래? 너도 이곳에 나타난 이유가 있을 텐데."

아크는 의미심장한 목소리를 건네며 긴 은발 머리로 은은하고 잔잔한 불을 바라보고 있는 남자, 밸더를 바라볼 뿐이었다.

"밸더Balder, 태어난 이래로 보는 것은 처음이로군."

불어오는 바람을 타고 단정한 얼굴의 에즈의 무뚝뚝한 표정이 드러났다. 그의 손 안에 있는 유난히 신경 쓰이는, 생전 처음 보는 문양이 아로새겨져 있는 고급스러운 검이 눈에 띌 뿐이었다.

"…당신은 누구?"

말이 없는 녀석이 모처럼 입을 열었다. 그러나 에즈는 특별히 그 녀석에게 시선을 고정하진 않았다.

"그냥 이름없는 여행자다. 필요하다면 에즈라고 불러도 좋다."

메마르고 딱딱한 목소리였다. 기묘하게 주위의 분위기가 어우러져 한 폭의 그림과 같은 풍경이었다.

"난 그다지 볼일이 없지만, 볼일이 있다고 아우성치는 녀석이 있군."

은빛 손잡이의 검이 안에서 불길이 솟아오르듯이, 이전에 보았던 에즈의 무스펠하임의 모습이 보통 인간들의 앞에 나타났다. 마치 화르륵 불길이 타오르는 것 같은 형상이었기 때문에 차마 탄성조차 지르지 못한 인간들은 붕어처럼 입을 뻐끔거릴 뿐이었다.

에즈와 같은 붉은색의 머리카락이었지만 더 뜨거운 느낌의 머리카락, 눈 역시 불꽃의 빛깔이었다. 나도 몇 번 보지 못했던 그의 마검 무스페가 모습을 드러냈다. 그 눈은 다른 인간이 아닌 밸더를 향하고 있었다는 것은 두말할 것도 없는 사실이었다.

"아직도 모르는 건가?"

이번에 무스펠하임은 나를 바라보았다. 무언가 할 말이 있는 얼굴이지만 그들 모두 말이 적었기 때문에 그 녀석들과 나의 주위에는 찬바람만 쌩쌩 불 뿐이었다.

"기다리고 있었습니다, 마검의 창시자."

살짝 몸을 굽혀 정중하게 인사한 것은 흐르는 듯한 벌꿀색 머리카락의 시리스였다. 그녀의 주변으로 술렁이는 인간들의 목소리가 들려왔다. 에즈도, 그의 마검도 입을 열지 않았다. 아뉴나 아크도 마찬가지였다.

정적은 마치 그동안의 목소리가 오히려 자신을 괴롭힌 것처럼 자신의 영역을 확보하듯 오랜 시간을 차지했다. 오로지 잔잔한 바람 소리만이 그 정적의 미세한 틈을 비집고 자리 잡고 있었다.

외전(外傳) 사카디은(Sakadieun)

Katis

카티스

차가운 바람이 피부를 감싸는 것은 그렇게 드문 일이 아니었다. 그러나 이러한 장소에 이렇게 신선한 바람이 불어온다는 것은 드문 일이라고 해도 틀린 말은 아니었다.

빛이 들어올 틈도 없는 이 세계에 돌연히 인간의 냄새와 함께 그 상쾌한 바람이 불어왔다.

"인간이다, 인간!"

"어떻게 인간이 이런 곳에……?!"

"이 냄새는 확실히 인간이야."

주위의 술렁임을 듣는 것은 이젠 그에겐 익숙한 일이었다. 아니, 그런 시선을 받는 것 자체가 그에겐 태연스러운 것이 되어버렸다. 이곳에 들어온 이후 그 역시 그런 따가운 눈총을 받는 것이 당연한 것이라고 생각했기 때문이었다.

암흑을 먹어버릴 것 같은 검은 긴 코트 자락과 그의 검은 긴 머리카락은 주위의 검은 기운과 너무나 흡사했지만 그에게는 그들과는 다른 생기라는 것이 있었다. 인간과는 다른 괴생명체의 형상을 한 존재가 그에게 검은 손을 뻗쳐 보기도 했지만, 검은 머리의 인간 남자가 흘끗 눈길을 주는 것만으로도 얼어붙어 버리고 말았다.

그것은 그의 눈매가 매서워서 그런 것이 아니라 그의 주위를 감싸고 있던 이질적인 공기 때문이었다. 그는 하급 라그나로서는 감히 다가갈 수 없을 정도로 강한 힘을 가지고 있는 것 같았다.

"인간이 이곳에 무슨 일이지?"

그런 그에게 감히 입을 연 것은 그 지역에서도 최고의 권위를 가진 라그나였다. 일부러 무섭게 보이기 위한 그의 목소리에 오히려 그 검은 머리카락의 청년은 긴장이 풀어진 듯한 허탈한 미소를 보였다. 지나치게 단정한 얼굴과는 잘 매치가 되지 않는 모습이었다.

"찾고 있는 사람이 있는데."

그의 목소리는 이곳과는 어울리지 않는 울림이었다.

새까만 밤과 같이 그곳은 스며든 어둠을 놓아주지 않는 공간이었다. 어둠에 익숙해진 종족은 간혹 눈이 큰 고양이처럼 빛을 발하기도 했고, 또 흉측하게 변해 버린 변이된 존재들이 많았다. 그것은 이 세계에 살기 위해서 진화한 것이다.

라그나즈. 이곳은 빛을 잊어버린 차원이었고, 아시르 인들에게 쫓겨난 그들만의 자리였다. 오래전에 라그나들이 다스렸던 요툰하임은 라그나즈의 어둠 속으로 흡수되었기 때문에, 항간에서는 라그나즈를 흔히 라그나들의 공간이라고 불렀다. 그러한 공간에 나타난 검은 머리카락의 인간은 그 어둠이 어울리기도 하면서 기묘하게 이질적이기도 한 존재였다.

"그래서 나를 찾아왔다는 건가?"

"정확하게 말하면 널 데리러 온 거다."

그의 눈앞에 있는 한 소년의 모습이 긴 검은 머리카락 청년의 푸른 눈에 비쳐졌다. 불량기있어 보이는 그는 소년이라고 할 수 있는 나이의 어린아이였다. 자연스럽게 길게 뻗은 머리카락은 그의 자유 분방한 행동을 알리고 있었고, 피처럼 붉은 눈은 그가 보통의 라그나가 아니라는 것을 인식시켜 주고 있었다. 마음대로 살아왔다지만 이곳 라그나즈에서는 생태계의 법칙이 그대로 적용되기 마련이다. 살기 위해서는 강해야만 한다. 군림하는 자만이 살아남을 수 있는 것이다. 그것이 그들의 법칙이었고 절대 진리였다.

그리고 소년의 눈앞에 있는 남자는 그들이 항상 추구해 왔던 약육강식의 세계에서도 충분히 살 수 있는 인간이었다. 그리고 이 남자는 이 구역에서 가장 강했던 라그나 라그나드를 쓰러뜨리고 검은머리 소년을 데리고 가기 위해 온 것이다.

"웃기는군. 내가 저자를 쓰러뜨려 줬다고 고마워하기라도 할 줄 알았어? 그자는 어차피 내가 쓰러뜨려야 할 라그나였어."

짓궂은 미소를 짓는 소년의 얼굴엔 싸움에 대한 희열과 기대감에 부풀어 있었다. 그다지 감정을 표출하지 않는 그 남자보다도 훨씬 감정적인 모습이었다.

"대신 네가 죽어줘야겠어."

소년이 손톱을 길게 뻗고, 그 섬뜩한 눈으로 노려보았을 때도 인간은 움직이지 않았다. 자신을 놀리는 것 같은 느낌이 들어 기분이 나빴던지 소년의 움직임이 조금 더 빨라졌다.

*   *   *

"너와 나는 자신이 선택한 길을 가게 될 거야."

투명할 정도로 하얀 얼굴의 남자, 얼음과 같이 투명했지만 마음
은 지극히 부드러웠던 은회색 눈동자의 청년은 그에게 그렇게 말
했었다. 그에 대한 생각이 머리 속을 맴돌자 검은 머리카락의 청
년은 약간 움찔한 느낌이 들었다.

"자신이 선택한 길을 후회하지 않는다면 그것만으로도 보람을 느낄
수 있겠지."

그의 미소는 슬플 정도로 투명했고, 그것이 그와의 마지막 만남
이 되었다. 그의 선택은 그가 원한 것이었고, 그의 고민거리 가운
데 하나였던 것이다. 아름다운 아르스리르에게 고민이 있었던 것
과 마찬가지로 그의 친구인 사카디은 알타크에게도 고민이 있었
다. 그는 그만의 포부가 있었고, 그것이 아르스리르와 떨어질 수밖
에 없는 계기가 되어버린 것이다.

'그의 투명한 은발과는 너무나 다르구나.'
처음으로 그 소년을 본 그의 생각은 그랬다. 그러나 이미 예상
하고 있었던 사실이다. 실제로 자유 분방해 보이면서도 모든 것에
얽매여 있는 소년, 그는 그 소년에게 손을 내밀었던 것이다.

생각처럼 그렇게 어린 나이의 소년도 아니었고, 또 아무것도 모르는 철없는 나이도 아니었다. 그러나 라그나즈에 살면서 라그나의 피가 흐르는 그가 그렇게 빠른 성장을 거쳤을 리가 없는 법이다. 그런데도 그 소년은 사카디은의 푸른 눈에는 충분히 어린아이로 비쳐졌다.

마력과 같은 그의 힘으로 인해 소년은 그의 손을 잡았다. 무언의 약속이 성립되었다.

"내 이름은 사카디은이다. 넌?"

"카티스."

무뚝뚝한 대답이었다. 그러나 그 눈동자에는 동경이라는 두 글자가 아로새겨져 있었다.

사카디은은 그를 데리고 빛이 있는 인간들의 세상에 데리고 왔다. 원래는 아시르 인과 라그나가 공존했던 세상이었지만 지금은 아시르 인도, 라그나도 거의 남아 있지 않은 그런 세상이 되어버린 곳이었다. 푸른 하늘과 빛이 있는 땅, 사카디은을 따라 소년은 그 신비한 땅을 직접 체험할 수 있었다.

*　　　　　*　　　　　*

사카디은은 무뚝뚝한 편이었다. 싹싹한 성격도 아니었고, 그렇다고 자신을 가리지도 않았다. 그의 얼굴은 거의 무표정했지만 절대 자신의 감정을 드러내지 않는 편은 아니었다. 울어야 할 땐 울 줄 알았고, 큰 소리로 웃어야 할 땐 웃을 줄 아는 그런 남자였다. 처음에는 반항적이던 카티스도 그런 그에게 반항적이었지만 사카디은은 그 소년, 검은 머리카락의 유난히도 붉은 눈동자가 인상

깊은 카티스를 다루는 법을 잘 알고 있었다. 카티스는 사카디은의 강한 힘을 동경하고 이상으로 삼고 있었기 때문에 비정상적이면서도 두렵고 매력적인 힘을 가지고 있는 사카디은의 말을 잘 듣는 편이었다. 게다가 사카디은은 어두운 세계에서 손을 내밀어 자유를 주었고, 그와 함께 있어준 최초의 인간, 아니, 그 나이 대의 카티스로서는 기억이 나지 않겠지만 두 번째의 인간이었던 것이다.

사카디은은 그에게 붉은 피를 마시는 법을 가르쳐 주었다. 자유 분방한 삶을 즐기는 카티스였건만 어느덧 그는 사카디은의 말만은 믿고 따르게 된 것이다.

낡고 작은 오두막에서 그들은 함께 생활했다. 카티스는 그런 곳에서 살고 있는 사카디은에 대해 항상 의아하게 생각했다. 아니, 적어도 처음엔 그러려니 했다. 그러나 다른 인간과도 다르고, 라그나나 아시르 인과도 다르면서 어째서 그가 평범한 생활을 하는지는 알 수 없었다.

사카디은과 살던 처음 몇 년은 꽤나 질 좋은 옷을 입은 인간들이 왕래했다. 사카디은이 뭐라고 말하는지 잘 알 수 없었던 카티스는 그냥 그러려니 했다.

그러나 카티스는 사카디은에게 자라나면서 그가 보통의 인간과는 다르다는 사실을 깨닫게 되었다. 흐르는 기품과 인간의 것이라고 할 수 없을 정도로 강한 능력은 마치 그가 신에게서 선택을 받은 존재인 것 같은 착각에 빠지게 했다.

어두운 머리카락이지만 항상 밝게 빛났고, 카티스의 붉은색과는 정반대의 색인 사파이어 블루의 깊은 눈동자는 모든 사물을 읽는 것 같은 느낌이었다. 그러한 그가 자유 분방한 카티스의 옆에 있으면서 카티스를 돌봐주고 있었던 것이다.

오랫동안 사카디은과 함께 지내다 보니 카티스는 사카디은이 왜 자신을 데리러 왔었을까 하는 의문이 사라져 버렸다. 카티스도 처음엔 그것이 알고 싶었지만 사카디은과 함께 있으면서 그것을 완전히 망각하게 되어버린 것이다. 사카디은은 비정상적인 힘을 가진 인간 중에서도 특출난 자였지만 보통 사람처럼 울고 웃을 줄 알았기 때문에 그런 것을 본 카티스는 다른 것을 잊어버리고 그것에 대해서 의아해했다.

처음부터 마음에 자리 잡은 것은 그에 대한 동경이었다. 인간이라고는 생각할 수 없는 강한 힘을 동경한 것은 사실이었지만, 그런 것보다도 차분한 성격과 알 수 없는 그의 매력에 어린 라그나는 그렇게 이끌리고 있었던 것 같다.

그러나 카티스가 라그나에 가깝지만 먼 존재라는 것을 사카디은은 잘 알고 있었다. 아니, 카티스에 대해 잘 알고 있는 몇 명 안되는 사람 중 하나라는 것은 두말할 필요 없을 정도였다. 그처럼 카티스에 대해 잘 알고 있는 사람은 없을 것이다. 사카디은도 그것을 알고 있을 정도였으니까.

"아아, 그게 바로 저 소년인가요?"

약간 건성인 듯한 목소리의 청년이 방문한 것은 카티스가 인간계에 온 지 얼마 되지 않은 때의 일이었다. 아마색의 짧은 머리카락은 유난히 윤기가 흘러서 멋지게 보였고 맵시있게 입은 긴 코트와 옷은 그의 부드러운 인상과 조화가 되고 있었다. 그의 등에는 검푸른 큰 날개 한 쌍이 흔들리고 있었다.

"머리카락 빛깔은 같지만 눈빛만은 당신과 정반대의 색을 하고 있군요."

마치 감탄이라도 하는 듯 헤에, 벌린 입을 다물지 못하는 아마빛 머리카락의 청년에게 사카디온은 특별히 대답하지 않았다.

"이로써 당신의 계획은 완성된 건가요, 사카디온?"

그의 말투는 다소 장난기있는 말투였다. 의미심장한 말이기도 했기 때문에 사카디온은 아마빛 머리카락의 청년에게 고개를 돌렸다. 사카디온보다는 더 어려 보이는 모습이었지만 사카디온은 그가 자신보다 연상임을 알고 있었다. 이그드라실의 마검이 되어버린 이후 더 이상은 자라나지 않고 나이를 먹지 않는 불로의 몸이 되었다는 것은 익히 들어 알고 있었으니까.

"무슨 말을 하고 싶은 거지, 미나트?"

"하하, 특별한 일은 없지만 단지 구경을 하러 왔을 뿐입니다. 아, 그리고 저를 미드가르드라고 불러주세요."

진실된 눈동자로 잠들어 있는 카티스를 내려다보는 미나트, 아니, 미드가르드의 눈에 약간의 슬픔이 서려 있는 것을 사카디온은 놓치지 않았다. 그는 마시고 있던 술잔을 마저 비우면서 고개를 들었다.

인간들이 사는 곳으로 왔다고 해도 적응이 빠른 카티스가 생활하는 것은 그다지 어렵지 않았다. 그러나 다른 사람이 보는 앞에서 깊은 잠에 빠져드는 일이 없었던 그가 이렇게 잠들어 있다는 것은 미드가르드의 기척이 전혀 없었기 때문이기도 했지만 카티스가 사카디온을 어느 정도 신뢰하고 있다는 결론이 나오는 것이다.

"아직 아무것도 시작되지 않았어. 아니, 시작은 처음부터 되어 있었던 건지도 모르지."

"아직도 포기하고 싶지 않으신 겁니까?"

사카디온은 자신보다 나이가 많지만 더 어려 보이는, 그리고 예의 바른 청년을 응시하면서 대답 대신 고개를 끄덕였다.

"단지 약속을 지켜주지 못하는 것이 두려울 뿐이야."

사카디은의 목소리에는 약간의 감정이 섞여 있었다. 미드가르드도 잠들어 있는 아이를 보고 그런 그의 마음을 약간이나마 이해할 수 있었다.

"별로… 아버지를 닮지는 않았군요."

묘한 말을 남기며 미드가르드는 사라졌다.

밤이 깊어갔다.

조용한 밤의 숨결이 카티스를 깨운 것은 얼마 지나지 않아서였다.

"사카디은, 지금 누가 있지 않았어?"

기척을 느낀 것은 아니지만 남겨진 여운이라도 있는 듯 카티스는 붉은 눈을 비비며 주변을 두리번거렸다. 깊은 밤인데도 술잔을 기울이고 있던 사카디은은 고개를 저었다.

"인간은 없었어. 단지 새 한 마리만 날아갔을 뿐이니까."

사카디은의 목소리에 의미가 담겨 있다는 것을 카티스는 알 수 없었다. 인간의 감정의 영역이라는 것이 그에겐 아직 이해할 수 없는 영역이었던 것일까.

*　　　　*　　　　*

그는 한 번 보면 잊혀지지 않을 정도로 하얀 얼굴의 아이가 갑작스럽게 기억이 나버렸다. 그는 너무나 아름다운 아이였다. 남자도, 여자도 아니었지만 지금은 꽤 나이를 먹었을 것이라는 생각이 들었다. 그 아이는 지금 뭘 하고 있을까.

하지만 리르의 말대로 그는 죄책감 같은 것은 가지고 있지 않왔다. 그 역시 후회하지 않는다면 그것은 나의 인생이고, 그렇게 나아간 것은 자신의 의지다라고 생각하고 있었기 때문이다. 하지만 그가 이토록 상반된 두 아이에게서 비슷한 점을 느낀 것은 아마도 그가 같은 목표를 위해서 데려온 아이들이기 때문일 것이다.

사카디온은 그런 의미에서 와인 잔을 기울이고 있었다.

리르의 아이는 리르와는 너무나 달랐다. 성격도 외모도 판이했고, 오히려 라그나 라그나드 가넬의 습성에 맞았다. 아니, 그런 것은 당연한 것이었다. 아르스리르와 같은 유약해 보이는 남자의 유전자가 우성이라고는 생각하기 힘들었기 때문이기도 했지만, 그가 앙그라보다를 잘 알고 있기 때문이었다.

그래서 양측에서 중간에 있는 존재인 카티스가 한쪽으로 기울었을지도 모른다. 기울인 저울은 노력하면 되돌려 놓을 수 있는 것이라고 사카디온은 생각하고 있었다. 그 역할을 할 자가 이미 존재할 테니까.

그리고 몇 년 간 카티스에게 그는 자신이 할 수 있는 최선의 길을 선택했다. 정해진 길, 그리고 앞으로의 일을 말했던 아르스리르가 행했던 일⋯⋯.

그는 자신의 꿈이 아직도 끝나지 않았다는 것을 알고 있었다.

어쩌면 사카디온은 리르보다도 더 사물을 날카롭게, 그리고 인간으로서는 당연히 지니고 있을 욕망을 가지고 바라볼 수 있었던 것인지도 모른다.

*   *   *

약속했던 시간은 다가왔다. 카티스는 모르는 시간이었지만 사카디은은 잘 알고 있는 시간이었다. 절대로 아무에게도 죽을 수 없을 것 같았던 사카디은은 검은 머리카락의 매혹적인 여성의 앞에서 허무한 미소를 짓고 있었다.

그녀는 검은 안경 뒤로 피보다 더 짙은 붉은 눈을 빛내고 있었다. 마성적인 아름다움을 가지고 있는 그녀는 매력적인 얼굴의 윤곽선을 매만지며 붉은 입술을 열었다.

"후회하지 않는 거야?"

사카디은은 그녀의 행동에도 전혀 저항하지 않았다. 뼈 속까지 타 들어가는 것 같았다. 양분을 위해 자신의 남편을 먹어버린 그녀는 괴물처럼 사카디은에게 마수를 뻗쳤다.

후회는 하지 않는다.

단지 내가 미안하게 생각하는 것은 오랫동안 함께 있어주지 못한 것뿐이다.

사카디은은 푸른 눈에 슬픔과 희망을 안고 있었다. 앞으로 행해질 일은 희망을, 과거의 약속은 절망을, 그의 입술은 미래를 노래하고 있었다.

카티스의 붉은 눈은 저항하지 않는 사카디은의 흥건한 피와 무시무시한 검은 머리카락의 여자를 비추었다.

"카티스……."

사카디은은 숨이 끊어지기 직전까지 카티스의 모습을 응시하고 있었다.

도망가고 싶다. 그는 그렇게 생각하고 있었다. 그가 기억하고 있는 한 태어나서 처음으로 그런 공포를 느끼고 있었다. 인간을, 사카디은을 먹어버린 그 여자를 보면서 덜덜 떨며 움직이지 못한 것은 공포 때문이었다.

"자유로워져라……."

사카디은이 중얼거린 말을 카티스가 들었는지 아닌지는 알 수 없었다. 아니, 들었다고 하지만 그때의 충격으로 인해 그가 그런 사카디은의 말을 기억하고 있을 수는 없을 것 같았다.

사카디은은 후회하지 않았다. 리르의 말처럼 그는 절대 후회할 만한 일을 하지 않았다. 모든 것은 그가 원하고 자초한 것이었고, 그래서 미래를 볼 수 있었던 것이다.

사카디은은 더 이상 움직이지 않았고, 카나의 붉은 입술에 사카디은의 피가 튀었을 때 카티스는 움직일 수 없었지만 생각했다.

그 길로 붙잡지 않는 카나에게서 떨어져 달렸다. 어디든 좋았다. 사카디은의 그 선명한 붉은 핏자국을 잊어버릴 수 있다면 어디든 상관없었던 것이다. 그런 모습을 본 이후로 그는 붉은 피도 마실 수 없었다. 사카디은이 항상 먹여주었던 피였지만 그 상황을 본 후의 그로서는 피에 입에 대기만 해도 사카디은의 모습이 생각나면서 역겨워졌다.

카티스는 최대한 멀리 달아나 흐르는 냇가에서 사카디은의 피를 생각하며 구역질을 했고, 그때 먹은 것을 모두 토해냈다. 너무나 역겨웠지만 눈물은 나지 않았다. 상황 파악이 제대로 될 리가 없었다.

"여기서 뭘 하고 있는 거지?"

인간이었다. 검은 머리카락의 인간이었는데 여성이었고, 꽤 아름다운 얼굴을 가진 소녀였다.

"당신은 누구? 이곳은 내 집의 정원인데……."

당황하는 기색 없이 하는 말이었지만 카티스는 그녀의 출현으로 인해 당황스러운 기분과 동시에 마음이 편안해짐을 느꼈다.

소녀는 검은 긴 머리카락에 흰 얼굴의 소유자였지만 고집스러운 입매는 그녀의 성격을 가르쳐 주고 있는 것 같았다.

"내 이름은 칼리아. 넌?"

"……"

대답을 해도 될까? 사카디은이 한 번도 말하지 않았지만 자신은 인간과는 다른 존재일 텐데.

"사카디은……"

이제는 눈물이 날 것 같은 그 이름이었다. 보호자였던 인간, 함께 지냈음에도 성도 모르고 기억하는 것은 이름뿐인 남자. 붉은 피가 생각나서 또다시 목구멍을 타고 뭔가가 올라왔다.

"사카디은……?"

"카티스, 카티스 사카디은."

인간이 아니었던 카티스는 성을 가지게 되었다. 얼떨결의 일이었다. 하지만 만일 그의 이름이 자신의 성이 된다면 앞으로도 사카디은의 이름만은 절대 잊을 수 없을 것이다.

달이 푸르스름하게 빛나고 있었고, 그 때문에 칼리아의 얼굴이 더 창백하게 보였다. 푸른 바람이 둘 사이를 스치고 지나갔다. 차갑지만 부드럽고 매혹적인 바람이었다.

자유로워져라…….

그 목소리를 싣고 바람은 계속 그의 귓전을 맴돌았다.

〈 사카디은 終 〉

신인작가 모집

시작이 반이라고 했습니다.
작가의 길에 대한 보이지 않는 벽을 과감히 깨뜨리십시오!
청어람은 작가 지망생 여러분들의
멋진 방향타가 되어 드리겠습니다.

저희 도서출판 청어람에서는
판타지 소설 신인 작가분들을 모집합니다.
판타지 소설을 사랑하시는 분들의 많은 참여를 바랍니다.
소정의 원고(A4용지 150매)를 메일이나 우편으로 보내주시면
검토 후 출판 여부를 알려 드리겠습니다.

주소:경기도 부천시 원미구 심곡1동 350-1 남성B/D 3F · 우편번호420-011
TEL:032-656-4452 · FAX:032-656-4453
e-mail:eoram99@chollian.net

무예소설 신인 작가를 모집 합니다.

청어람이 함께 하겠습니다!!

저희 도서출판 청어람에서는 무예소설 작가
지망생 여러분을 모집합니다.
글에 소질이 있거나 작가의 꿈을 가지고 계신 분들.
주저하지 말고 저희 청어람의 문을 두드려 주십시오.
작가 지망생 여러분께서 멋진 환골탈태를 할 수
있도록 청어람은 충분한 자양분이 되겠습니다.
작가로의 꿈을 저희 도서출판 청어람에서
활짝 만개해 보십시오.

소정의 원고(A4 용지 150매)를 메일이나
우편으로 보내주시면 검토 후 출판 여부를
알려드리겠습니다.

보내실곳:경기도 부천시 원미구 심곡1동 350-1 남성빌딩3층 우편번호420-011
TEL:032-656-4452   FAX:032-656-4453
e-mail:eoram99@chollian.net

기사와 건달
(Knight & Libertine)

장삼 판타지 장편 소설 / 1~3 / 값 7,500원